KB212084

내
이
름
을

불
러
줘

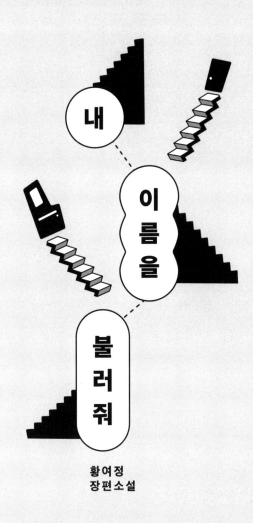

내

이
름
을

불
러
줘

황여정
장편소설

문학동네

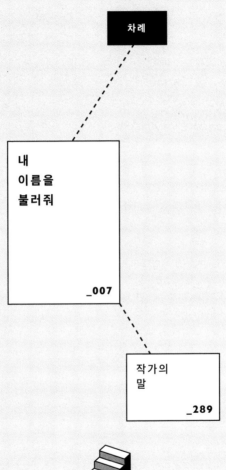

1

나는 살해당했다. 겉으로는 불운한 사고사나 돌연한 병사처럼 보였을지 모른다. 자살의 형태를 띠었을 수도 있다. 가능성은 희박하지만 자연사로 명명되었을지도. 어떻게 결론이 났든 그것은 완벽하게 조작된 죽음이었을 것이다. 그러니 누구도 의심하지 않았을 테고. 어쩌면 누군가는 의심했지만 아무도 믿어주지 않았던 건지도. 그러니 아무도 나의 죽음에 대해 말하지 않는 거겠지.

나는 내가 어떻게 죽었는지 기억나지 않는다. 어떤 삶을 살았는지도 떠오르지 않는다. 나에 대해 나는 아무것도 모른다.

내가 기억하는 건 어떤 침묵뿐이다. 아니, 어둠이었을까? 어쩌면 둘 다일지도. 소리나 빛의 문제가 아닐 수도 있다. 뭔가가 없었다는 느낌만 또렷한데 그것이 무엇이었는지는 끝내 몽롱하다. 아예 존재가 없었던 것 같기도 하고 다만 존재감이 없었던 것 같기도 하고. 내가 그랬다는 건지 나 이외의 모든 것이 그랬다는 건지도 묘연하다. 그렇다면 이걸 기억이라고 말할 수 있나?

그것이 과거였다는 건 분명하다. 지금 나는 분명히 있고 나 이외의 모든 것도 분명히 있으니까. 물론 소리도 빛도.

어느 날 누군가의 목소리가 들렸고 그 순간 나는 나와 나 이외의 모든 것이 있다는 걸 알았다.

—이봐요. 나는 당신이 이곳에 있다는 걸 알고 있습니다.

그는 그렇게 말했다.

—누구한테 말하는 거예요?

또다른 누군가가 묻자 그가 대답했다.

—지박령. 이곳에 지박령이 있어.

타살이 아니었을 가능성을 고려해보지 않은 건 아니다. 살해당한 이들만 지박령이 되는 건 아니니까. 타살이 아니라도 원통한 죽음은 얼마든지 있을 수 있고 그 원통함이라는 것도 제각기 기준이 달라 그야말로 남들이 보기엔 웃기지도 않는 사소한 사연이 나를 지박령으로 만든 것일 수 있다. 어쩌면 사연과는 무관하게 죽음 그 자체가 원통했을지도. 죽음은 모든 생명체가 피할 수 없는 운명이지만 그렇다는 걸 알면서도 그 사실을 자신의 일로 받아들이기는 쉽지 않으니까. 설사 내내 염두에 두고 있었다 해도 정작 때가 닥치면 왜 하필 지금이어야 하느냐는 반발심이 얼마든지 일어날 수 있다. 죽음의 시점을 최대한 미루고 싶은 건 생명체의 본능이다.

죽음의 문제가 아닐 수도 있다고 가정해보기도 했다. 이를테면 순전히 이곳이 좋아서 떠나지 못하는 것은 아닐까. 곰곰 궁리해본 결과 단지 이곳에 대한 집착으로 지박령이 된 건 아니라는 게 분명해지긴 했다.

나는 이 건물이 영 마음에 안 든다. 음울하고 갑갑하며 무엇보다 외롭다. 때때로 당장 이곳을 뜨고 싶어 죽을 지경이지만 이미 죽은 터라 거듭 죽을 길은 요원하니 그저 지박령의 명운을 탄식할 뿐이다. 죽음을 대체한 표상으로서 왕왕 저승을 떠올려보기도 한다. 어떤 곳인지 아는 바 하나 없으면서 공연히 무無 혹은 공空 따위로 돌아가는 상상에 압도되어 한순간 불안의 진동이 건물 전체로 퍼진다. 실제로는 무나 공이라는 게 내가 상상하는 완전한 상실과 거리가 먼 것일 수도 있겠지만 본능은 언제나 개념을 앞서는 법이다. 어쨌거나 아직은 완전히 소멸할 때가 아니라는 생각이 본능처럼 일어나는 걸 보면, 혹 나는 아직 생명체인가? 그럴 리가. 지속되고 있는 건 생명이 아니라 생명체의 속성일 뿐. 하지만 속성이 보존되는 한 정체가 근본적으로 달라지지는 않는 법이니, 혹 나는 역시 생명체인가? 그럴지도. 하지만.

이렇든 저렇든 이곳에서 벗어나고 싶다는 갈망에는 영향을 주지 않는다. 물론 지박의 종결이 결과적으로는 내가 영영 사라지는 계기가 될 거라는 생각을 안 하는 건 아니다. 아마 종국에는 그렇게 되겠지. 어쩌면 그것은 짐작과 달리 조금도 두려워할 일이 아닐 수 있다. 두려움은 관성에 의존하는 감정일 뿐 정작 그 순간이 닥치면 숨 한 번 마시고 내쉬는 일처럼 자연스럽고 범상하게 여겨질지도. 아니, 그런 마음도 없으려나?

이 건물로부터 자유를 얻는 즉시 아무것도 아닌 것이 되지는 않을 거라고 기대해본다. 얼마만큼의 시간이 주어질지 알 수 없으나 가능한 한 멀리 가능한 한 많이 돌아보고 싶다. 육신을 가진 자들에게는 극복이 불가능한 온갖 제약들을 가뿐히 투과하며 모든 것을, 그 전체를 빠짐없이 한꺼번에 파악하고 싶다. 가지 못했던 곳을 가고 보지 못했던 것을 보는 것으로 온 세상을 포괄하는 이치를 꿰뚫을 수 있을지 장담할 수 없지만 욕심에는 한계가 없으니까. 몰랐던 것들, 몰라도 되었던 것들, 모르고 싶었던 것들, 모를 수밖에 없었던 것들을 통째로 샅샅이 알게 된다는 건 어떤 의미인지, 그래서 결국 가닿게 되는 섭리란 어떤 내용을 품고 있는지, 그걸 사실이라고 해야 할지 진실이라고 해야 할지 진리라고 해야 할지 모르겠지만 어쨌거나 그것을 알고 싶다. 그러고 나면 영원한 최후를 순순히 받아들일 수 있을 것 같다.

일단은 내가 이곳에 묶여 있는 이유를 알아내야 한다. 거기엔 반드시 분하고 억울한 사정이 있을 것이고, 복수가 됐든 화해가 됐든 응어리를 풀어야 해방될 수 있을 것이다. 그러려면 기억을 되찾아야 한다.

나의 죽음에 대해 알고 있는 것이 아무것도 없음에도 내가 타살되었음을 확신하는 건 역설적이게도 바로 그 점, 내가 어떻게 죽었는지 일말의 기억도 없다는 사실 때문이다. 아무리 돌이켜보려 애써도 끝내 단 한 가닥의 실마리도 잡히지 않는 건 결단코 기억해내고 싶지 않다는 무의식적 의지가 발현된 때문일 테고, 그렇게까지 직면을 거부하는 건 결국 나의 죽음이 그만큼 지독하게 참담했기 때문일 텐데, 그러한 심정이 가당한 죽음이라면 타살 외에 무엇이 있겠는가.

물론 타살에도 직접적 타살이 있고 간접적 타살이 있다. 예컨대 누군가가 손수 나를 죽였거나 내가 죽을 수밖에 없도록 상황을 몰아갔거나. 나의 죽음이 어디에 해당되는지는 잘 모르겠다. 어떤 면에선 직접적 타살이 더 참혹하고 어떤 면에선 간접적 타살이 더 잔인하니까. 하지만 형태가 다르다고 본질이 변하는 건 아니다. 본질은 나의 죽음에 누군가의 의도가 개입되었다는 것이고 그런 한에서 나는 살해당한 것이 분명하다.

물론 지박령이 된 이유와 기억상실의 원인에 대해 생각을 이어가자니 그러한 결론에 도달했을 뿐 사실로 확인되기 전까지 그것은 다만 비약에 불과한 허튼 가정일 수 있다. 확신과 사실은 동의어가 아니므로. 믿음과 진실이 전혀 다른 말인 것처럼. 하지만 현재로서는 그것이 가장 말이 되는 가정이고, 따라서 나는 나에게 말을 건 자에게 이렇게 물을 수밖에 없었다.

—누가 나를 죽였습니까.

몇 번을 물었으나 그는 대답하지 않았다. 하긴. 소리 내어 구구절절 설명하기엔 너무나 비참한 죽음이었을 테니 차마 입을 떼지 못했을 것이다. 그렇게 생각했다. 그래서 질문을 바꾸었다.

—나는 누구였습니까.

몇 번을 물었으나 그는 대답하지 않았다. 하긴. 내가 이곳에 있다는 걸 알아채고 나에게 말을 걸었다고 해서 나에 대해 잘 안다고는 할 수 없을 테니 해줄 수 있는 말이 없을지도 몰랐다. 그렇게 생각했다. 그래서 질문을 바꾸었다.

—당신은 누구십니까.

몇 번을 물었으나 그는 대답하지 않았다. 도대체 문제가 뭘까 고심하던 중 그가 말했다.

—당신은 누구요. 도대체 무슨 사연이 있기에 이곳을 떠나지 못하는 겁니까. 원하는 게 뭐냔 말이오.

그제야 알았다. 그는 내가 이곳에 있다는 것만 감지할 뿐 나를 보지도, 내 목소리를 듣지도 못한다는 사실을.

말을 주고받을 수 있는 이가 나타나기를 기다렸지만 그런 일은 일어나지 않았다. 나는 상심하여 침묵에, 아니 어둠에, 아니 아무런 생각도 마음도 움직임도 일어나지 않는 무감각 상태에 빠져들었다. 내가 유일하게 기억하는 없음의 시간이란 이렇게 시작되었던 건지도 몰랐다. 그게 사실이라면 나는 대체 몇 번이나 있음과 없음을 반복한 것일까. 아니, 의외로 그것은 잔상이 아니라 선견이었을지도. 머릿속의 일은 언제나 믿을 게 못 된다. 하지만 이제 그런 것들이 다 무슨 소용이람.

─착각한 건가.
어느 날 그가 말했다.
─왜 그렇게 말씀하세요?
또다른 누군가가 물었다.
─너도 이미 그렇게 생각하고 있으면서 뭘.
─꼭 그런 건 아니에요.
─거짓말 마라. 대놓고 말만 안 했을 뿐 너는 한 번도 내 말을 곧이곧대로 믿은 적 없잖니.
─정확히는 반신반의죠. 혼령의 존재를 제가 직접 확인한 건 아니니까요. 그래도 아주 부정하는 건 아니에요. 어쨌든 아버지 눈엔 보인다고 하시니 가능성은 열어두고 있다고요.
─그래. 젊었을 때 보기도 많이 봤지. 망념의 때가 타서인지 기력이 쇠해서인지 점점 영안이 흐려지더니 언제부턴가는 잘 보이지가 않아. 묽은 그림자 같은 것만 얼핏 스치거나 희미한 얼룩 같은 것이 반짝하는 정도밖에는.

─비문증인 건 아니고요?

─그게 뭐냐.

─아. 아니에요.

─무슨 병인가보구나.

─정확히는 증상이죠. 안구의 유리체가 혼탁할 때 눈앞에 뭔가가 날아다니는 것 같은, 뭐 그런 거예요. 신경쓰지 마세요.

─봐라. 넌 나를 안 믿는다.

─내내 그렇게 생각한 게 아니라 요새 부쩍 눈 아프다는 소릴 자주 하시길래 그런 해석도 있을 수 있다는 차원에서 여쭤봤을 뿐이에요. 아버지도 좀전에 착각한 거 아닐까 하셨잖아요.

─떠날 때도 된 것 같은데 여전히 머물러 있어 한 소리다.

─계속 보이시는 거예요? 그…… 얼룩 같은 게?

─그렇지는 않지만 느낌은 분명해. 이곳에 누군가가 있다는 느낌 말이다. 무겁고 슬프고 차가운 누군가가 이곳에 있다는 분명한 존재감.

─그럼 뭐가 착각이라는 건데요?

─원한이 풀린 줄 알았는데 안 사라지는 걸 보니 그게 아닌가 해서. 어쩌면 지난번에 본 영과 이번 영은 다른 영일지 모르겠다는 생각도 들고.

─저도 이미 그렇게 생각하고 있다는 건 뭔데요?

─아. 그건 그냥 네 마음을 떠본 거다.

—그게 무슨 말이에요.

—그저 혼잣말을 한 건데 네가 그 말을 덥석 물길래 한번 낚아본 거라고. 겉으로는 아닌 척하지만 네가 지금껏 나의 영력을 착각으로 여겨왔다는 걸 알고 있다.

—그게 아니라……

—그래, 착각일 가능성이 있다고 여겨온 걸로 수정하마.

대화를 들으며 나는 점차 깨어났다. 이야기가 좀더 진전되면 결정적인 단서가 될 만한 요긴한 정보들이 흘러나올지도 몰랐다. 나는 조급하게 들썩거리다 그들 등뒤에 바짝 붙어섰다. 그가 흠칫하며 힐끗 돌아보았다. 그러고는 나를 뚫어져라 응시했다. 숨막히는 기대감으로 나는 와락 뱉었다.

—내가 보입니까?

그럴 리 없다는 듯 그는 무심한 몸짓으로 나를 통과하여 내 등뒤로 옮겨갔다.

—왜요, 뭔가 느끼셨어요?

아들이 묻자 그는 우뚝 멈추었다가 다시 몸을 돌려 나를 지나갔다.

—아무래도 안 되겠다.

—뭐가요?

—단식명상으로 심신을 좀 정화해야겠다. 단기간에 영력을 높이려면 현재로선 그 길밖에 없어. 여전히 그게 효과가 있을지는

모르겠지만.

　그들의 대화는 거기에서 끝났다.

　글자를 남겨보려고 했다. 당신이 알고 있는 것, 짐작하고 있는 것 모두를 말해주십시오. 건물 곳곳에 배어 있는 습기를 합쳐 빈 벽에 뿌리거나 작고 기다란 물건들을 모아 재배치하거나 책에서 전하고 싶은 말의 내용과 비슷한 구절을 찾아 모종의 표시를 해놓으려고 시도했지만 결과는 모두 실패였다. 산 자들 세상의 물질이라면 물방울 한 점 먼지 한 톨도 움직이기는커녕 만질 수조차 없었고 그것은 육신을 잃은 자에게는 극복이 불가능한 제약이었다. 나만 그런 것인지 모두가 그런 것인지는 알 수 없었다. 어쨌거나 차원이 다른 세계와의 거리가 새삼 까마아득하여 나는 생사의 엄중함을 실감하지 않을 수 없었다.

　이제 내가 할 수 있는 건 오직 기다리는 것뿐이었다. 시간이 얼마나 걸릴지 알 수 없지만 영원보다는 짧을 것이었다.

2

우성빌딩은 전철역에서 도보로 이십여 분 걸리는 곳에 있었다. 평균적으로는 그랬고 미래는 한 시간이 조금 넘게 걸렸다. 칠 년 만이라고는 해도 이십 년 넘게 살았던 동네였기에 확신을 품고 성큼성큼 역 밖으로 나왔으나 짐작한 출구가 아니어서 조금 헤매기도 했고, 결국 휴대폰 지도 앱으로 방향을 확인했지만 생판 달라진 풍경에 얼이 빠져 종종 걸음을 멈추어서이기도 했다.

폐철로 말고는 별다를 게 없었던 그 길은 산뜻한 공원으로 변해 있었다. 싱싱하고 단정한 나무들과 정갈하고 아담한 실개천은 더없이 평화로워 보였고 사람들은 하나같이 다정하고 행복해 보였다. 마침 볕과 바람도 9월 오후답게 적절하여 미래는 한시바삐 그곳에 가야 한다는 긴장을 놓치고 말았다. 한 버스킹 연주자 앞에서는 이십여 분 머물렀다. 붉은 머리의 외국인 청년이 플라스틱 욕실 의자에 쪼그려앉아 바닥에 펼쳐놓은 몇 가지 잡동사니들을 드럼스틱으로 두드려대고 있었다. 귀퉁이가 깨지거나 찌그러진 드럼 심벌 두 장과 심하게 그을린 스테인리스 냄비, 빈 플라스틱 페인트 통, 정체를 알 수 없는 철판 조각 같은 것들이었다. 어디선가 대충 주워온 듯 보이는 허섭한 그것들로 청년은 제법 수준 높은 리듬을 만들어내고 있었다. 청년 옆으로는 4절지 크기의 팻말이 또다른 욕실 의자에 기대어 비스듬히 세워져 있었다.

저는 미국에서 온 스물일곱 살 빔 피셔이고 세계여행중입니다. 제 연주가 마음에 드신다면 노자를 보태주셔도 좋습니다.

한국 사람이 대신 써준 듯 글씨체가 유려했다. 팻말 앞에는 작은 깡통이 놓여 있었다. '노자'라는 단어에 미래는 픽 웃었고 다른 이들도 그랬다. 처음에는 잠깐 보다 갈 생각이었는데 보다보니 발이 떨어지지 않았다. 미래는 캐리어 가방을 가로로 눕혀 그 위에 주저앉았다.

그는 손놀림만 격렬할 뿐 몸의 움직임은 완만했고 등을 구부정히 만 채 두 발을 다소곳이 모은 자세도 거의 흐트러지지 않았다. 구경꾼들이 탄성을 뱉든 박수를 치든 눈인사 한 번 건네는 법 없이 시종일관 무표정으로 시선을 떨구고 있다가 아주 가끔씩 뜻 모를 타이밍에 희미한 미소를 짓곤 했다. 그래서인가, 공원 이곳저곳에서 판을 벌인 다른 버스커들에 비하면 특별히 경쾌하거나 즐거워 보이지 않았는데도 미래는 그가 어딘지 모르게 가뿐하다고 생각했다. 아니, 그보다는 뭐랄까…… 미래는 노심하다 기어이 영락없는 단어를 찾아냈다.

자연스럽다.

자신의 내적 요구를 정확히 알고 충실히 따라가는 사람, 현재의 자신과는 다른 사람이 되기 위해 애쓰지 않는 사람, 그렇게 사는 것을 당연하고 편안하게 여기는 사람에게서 흘러나올 법한 자연스러움. 미래는 한 번도 가져본 적 없는 특질이었다. 부러웠다. 청춘, 세계여행, 버스킹과 같이 선망을 일으키는 요소들이 적당히 버무려져 그럴듯한 이미지가 조성된 것일 뿐 실제의 그와는 동떨어진 해석일지 모른다고 생각하면서도 그랬다.

칠 년 전 한국을 떠난 그해, 미래도 스물일곱 살이었다. 그날도 캐리어를 끌고 이 길을 걸었다. 방향은 반대였다. 그날도 한 시간이 넘게 걸렸다. 두 번 다시 돌아오지 않을 길이라 생각하니 걸음이 절로 무거워진 탓이었다. 길 끝에 이르러 전철역으로 들어가기 전 마지막으로 뒤를 돌아보았다. 폐철로와 낡은 건물들이 황량한 침묵 속에 잠겨 있었다. 미래는 길의 소실점을 향해 말했다.

"안녕."

그 시절의 건물은 하나도 남아 있지 않았다. 그렇게 보였다. 전부 헐렸을 리는 없고 리모델링만 한 건물도 많을 것이었으나 미래는 지난날의 흔적을 조금도 찾을 수 없었다. 아쉽지 않았다. 작별을 고한 건 미래가 먼저였고 미래는 지난 칠 년간 단 한 번도 이곳이 그리웠던 적 없었다. 할 수만 있다면 이곳에서 쌓인 이십여 년의 기억들과도 말끔히 결별하고 싶었다. 아니, 어쩌면 그때까지의 인생 전체를 베어내고 싶었던 건지도 몰랐다. 물론 그런 일은 불가능했다. 기억의 문제만은 아니었다. 설사 망각을 성취한다 하더라도 과거의 모든 것은 현재의 원인으로서 작동하기를 멈추지 않을 것이고 그것은 미래가 매 순간 하게 되는 선택으로서 드러날 것이었다. 한번 일어난 일은 의식의 뒤편에 머물지언정 애초에 없었던 일이 되지는 않는 법이었다. 하지만.

무결한 단절도 얼마든지 가능하다고 공원 길은 말하고 있었다.

그래, 너는 해냈구나.

후련하고 뿌듯했다. 일순 감명이라 할 만한 격정으로 울컥하기까지 했다. 안구가 녹녹해졌다가 곧 까슬해졌다. 눈물이 막힌 지 오래된 터였다. 병원에서 알려준 주의사항을 꼼꼼히 지켰는데도 호전의 기미가 없었다. 그것도 일종의 방어기제야. 세중은 말하곤 했다. 감정을 너무 통제하지 마. 세중은 심리학과 출신이었다. 통제를 통제하라는 소리로 들렸지만 말꼬리를 잡았다간 일대 강의가 펼쳐질 것이 분명했기에 미래는 눈을 맞추며 고개를 두어 번 끄덕이는 것으로 수긍의 뜻을 전했다. 속내를 포착해내고 그것의 숨은 뜻을 요모조모 해명해주는 그의 특기가 장점에서 단점으로 변질되기까지는 결혼 후 오랜 시간이 걸리지 않았다. 물론 그의 재주는 여전히 많은 상황에서 유용했고 무엇보다 그는 지기 하나 없는 만리타국에서 미래의 은미한 감정 변화에 관심을 갖는 유일한 사람이었으므로 더할 나위 없이 소중하다는 마음을 온전히 저버린 적은 없었다. 그래도 미래는 끝내 한 가지가 마음에 걸렸다. 나는 너의 진의를 너보다도 속속들이 알 수 있다는 세중의 확신이 그랬다. 실제로 세중은 미래 스스로도 아리송한 미래의 심중을 지레짐작 이상으로 분명히 파악해내곤 했다. 하지만 알아냈다는 확인과 알아낼 수 있다는 확신은 다른 거 아닌가. 확인이 반복되면 확신이 되는 것인가. 아니, 정말로 알아낸 것이 맞긴 한가. 모르는 사람과 아는 사람이 있다면 아는 사람이 맞게 되어 있는 것인가. 미래는 그러한 혼란을 세중에게 털어놓은 적이 있었다. 단순한 의문이 막연한 반발로, 결국엔 명백한 거리감으로 변질되었을 때쯤이었다. 거리감이 무기력한 침묵으로까지 전이되도록 방기하면 안 될 것 같아서였다. 그것도 일종의 방어기제야. 세중은 말했다. 누군가 자신의 속마음을 낱낱이 알아낼지도 모른다는 두려움이 만들어낸 생각들이라고. 답이 없는 문제들로 본질을 흐리는 거지. 그런가, 어쩌면 그럴 수도 있겠다고 미래는 생각했다. 그의 확신이 맞는지 틀린지 확신할 수 있는 근거가 미래에게는 없었고 그렇다면 할 수 있는 말이 아무것도 없었다. 찜찜했지만 별수없었다. 그러나.

눈알의 진의라니. 눈알의 진의가 방어라니.

재킷 주머니에서 안약을 꺼내 눈 안에 흘려넣었다. 눈꺼풀을 몇 번 움직이자 안구가 이내 촉촉해졌다. 눈꼬리로 새어나온 약 한 방울이 광대뼈를 타고 흘러내렸다. 실컷 울고 와. 공항에서 세중은 미래를 꼭 안고 그렇게 말했다. 같이 가주지 못해서 미안해. 그는 여전히 확신하고 있었다. 울고 싶을 거라는 확신, 같이 가고 싶어할 거라는 확신. 미래는 울고 싶지도 울고 싶지 않지도, 같이 가고 싶지도 같이 가고 싶지 않지도 않았다. 그런 건 아무래도 상관없었다.

밥집, 빵집, 찻집, 술집, 옷집, 공방 등 말쑥한 모습으로 새로이 들어선 형형색색의 가게들을 먼 시선으로 하나씩 살펴보았다. 각각의 상호를 읊조리기까지 했다. 개중에는 웃음이 터질 만큼 기발한 이름들도 있었다. 빔의 연주 덕에 미래의 독백을 눈치챈 이는 아무도 없었다.

아무 일도 없었던 것 같은 무구하고도 산뜻한 풍경을 망연히 바라보고 있자니 기분이 점차 이상해졌다. 뭔가가 야릇하게 비틀어져 있다는 생각이 들었다.

어떤 경우든 아무 일도 없을 수는 없었다. 아무렇지도 않을 수는 있을 터였다. 그 태연자약한 무관함이 문득 괴기하게 느껴졌다. 마치 얼굴의 근육을 어떻게 써야 다정하고 상냥하게 보일 수 있는지 잘 알고 있는 사람이 그 자신의 정서와는 하등 상관없이 짓는 미소처럼. 의도가 조금도 가늠되지 않는 표정, 아니, 의도라는 게 아예 없는 듯한 얼굴이 짓고 있는 미소. 그런 미소를 떠올리자 미래는 오싹했다. 몸이 파르르 떨리기까지 했다.

미래는 벌떡 일어섰다. 캐리어를 바로 세워 손잡이를 꽉 움켜쥔 뒤 공연 관람료를 치르고 내처 우성빌딩으로 향했다.

*

저멀리 남들보다 무거운 옷차림을 한 채 캐리어를 끌고 오는 여자를 보며, 탁조는 고미래가 아닐까 생각했다. 미래는 골목 중간쯤 이르러 문득 자신을 바라보고 있는 탁조를 의식하곤 그가 만나기로 한 그 사람일 거라고 짐작한 듯 걸음을 재촉했다. 같은 순간 탁조도 확고한 표정을 지으며 큰 보폭으로 다가가 미래를 맞이했다. 미래는 걸음을 멈추고 허리를 굽혔다.

"안녕하세요? 오탁조 선생님이신가요?"

탁조는 대답 대신 미소를 지으며 캐리어를 뺏으려고 했다. 미래는 극구 사양했다.

"고집이 부친과 똑같군."

탁조는 말하며 소리 내어 웃었다. 미래는 따라 웃으려고 했지만 잘 되지 않았다.

미래가 탁조와 통화한 건 보름 전이었다. 전에 다니던 회사의 직원으로부터 아버지의 부고를 전해듣고 탁조에게 연락한 것이었다. 회사에 소식을 알린 이가 탁조였다. 탁조는 미래의 아버지가 죽고 나서 그의 가족에게 연락하기 위해 그의 가게를 뒤졌다. 미래의 아버지는 휴대폰이 없었던 터라 탁조는 그가 지인들 연락처를 따로 기록해놓았으리라 기대했지만 가게를 아무리 살펴보아도 수첩이나 메모장 하나 나오지 않아 별수없이 경찰에 도움을 요청했다. 그에게 자식이 있다는 건 그때 알았다. 탁조는 조금 놀랐다고 했다. 그는 원체 말수가 적기도 했지만 가족에 대해 물었을 때 '뭐, 그냥'이라고 대답을 흐린데다 한번은 만취한 채 '나는 가정을 가질 자격이 없습니다'라는 말을 수차례 반복하기에 결혼을 안 한 것으로 짐작해온 탓이었다. 역시, 라고 미래는 생각했다. 역시 아버지는 알고 있었어.

칠 년 전 그날 미래는 집을 나서기 전 아버지에게 쪽지를 남겼다.

바람 쐬러 여행 갑니다. 어디로 갈지, 얼마나 걸릴지는 잘 모르겠어요. 어쨌든 곧 연락드릴게요. 안녕히 계세요.

마지막 문장을 써야 할지 말아야 할지 한참 고민했다. 결국 쓰고 나서는 걱정 마세요, 죄송해요, 식사 거르지 마세요 따위로 바

꿀까 또 한참 고민했다. 하지만 그대로 펜을 놓았다. 처음부터 하고 싶었던 말은 그것뿐이었다. 안녕히 계세요. 그 문장 말고는 다 거짓이었다. 한국을 떠나기로 결심한 뒤 세부를 계획하고 준비한 지 오래되었고 떠나면 모두와 연을 끊을 작정이었다. 모두라고 해봤자 일 년에 두 번쯤 만나는 대학 동기 세 명과 아버지가 다였지만. 쉽게 내린 결정은 아니었다. 소식 두절에 대해서도 끝까지 번민했다. 하려면 거기까지 해야 한다는 결론을 내린 뒤에는 그래도 아버지에게만큼은 편지로나마 마지막 인사를 해야 하지 않나, 하지만 뭐라고 해야 하나, 그냥 그조차 하지 말까 갈팡질팡했다. 탁조의 이야기를 들으며 미래는 아버지가 안녕히 계세요의 의미를 정확히 이해하고 받아들였다고 느꼈다.

아버지에게 연락을 해야겠다는 생각이 든 건 아버지의 소식을 듣기 사흘 전이었다. 그로부터 백 일 전 미래는 아이를 낳았다. 딸이었고 원이라는 이름을 지어주었다. 세중은 소원을 주장했으나 미래는 끝까지 반대했다. 소원은 너무 무거워. 세중은 뚱한 표정으로 말했다. 원보다는 소원이 가볍지. 뱃속의 아이가 딸이라는 걸 알게 된 순간부터 시작된 둘의 고집은 아이를 낳고도 며칠 더 이어졌다. 결국엔 미래가 이겼다. 원의 한자는 세중이 정했다. 으뜸 원. 미래는 동산 원을 원했지만 하나는 양보해야 할 것 같아 더는 토를 달지 않았다.

원이 태어난 지 백 일 되는 날 집에서 파티를 열었다. 손님 중

한 명이 세 사람의 가족사진을 찍어주었다. 그날 밤 미래는 홀로 깨어 노트북을 열곤 그 사진을 한참 들여다보았다. 그리고 다음날 사진관에서 사진을 출력하여 뒷면에 몇 마디를 쓴 뒤 한국으로 보냈다.

아버지. 이곳은 터키의 이스탄불이에요. 삼 년 전 결혼해서 세 달 전 아이를 낳았어요. 남편 이름은 이세중이고, 아이 이름은 이원이에요. 축하해주세요.

좀더 일찍 보냈더라면 좋았을까. 미래는 고개를 저었다. 그럴 수는 없었을 터였다. 사진을 보기 전까지 미래는 자신이 아버지에게 소식을 전하리라고는 얼핏이라도 짐작해본 적이 없었다.

3

삼십 년 전에 지어진 우성빌딩은 지하 일층, 지상 삼층으로 이루어진 건물이었다. 공원 길이 거의 끝나가는 곳에서 오른편 길로 방향을 틀어 오 분쯤 걸으면 나왔다. 상가와 주택과 상가주택이 뒤섞여 있는 오래된 동네였고 몇몇 건물을 제외하면 칠 년 전 풍경과 크게 다르지 않았다. 미래가 살던 집은 두 블록 너머에 있었다.

탁조와 미래는 터키의 가을 날씨와 비행시간에 대해 대화를 주고받으며 느슨한 속도로 우성빌딩을 향해 걸었다.

건물 앞에 당도했을 때 미래는 깜짝 놀랐다. 건물 절반이 세로로 베어져나간 듯한 기이한 형태 때문이었다. 정확히는 '듯한' 형태가 아니라 진짜로 뚝 잘려 있었다. 탁조가 사연을 들려주었다.

우성빌딩은 원래 한 형제가 절반씩 소유한 부지 위에 세워져 있었다. 형이 사망하고 소유권을 물려받은 형의 아내는 건물을 밀고 주차장을 내고 싶어했다. 주변 정세로 보아 주차장만큼 이윤을 남길 사업은 없다고 여겼다. 동생은 입장이 달랐다. 부지의 면적이 그리 크지 않아 주차장은 수입에 한계가 있으나 가게 월세는 안정적이며 때가 되면 올릴 수도 있다는 것이었다. 더구나 주차장에 비해 건물은 관리할 것도 별로 없다고 했다. 두 사람은 처음부터 끝까지 평행선을 달렸고 끝내는 상대방의 사업 비전을 비하하기에 이르러 피차 마음이 상해버렸다. 형의 아내는 군이 동생과 협의할 필요가 없다는 결론을 내린 뒤 자신의 소유지에 속한 건물 절반을 철거했다. 물론 그전에 그녀의 영역에서 영업하던 이들은 적당한 가격으로 협상한 뒤 건물을 떠났다. 하지만 건물의 붕괴 위험으로 지하층은 철거하지 못했고 지하를 활용하지 못하면 주차장으로서는 공간이 너무 작다는 게 현실이었다. 형의 아내는 주차장을 포기하고 아예 새 건물을 지을까도 고려해보았으나 역시 지하층을 철거하기 전까지는 불가능했다. 절반이 잘려나가 정상적인 장사가 어려워진 가게들은 하나둘 자리를 뺐고 남은 건 지하층의 노래방과 일층의 헌책방, 이층의 미용실뿐이었다. 어쨌거나 그 상태로는 형의 아내나 동생이나 손해가 막심한 터라 자존심을 꺾고 화해를 시도했는데 이번엔 소유권을 넘기기로 결심한 동생이 부른 값 때문에 파투가 났다. 공원 길이 조성되고 새로운 상권이 형성되면서 일대의 땅값이 끝도 없이 오르고 있어 동생은 자신이 제시한 액수가 결코 터무니없다고 여기지 않았으나 형의 아내는 여지없는 날강도 심보라고 그를 비난했다.

"풀잎책방."

미래가 간판을 음독하자 탁조는 아들 이름이 풀잎이라고 했다.

"남자 이름을 그따위로 지었다고 얼마나 불평이 많은지."

탁조는 고개를 절레절레 저으며 책방 안으로 들어섰고 미래가 뒤를 따랐다. 불당이 연상되는 짙은 향내가 훅 끼쳤다. 냄새 때문인지 책먼지 때문인지 둘 다 때문인지 미래는 재채기를 뿜었다. 탁조가 돌아보며 허허 웃었다.

"비염인가? 그것도 똑같구만."

한 사람이 간신히 지날 수 있는 좁고 짧은 통로를 두 번 꺾어 들어가자 이 인용 나무 탁자가 나타났다. 탁자 위에는 카드 단말기와 슬라이딩 금고, 책 한 권과 돋보기안경이 놓여 있었다. 탁조는 미래에게 손짓으로 의자에 앉을 것을 권한 뒤 서너 걸음 떨어진 곳의 책장을 옆으로 밀었다. 책장이 미닫이문처럼 스르륵 열리면서 안쪽으로 감추어져 있던 작은 공간이 드러났다. 탁조는 그곳을 탕비실로 쓰고 있었다.

"커피, 녹차, 포도주스, 그리고 내가 직접 만든 아주 향긋한 진피차가 있네."

미래는 좋으실 대로 주시라고 답할 참이었는데 탁조가 선수를 쳤다.

"아무거나는 없어. 그런 건 세상 어딜 가도 없지."

미래는 풋 웃었다.

"진피차 주세요. 감사합니다."

부글부글, 달그락달그락, 뚜벅뚜벅. 소리들이 일고 섞이고 잦아든 뒤 탁조는 쟁반을 들고 돌아왔다. 미래는 쟁반 위에 놓인 것들을 탁자에 내려놓았다. 상큼한 귤 향이 사위로 유유히 번졌다. 탁조는 호박마차 모양의 크리스털 설탕통에서 각설탕을 집어 찻잔에 넣고 티스푼으로 천천히 저으며 생각에 잠겼다. 어디서부터 어떻게 이야기를 꺼내야 할지 난감했다. 이미 일이 마무리된 판에 부질없는 번뇌만 안겨주는 꼴이 되지 않을까 염려스럽기도 했다. 하지만 결과를 돌이킬 수 없다 해도 진실을 전하는 것이 의미가 없지는 않을 터였다. 그러나 그 의미라는 것이 미래에게도 가치가 있을지는 자신할 수 없었다. 탁조는 각설탕을 하나 더 집어 찻잔에 넣다가 문득 자신을 살피는 미래의 눈길을 감지하곤 설탕통의 뚜껑을 열어 미래 쪽으로 살짝 밀었다.

"아, 괜찮습니다."

미래는 차를 마시며 본론을 꺼낼까 말까 저울질했다. 탁조가 먼저 입을 열 때까지 기다려야 한다고 생각한 건 아니었다. 있는 그대로의 사실을 어서 빨리 듣고 싶은 만큼 그 순간을 최대한 늦추고 싶기도 했다. 감당할 수 없는 진실에 대한 방어기제인가. 미래는 무심결에 그렇게 생각하곤 이내 눈살을 찌푸렸다. 그놈의 방어기제. 방어기제는 창조주라도 되는 모양이지? 모든 것의 원인이 되는 걸 보면.

피차 그러는 동안 정적이 이어졌다.

"설탕통이 예쁘네요."

"아, 이거. 몇 년 전에 아들놈이 환갑 선물로 준 거야. 이게 겉보기엔 별거 아닌 것 같지만 꽤나 값이 나가는 거라고 하데. 토리노의 유명한 크리스털 공예 장인이 손수 만든 거라나 뭐라나. 해외 인터넷 사이트를 몇 날 며칠 뒤지고 뒤져 간신히 찾아낸 거라고 어찌나 생색을 내던지. 물론 내가 녹차에도 설탕을 넣어 먹을 만큼 설탕주의자라 제 딴에는 의미 있는 선물이 될 거라 여겼겠지. 평소엔 설탕이 성인병의 근원이라고 잔소리를 해대는 녀석이니 한 번쯤은 설탕에 대한 나의 애정을 인정해주고 싶었을 테고. 그럼 차라리 설탕을 사주지. 좀 싱겁다는 생각은 했겠지만 이해는 갔을 거 아닌가. 그래 여기에 넣어두면 설탕이 금가루로라도 변하냐 했더니 아 글쎄 이놈이 이러는 거야. 보기에 좋잖아요."

"아드님 말씀이 맞는 것 같은데요. 정말 예뻐요."

"그런가? 나는 뭐 워낙에 눈이 둔해서. 그런데 신기한 건 설탕 맛이 좀 다르긴 다르다는 거야. 나는 뭐 워낙에 혀도 둔해서 맛보는 순간 안 건 아닌데, 차의 뒷맛이 좀 다르더라고. 이 통을 쓴 지 이삼 주쯤 지나서였나, 아무튼 어떤 날 각설탕이 떨어져서 마트에서 사오자마자 차에 넣었거든. 그런데 다 마시고 나니 평소와 다르게 입안이 텁텁하고 끈적한 거야. 늘 먹던 설탕이었는데. 그래서 유통기한이 지났나 했지. 날짜를 확인해보니 기한이 지나기는커녕 제조일로부터 얼마 안 된 설탕인 거라. 이상하다 그러면서 각설탕을 통에 덜어 넣었어. 그리고 하루 지나 차에 넣었더니 뒷맛이 아주 깔끔하더라고. 거참 신통하더군. 그래서 그 이야길 했더니 아들놈은 정색하면서 그럴 리 없다고 하는 거야. 그럴 땐 또 어찌나 과학 타령을 하시는지. 지 중고등학교 때 과학 성적을 내 뻔히 아는데. 어쨌든 기껏 지놈 선물의 가치를 인정해주려고 했더니만 그저 기분 탓인 걸로 몰아가더라고. 하여간 안 맞아. 타이밍도 안 맞고 가치관도 안 맞고. 나랑은 종이 달라."

탁조는 혀를 차며 고개를 설레설레 저었다. 미래는 공연한 타박임을 알아듣고 또 픗 웃었다.

"자네는 어떻게 생각하나?"

"뭘요?"

"이 크리스털 통 때문에 설탕맛이 변했다는 것에 대해서."

탁조가 사뭇 심각한 표정을 지어 미래는 주춤했다.

"……글쎄요."

"그럴 리가 없다고 생각하나, 그럴 수도 있다고 생각하나?"

말의 음조도 확연히 달라져 있었다. 활기찬 장난기가 휘발된 낮고 메마른 음성이었다.

"뭐…… 그럴 수도 있다고 생각합니다."

"확실한 근거가 없는데도?"

탁조는 비밀 모의라도 하듯 상체를 미래 쪽으로 바짝 기울이며 목소리를 한층 더 낮추었다. 미래는 영문을 알 수 없어 조금 긴장한 채로 더듬거렸다.

"그게…… 근거라는 게…… 알고 보면 근거가 없는 게 아니라…… 있긴 있는데…… 아직은 그게 정확히 뭔지는 잘 모르고 있는…… 뭐 그런 것일 수도 있지 않을까요?"

대답을 하고자 간신히 이어 완성한 말이었는데 해놓고 보니 미래는 그것이 자신이 줄곧 세중에게 하고 싶었던 말이라는 걸 알아차렸다. 하지만 지금은 그런 걸 깨닫고 기꺼워할 상황은 아니었다. 더구나 설탕통이라니. 대화가 더 늘어지기 전에 각설을 단행해야겠다는 결심이 일었다. 크리스털이 각설탕을 다이아몬드로 바꿔준다고 해도 미래가 들어야 할 이야기가 달라질 리는 없었다. 탁조가 전화로는 설명할 수 없다고 피한 이야기. 너무나 길고 복잡해서 간단히 말하기엔 참으로 곤란하다는 사연. 그것은 아버지의 사인이었다.

자살을 짐작했다. 짐작만으로도 겁이 났다. 미래도 죽고 싶다는 충동에 사로잡힌 적이 있었다. 죽을 수 있는 여러 방법을 떠올리며 그에 필요한 준비도 해보았다. 하지만 정말로 실행에 옮기지는 않았다. 결단을 내리려는 순간 죽음을 향한 열기가 싸늘하게 식었다. 매번 그랬다. 사실은 죽고 싶지 않은 것이었다. 모든 것과의 연결성을 끊고 싶다는 갈망은 누구나 언제든 한 번쯤 품을 수 있는 심정이며 그것을 죽음으로 해소하려는 욕구는 지극히 추상적인 치기였을 뿐이었다. 실제의 죽음은 고작 그러한 막연한 기분으로는 선택할 수도 없고 선택되지도 않는다는 걸 알고 나자 죽음을 실행하는 사람의 마음이란 어떤 것일까 생각하게 되었다. 생각하고 생각했지만 도무지 가늠되지 않았다. 짐작도 되지 않는 그 동기란. 죽어도 알 수 없을 그 사연이란. 그러한 결단을 내리기까지 그 사람이 겪어야 했던 좌절의 크기와 깊이는 대체 얼마나 크고 깊은 것일까. 어쩌면 그 크고 깊은 좌절에 자신이 한몫했을지도 모른다고 생각하니 미래는 두려웠다.

"그래 좋아. 그런 태도라면 일단 이야기를 해볼 만하지."

탁조는 고개를 끄덕이며 말했다.

"네?"

"자네 아버지, 고수럼씨는…… 살해당했네."

4

수림은 우성빌딩 삼층에서 사진관을 운영했다. 건물 절반이 잘리면서 그 위치에 공간이 걸쳐 있던 사진관은 서쪽 벽을 잃었다. 벽 하나가 사라졌다고 사진관이 없어지는 것도 아니고 사방이 멀쩡했을 때도 손님이 넘쳤던 건 아니므로 당장 어떻게 되지는 않을 거라고 수림은 생각했다. 어쨌거나 조치는 취해야 했다. 여러 갈래의 경우들이 머릿속을 맴돌았지만 어떤 것도 결정화되지 못한 채 며칠이 지나갔다.

오후가 끝날 무렵 수림은 사라진 벽 너머를 하염없이 바라보았다. 시야를 가리는 높은 건물이 많지 않아 일몰을 감상하기에 좋았다. 비 오는 날을 겪고 나서야 천막용 방수포를 사다가 가림막을 만들었다. 커튼처럼 위쪽만 고정시키고 아래쪽은 양 끝에 고리를 달아 벽에 박은 못에 걸도록 하여 위아래로 여닫을 수 있게 했다. 어차피 손님은 거의 없었기에 수림은 대개 종일 장막을 열어놓았다. 해가 질 즈음 종종 탁조가 함께했다. 탁조가 직접 담갔다는 갓김치나 고들빼기김치를 안주 삼아 소주를 마시며 두 사람은 태양의 낙하를 찬찬히 지켜보았다.

"참 신기하지. 매일 일어나는 일인데 매번 처음 같아."

사물들의 형태가 뭉개지고 불빛만 형형할 때쯤 탁조가 말했다. 수림은 고개를 느릿느릿 끄덕였다.

"어쩔 건가?"

"어쩔 수…… 있을까요?"

"그렇다고 이대로는……"

수림은 또 고개를 느릿느릿 끄덕였다.

"뭐라도 해야 되겠죠."

몇 달 뒤 수림은 벽돌 삼백 장과 레미탈 사십 킬로그램짜리 세 포대를 주문했다. 건물 앞에 쌓아놓은 벽돌을 삼층으로 나르는 수림을 보며 탁조가 돕겠다고 나섰다. 수림은 탁조의 허리를 염려하며 끝끝내 만류했다.

"꼴랑 네 살 차이면서 우쭐대기는."

"그래도 저는 아직 오십대입니다."

"거참 잘났네그래."

힘은 달릴지언정 미장 솜씨는 자신이 수백 배는 탁월할 거라고 탁조는 큰소리쳤다. 수림은 고개를 끄덕이면서도 도움은 마다했다. 신세 지는 걸 죽기보다 싫어하는 그의 성품을 탁조는 익히 알고 있었다.

"아 이 사람이 속고만 살았나. 한때 내가 공사판에서 일할 때 십장들이 얼마나 나를 예뻐했는지 알아? 별명이 오미장이었다고."

수림이 웃음을 터뜨렸다.

"알겠습니다. 미장은 형님이 도와주십쇼."

수림이 소리 내어 웃는 건 오랜만이었다. 탁조는 흡족했다.

벽은 한밤중이 되어서야 완성되었다. 두 사람은 평소처럼 나란히 앉아 벽을 바라보며 축하주를 마셨다. 서로의 노고를 치하하는 말 외엔 별다른 대화 없이 술을 마셨고 술이 들어갈수록 그조차 사그라들었다. 그러다 문득, 탁조가 말했다.

"좀 아쉽군."

"뭐가요?"

"벽이 생기니 아무래도 술맛은 덜하지 않아?"

"그런가요?"

"뻥 뚫려 있는 게 나름 좋았잖아. 시선도 멀어지고. 시선이 멀어지면 당장 나를 집어삼킬 것 같은 무거운 마음도 아득해지는 법이지."

수림은 고개를 끄덕였다.

"뭐, 남의 가게라 함부로 하는 소릴세."

"아. 아닙니다."

수림은 거의 비워진 탁조의 술잔을 채우며 말을 이었다.

"저는…… 벽이 생겨서 좋습니다. 진작에 만들었어야 했어요."

"그런가?"

"형님 말씀대로 뻥 뚫려 있는 게 의외로 좋긴 했지만…… 그
래서 그냥 놔뒀는데…… 그런데 그 먼 곳을 보고 있으면 어쩐
지…… 그대로 달려나가고 싶어져서……"

그것이 마지막 대화였다.

두 사람은 다시금 묵묵히 술을 마셨고 평소와 달리 자정을 훌쩍
넘겼다. 다른 날엔 언제나 자정 무렵에 자리를 파했다. 수림의 뜻
이었다. 탁조는 매번 아쉬움을 토로했고 수림은 매번 다음으로 미
루었다. 탁조는 수림이 자정을 피하는 이유를 알고 있었으므로 적
당한 순간에 억지를 접었다. 자정을 피한다고 문제가 해결되는 건
아니라고 밀어붙여보고도 싶었지만 꾹 참았다. 모든 걸 나누는 사
이라도 선택을 강요해선 안 된다고 탁조는 늘 생각해왔다. 더구나
수림과는 모든 걸 나눈 사이도 아니었다. 탁조가 우성빌딩에 들어
온 건 오 년 전이었고 수림과 술친구가 된 건 이 년도 채 되지 않
았다. 술은 일주일에 두세 번 마셨는데 말은 거의 탁조가 했다. 수
림은 대놓고 묻기 전엔 자신에 관해 먼저 말하는 법이 없었고, 묻
는다 해도 생략이 많은 대답을 하곤 했다. 유일하게 묻기도 전에
털어놓은 이야기가 자정과 관련된 그 사연이었다.

탁조와 수림은 소주 열한 병을 해치우고 만취한 상태였다. 탁조는 오줌통을 비우기 위해 사진관을 나섰다. 어질어질한 채로 어둡고 좁은 복도의 모퉁이를 두 번 돌아 화장실 앞에 이르렀을 때 불현듯 이상한 낌새를 느꼈다. 뭔가가 자신을 훅 스치고 지나간 것 같았다. 탁조는 정신이 퍼뜩 들었다. 냉큼 뒤를 돌아보았다. 숨을 죽이고 어둠 속을 신중하게 노려보았지만 아무것도 보이지도 느껴지지도 않았다. 막혔던 숨이 풀어지면서 바짝 긴장한 어깨가 툭 내려앉았다.

탁조가 사진관 문을 열었을 때 수림은 서쪽 벽 앞 가까이에 등을 보인 채 서 있었다. 수림은 양손으로 벽을 어루만지고 있었다. 울음인지 웃음인지 알 수 없는 뭔가를 가만히 뿜어내느라 어깨가 미세하게 들썩이고 있었다. 그러고는 돌연히 양팔을 활짝 벌렸다. 그 순간 벽이 와르르 무너졌다. 수림은 벽돌들과 함께 추락했고 목이 꺾여 즉사했다.

수림의 사인은 단순사고로 판명되었다. 수림이 느닷없이 덜 군은 벽에 달려들면서 일어난 우연한 사건이라는 것이었다. 수림이 만취 상태였다는 사실과 벽이 생겨 좋아했다는 탁조의 증언이 '느닷없이'를 설명해주는 근거가 되었다. 탁조는 그가 몸을 던진 게 아니라 그저 기대고만 있었다고 했지만 탁조도 만취 상태였다는 사실과 그가 본 것은 한순간의 뒷모습에 불과했다는 자인이 그의 착시를 설명해주는 근거가 되었다. 결론적으로 수림은 벽을 만들었다는 뿌듯한 마음이 취기로 인해 과하게 고조되어 벽을 와락 껴안으려다가 그 갑작스러운 압력으로 벽이 밀려 떨어진 셈이었다.

*

"아니야. 정말이지 그건 아니야. 단순사고가 아니야. 아니라고."

탁조는 밥을 먹다 말고 중얼거렸다. 그러기를 몇 번이나 반복했다. 혀를 차거나 고개를 절레절레 젓기도 했다. 풀잎은 거실에서 텔레비전을 보다 말고 탁조를 여러 번 돌아보다 말했다.

"아까부터 자꾸 뭐라시는 거예요?"

탁조는 풀잎이 그곳에 있다는 걸 몰랐던 사람처럼 흠칫했다.

"아니다."

"뭐가 아닌데요."

"별말 아니라고."

탁조는 다시 밥을 먹기 시작했다. 풀잎은 텔레비전을 끈 뒤 주방 식탁으로 다가가 탁조의 맞은편 의자에 앉았다.

"신경쓰지 말고 보던 거 계속 봐라."

풀잎은 탁조가 식사를 마칠 때까지 잠자코 기다렸다. 탁조는 조금 거북해하다 이내 생각에 골몰했다. 탁조가 빈 그릇을 치우려고 일어서자 풀잎이 말렸다.

"간만에 저녁도 차려드린 김에 풀코스로 서비스할게요. 대신 설거지는 조금 이따가 할 테니까 그건 봐주세요."

다 먹은 그릇을 그대로 벌여놓는 건 탁조가 꺼리는 일 중 하나였다. 탁조는 망설이다 그릇에서 손을 떼고 자리에 앉았다.

"그래서, 문제가 뭔데요?"

"그러니까 그게…… 아니다. 너는 안 믿을 거다."

"믿음이 필요한 이야기였어요?"

"그래. 아니, 아니다."

한 박자 쉬고 풀잎이 다시 물었다.

"수림 아저씨에 관한 이야기죠?"

탁조는 눈을 휘둥그레 떴다.

"어떻게 알았냐?"

"어떻게 알긴요. 그날 이후로 계속 그 얘기만 하시잖아요. 이건 단순사고가 아니다."

"아."

"그러니까 이제 말씀해보세요."

"뭘."

"어떤 점에서 단순사고가 아니라는 건지요. 그렇게 확신하시는 이유가 뭔지 말예요."

탁조는 공연한 짓이라고 여기면서도 영 못할 말은 아니라는 생각이 들었다. 무엇보다 풀잎은 진심으로 진지해 보였다. 풀잎이 정색하고 뭔가를 물을 때는 적당히 얼버무리고 넘어가기가 쉽지 않았다.

"나는 분명히 보았어. 아니…… 느꼈다고 해야 하나. 그래, 보기도 보았고 느끼기도 느꼈다고 해야겠다."

"뭘요?"

"그 친구가 추락하는 순간에 그 친구 등뒤에서 뭔가가 훅 떨어져나와 나를 통과해서 지나갔다. 형체는 정확하지 않았지만 뭔가 희끗한 것이 지나갔고 그 순간 싸늘한 한기가 온몸에서 느껴졌어."

풀잎은 미간에 힘을 준 채 입술을 잘근잘근 씹었다. 생각이 많아질 때 나오는 버릇이었다.

"그러니까 그게…… 혼령이었다는 거예요?"

"그래."

"그런데요?"

몇 초간의 정적을 흘려보낸 뒤 탁조는 천천히 입을 뗐다.

"그자가, 고수림을, 밀었다."

풀잎은 입술을 달싹거리다 그대로 침묵했다.

"봐라. 도저히 안 믿기지?"

"아뇨, 그런 게 아니라…… 그게 사실이라면 그자는 왜 수림 아저씨를 밀었는데요?"

"원한이 있었다."

*

　건물이 잘린 지 열흘째 되던 날 아침, 수림이 탁조의 책방 문을 홱 열고 들어왔다. 수림이 스스로 책방에 온 건 처음이었고 더구나 후다닥 달려든 터라 탁조는 깜짝 놀랐다.

　"왜. 왜. 무슨 일인가?"

　수림은 부들부들 떨고 있었다. 탁조는 다시 이유를 묻는 대신 수림을 의자에 앉히고 연잎차를 끓여 내왔다. 목을 축이라는 탁조의 권유에 수림은 알겠다고 하면서도 찻잔에 손도 대지 않은 채 얼빠진 표정으로 잠자코 앉아 있었다. 탁조는 찻잔을 들어 수림의 손에 쥐여주었다. 수림은 굳이 쥐여주니 쥐고 있었는데 쥐고 있으니 심신이 안정되었다. 그제야 차를 한 모금 마셨다.

　"무슨 일이야, 대체."

　수림은 차를 한 모금 더 마신 뒤 잠바 주머니에서 사진 한 장을 꺼내 내밀었다. 탁조는 돋보기를 집어 쓰며 사진을 받아들었다. 전체적으로 심하게 어둑하고 흐릿해서 밤중에 찍은 허공 사진인가 싶었는데 가만히 들여다보니 바닥에 누워 있는 듯한 누군가의 모습이 눈에 들어왔다. 별다른 낌새를 짐작할 수 없어 탁조는 공연히 뒷면을 넘겨보았다. 아무것도 없었다.

　"이 사진이 왜?"

　"그게 뭔 거 같으세요?"

"사람 아냐? 짐승인가?"

탁조는 다시 사진을 살펴보았다.

"사진 찍은 사람은 뭐라는데?"

"제가 찍었습니다."

"응? 자넨 일 때문에가 아니고는 따로 사진 안 찍는다면서."

"그랬는데…… 사진관을 하면서 사진 찍는 걸 안 좋아한다는 게 갑자기 마음에 걸리더라고요. 그래서 장사가 안 되는 게 아닐까 싶기도 하고……"

"그래서?"

"얼마 전에 필름 카메라를 한 대 구입했어요. 가게에 있는 건 다 디지털이라서요. 아무래도 필름을 쓰면 사진을 신중하게 찍게 되니까 연습하기에 좋을 것 같더라고요. 아무튼 처음엔 사진관 안에 있는 것들을 이것저것 찍어보다가 더 찍을 게 없어서 사진관 밖에서 찍기 시작했거든요. 빛이 없을 때 후레쉬 안 쓰고 찍어보고 싶기도 했고요. 그래서 어젯밤엔 건물 안 구석구석을 찍었어요. 그러고 나서 현상을 했는데……"

"이 사진이 있었던 거군."

"네."

"그런데?"

수림은 차를 또 한 모금 마셨다. 찻잔을 든 손이 바르르 떨렸다.

"그날 그 시간 그곳에는 아무도, 아무것도 없었어요."

탁조는 다시 사진을 들여다본 뒤 탁자에 내려놓았다.

"그래서 자네의 결론은 뭔가."

수림은 손떨림을 누르기 위해 양손을 깍지 낀 채 힘을 주었다. 그러고는 대답을 하려는 듯 입술을 조금 벌리다 말고 고개를 푹 숙였다.

"귀신이라도 된다는 건가?"

탁조는 심상하게 물었다. 수림은 고개를 들었으나 탁조와 눈을 맞추지는 않았다.

"그럴 수도…… 있을까요?"

"글쎄."

수림은 그제야 탁조를 바로 보았다.

"형님은 잘 보신다면서요."

"다 예전 일이야. 그리고 사진만 보고 어떻게 알아."

"아무도 없었다니까요!"

수림이 버럭 소리쳤다. 그런 일은 처음이었다. 탁조는 수림을 물끄러미 바라보다 돋보기를 벗어 탁자에 내려놓았다.

"죄송합니다. 저도 모르게……"

"이봐, 고사장. 공포영화를 너무 많이 본 모양인데 귀신은 그렇게 무서운 존재가 아니야. 무섭다기보단 슬픈 이들이지. 그들이 어쩌다 사람들 앞에 모습을 드러내는 건 외로워서야. 자기가 그곳에 있다는 걸 알아달라는 거지. 슬프고 외로운 사람들은 위로해주는 게 인지상정 아닌가? 물론 해코지를 하는 경우도 있어. 하지만 자기 사연에 관련된 사람들한테만 그래. 아무나에게 그러지는 않아. 그러니까 너무 그렇게 겁먹지는 말게."

수림의 동공이 심하게 흔들렸다.

"제가 아무나가 아니면요?"

"응?"

수림은 혀로 입술을 핥다가 신음하듯 말했다.

"그 사람을…… 제가 죽인 거라면요?"

그 사람은 누구이며 수림은 왜 그 사람을 죽였는지, 그 일은 언제 일어났고 그후 수림은 어떻게 되었는지 탁조는 끝내 듣지 못했다. 수림은 큰마음을 먹은 듯 비장한 표정으로 말문을 열었다가 이내 자르기를 수차례 되풀이하고는 결국 입을 닫았다.

그날 이후 탁조는 종종 한밤중에 건물 안을 천천히 돌아보았다. 명상으로 마음을 가다듬은 뒤 온 신경을 곤두세워 일말의 기미라도 포착해보려 했으나 아무것도 감지되지 않았다. 수림은 수림대로 건물 안 곳곳에서 수시로 카메라 셔터를 눌러댔다. 그렇게 일주일이 지났고 다시 한번 눈에 보이지 않았던 이가 사진에 잡혔다. 이번엔 사진관 안에서 찍은 것이었다. 찍힌 시간은 일치했다. 자정이었다. 사진 속 형체는 역시 어둡고 흐릿했지만 양 무릎을 굽혀 세운 채 바닥에 앉아 있는 모습이라는 건 알아볼 수 있었다. 얼굴의 세부가 뭉개져 있어 표정을 짐작할 수 없었으나 정면에서 찍은 터라 언뜻 카메라를 응시하는 듯 보이기도 했다.

"저를 보고 있었던 게 분명해요."

수림은 양손으로 얼굴을 여러 번 쓸어내리며 체념하듯 말했다.

"그런데 말이야. 그 사람이라고 어떻게 확신하지? 신체적 특징을 알아보기엔 사진이 너무 불분명하지 않나?"

"저하고 상관없는 사람이 왜 제 앞에 나타납니까."

"그건 모르지. 영들의 의도를 알기란 쉽지 않은 일이야."

수림은 탁자에 놓인 사진을 다시 들여다보았다.

"아닙니다. 그 사람이 맞아요."

"어째서?"

"느낌이 그래요."

"어떤 느낌 말인가?"

"그 사람이 죽고 나서 하루도 그 사람을 생각하지 않은 날이 없어요. 정확한 생김새는 가물가물하지만 그 사람의 전체적인 분위기는 지금도 또렷해요. 멀리서도 한눈에 알아볼 수 있는, 그 사람만 가지고 있는 특유의 기운 같은…… 저번에 형님이 설명해주신 거 있잖아요."

"아우라 말인가?"

"네, 그거요. 특히 이 앉아 있는 모습은…… 제 기억 속의 그 사람과 거의 똑같아요. 구부정한 어깨선도 그렇고 힘없이 늘어져 있는 듯한 팔 모양도 그렇고요."

탁조는 반가사유 자세로 생각에 잠겼다가 문득 일어나 기다란 나무 원통 안에서 향을 하나 꺼내 불을 붙였다.

"그 사람 이름이 뭐지?"

수림의 눈에 경계의 빛이 스쳤다.

"왜요?"

탁조는 탁자 옆 책장에 놓인 향꽂이에 향을 꽂았다.

"비밀을 캐자는 게 아니야. 원혼을 달래주려면 일단 이름을 알아야 돼."

경계심이 지나간 자리에 불안이 서렸다.

"이름을…… 모르면 안 되는 겁니까?"

탁조는 탕비실로 들어가 서가에 있는 것과 똑같은 나무 향통을 가지고 와서는 수림에게 내밀었다.

"향꽂이는 여분이 없으니 하나 사든가 그릇에 쌀이나 모래를 담아 쓰든가 해."

수림은 어리둥절히 향을 받아들었다.

"향을 피운 뒤 그 사람 이름을 부르며 진심을 다해 사죄하고 좋은 곳으로 가시라고 발원하게. 웬만하면 소리 내어 말하는 게 좋아. 절을 하는 것도 나쁘지 않고. 내가 옆에서 좀 도와주려고 했는데 영 껄끄러우면 자네 혼자서 해봐. 하다가 잘 모르겠으면 언제든 물어보고."

"이름을…… 모릅니다."

탁조는 멈칫했다.

"내가 그 사람의 이름을 아는 것이 불편한 게 아니라, 정말 이름을 모른다고?"

수림의 고개가 완만하게 떨어졌다. 본인이 죽였다는 사람의 이름을 어떻게 모를 수 있나. 탁조는 차마 그 말을 뱉지 못했다.

"그럼 최대한 구체적으로 그 사람을 설명할 수 있는 어구를 붙여 부르게. 예를 들어 우성빌딩 일층 풀잎책방 주인이었던 분이라든가 중키에 배가 조금 나오고 백발이며 설탕을 사랑했던 분이라든가. 직업도 외모도 취향도 애매하면 그냥 어떤 특정일에 만난일을 언급해도 되네. 모월 모일 모시 모처에서 우연히 만났던 그분이라는 식으로."

수림은 매일 저녁 사진관 일을 마친 뒤 향을 피워 사죄하고 발원했다. 그런 날들이 쌓이자 차츰 마음이 편안해졌다. 해를 입지 않을 거라는 안심이 아니라 해를 입어도 어쩔 수 없다는 포기가 일어서였다. 그러면서도 자정이 가까워지면 서둘러 건물을 나섰다. 결국 죽고 싶지 않은 거라고. 그러니 자신의 사죄는 위선이라고 수림은 생각했다. 그렇다고 하자 탁조는 고개를 저었다.

"무슨 사연인지는 모르겠지만 살고 싶은 마음을 꾸짖는 그 마음 자체가 사죄일세."

＊

"아저씨가 살인을 했다고요? 아저씨 실수로 그 사람이 사고를 당했다거나 그런 게 아니고?"

풀잎은 아연한 표정을 짓고 있다 물었다.

"정확한 건 나도 모른다. 본인은 죽였다고 말했지만 실은 네 말대로 직접 일을 저지른 게 아니라 본인이 그자의 죽음에 모종의 원인을 제공했다는 걸 그렇게 표현한 건지도 모르지. 나 역시 그 편이 더 말이 된다고 생각하는데…… 그렇게 생각하고 싶지만……"

탁조가 미간에 힘을 주며 말끝을 흐리자 풀잎이 다그쳤다.

"싶지만, 뭐요? 뭔데요?"

"그 인과가 순전히 우연적인 것만은 아닌 것 같기도 하다."

"아니면요?"

"어느 정도 고사장의 의도가 개입되어 있었을 것 같다는 게 내 짐작이다. 고사장에게서 느껴졌던 죄책감의 무게도 그렇고 그날 그 영에게서 느껴졌던 서늘함의 강도도 그렇고. 단순한 원망 정도의 감정에서 발산될 수 있는 냉기가 아니었어. 그러니 결국 고사장을 밀었을 테고. 그저 우연히 일어난 불운한 사고였을 거라고 가정하기엔 두 쪽 다 너무 지나치다는 거다."

이번엔 풀잎이 미간에 힘을 주었다. 수림에 대해서도 혼령에 대해서도 잡다한 생각들이 지나갔다. 풀잎은 마음을 가다듬었다.

"그런데 왜 자정이에요? 혼령들이 어떤 특정한 시간에만 나타나는 건 아니라면서요."

"그자가 자정에 죽었다고 하더구나."

"혼령들은 자신이 죽은 시간에만 나타나는 거예요?"

"그런 건 아니야. 영들은 자신이 누구이고 무엇을 원하는지 표현하기 위해 각자 다른 방식을 취한다. 자신을 잊지 못하도록 각인시키기 위한 나름의 방법이랄까. 그 영은 자정에 나타나는 것으로 자신이 그 시간에 죽었다는 사실을 표현했던 거고 그랬을 때 고사장이 자신을 가장 잘 알아볼 거라고 여겼을 수 있다. 말하자면 너는 자정에 나를 죽였어, 네가 자정에 죽인 그 사람이 바로 나야, 라고 강조하려는 거지. 하지만 어떤 영은……"

탁조는 말하다 말고 풀잎을 똑바로 바라보았다.

"넌 가끔 꼭 내 말을 다 믿을 것처럼 묻더라."

"제가 믿을지 안 믿을지 어떻게 그렇게 확신하세요? 결국 아버지도 저를 안 믿으시는 거라고요."

"하여간 말은 청산유수지."

풀잎은 자리에서 일어나 그릇을 개수대로 옮겼다. 설거지를 하는 내내 수림을 떠올렸다. 혼령의 보복은 그렇다 쳐도 수림이 누군가를 살해했다는 건 도무지 믿기지 않았다. 그만한 악한으로 안 보였다는 건 아니었다. 겉으로는 한없이 선량해 보이는 사람이 알고 보면 경악스러운 악한이었다는 일화는 수도 없이 많았다. 하지만 수림은 딱히 선량한 인상도 아니었다. 다소 우울하고 내성적인 분위기를 풍겼고, 그게 다였다. 대단히 악해 보이거나 대단히 선해 보일 만큼의 에너지조차 느껴지지 않았다. 풀잎은 고개를 저었다. 사람 속을 어떻게 알아.

"얼마 전에 말씀하신 지박령이 수림 아저씨를 밀었다는 그자인 거예요?"

풀잎이 설거지를 끝낸 뒤 식탁 앞에 앉으며 물었다.

"응?"

"제가 호박죽 가지고 책방에 간 날요."

"아."

풀잎은 아침까지 술을 마시고 귀가하는 길에 책방에 들렀다. 마음 같아선 한달음에 집으로 달려가 침대에 몸을 던지고 싶었지만 수림의 사고 이후 탁조의 기분이 내내 가라앉아 있는 것이 꺼림하여 호박죽을 사 들고 방문한 참이었다. 호박죽은 탁조가 앓아눕거나 심려가 깊어질 때면 제일 먼저 찾는 음식이었다. 탁조는 풀잎의 지독한 술냄새에 진저리를 치다가 호박죽을 보고는 반색하며 달려들었다. 한참 맹렬하게 흡입하던 탁조는 한순간 숟가락질을 멈추고 느닷없이 외쳤다.

"이봐요, 나는 당신이 이곳에 있다는 걸 알고 있습니다."

풀잎은 탁조가 보이지 않는 이와 대화하는 모습을 어렸을 때부터 종종 보아온 터라 크게 동요하지는 않았지만 점차 횟수가 준 뒤 최근 몇 년간은 그런 일이 전무했던 탓에 조금 놀랐다.

"누구한테 말하는 거예요?"

"지박령. 이곳에 지박령이 있어."

풀잎은 탁조의 시선을 따라 허공을 일별한 뒤 탁조가 마시다 만 식은 진피차를 꿀꺽꿀꺽 들이켰다.

정말로 그런 게 있을까. 풀잎은 생각했다. 늘 그렇게 생각했다. 비통한 넋이 산 자에게 말을 걸고 해원을 호소하고 앙갚음을 하고 그렇게 이 세상에 영향을 끼치는 일이 정말로 있을 수 있을까. 풀잎은 고개를 저었다. 정말로 그런 일이 가능하다면 세상이 이토록 엉망이 됐을 리 없었다. 죽인 자는 두려움을 모를 리 없고 죽은 자는 잊힐 리 없고. 그토록 줄기차게 그럴 수는.

5

　고미래의 등뒤에서 오탁조의 이야기를 들으며 나는 내가 고수림 때문에 죽은 당자임을 확신했다. 오탁조의 입에서 그자가 자정에 죽었다는 말이 나왔을 때 나는 숨이 끊어진 순간을 생생하게 기억해냈다. 나는 바닥에 누워 있었고 놈은 내 몸을 타고 앉아 과도로 왼쪽 턱 바로 밑을 찔렀다. 나는 놈의 멱살을 잡으려고 버둥거렸다. 놈은 곧바로 과도를 내 심장에 박아넣었다. 왼팔로는 내 입을 막고 상체를 누른 채 오른손의 칼질 두 번으로 명줄을 끊었으니 힘도 힘이지만 날렵하면서도 엄밀한 실력이라고 해야 할까. 여하간 죽기 직전 내가 마지막으로 본 것은 내 목에서 솟구친 피와 그 피가 튀긴 놈의 얼굴이었다. 아니, 검은 복면을 쓰고 있었으니 내가 본 것은 눈뿐이었다고 해야겠다. 눈꺼풀은 시종일관 같은 간격으로 열려 있었고 눈동자에서는 끝까지 약간의 동요도 일지 않았다.

그게 다였다. 기억은 모두 연결되어 있기 마련이니 하나의 장면이 명확하게 잡히면 그에 앞선 기억들도 줄줄이 끌어올려질 것이라 기대했건만 흐릿한 인상으로나마 뇌리를 스치는 장면 하나 없고 막연한 여파로나마 가슴을 건드리는 감정 한 점 일지 않았다. 내가 살해당한 순간보다 더 기억하기 싫을 만큼 지독한 일이 또 있었다는 뜻일까. 어쩌면 내 인생에서 그 순간만큼 참혹한 일은 없었기에 기억할 필요가 없는 건지도 몰랐다.

그자가 고수림이었을까?

모르겠다. 나는 고수림의 눈이 어떻게 생겼는지 모른다. 아니, 고수림이 누구인지 모른다. 내가 없음의 시간에서 빠져나온 건 고수림이 이미 죽고 난 뒤였다. 당연히 고수림을 벽 너머로 민 기억도 없다. 하지만 기억만 못할 뿐 고수림은 나를 죽이고 나는 고수림을 죽였을지 모른다. 그게 사실이라면 나는 왜 아직도 이곳에 붙박여 있는 것일까. 내가 고수림을 죽인 게 맞다면 나는 왜 고수림도, 고수림을 죽인 일도 기억하지 못하는 것일까. 혹 나의 보복이 스스로 께름칙했던 것인가. 굳이 죽일 것까지는 없었던 이를 죽인 거라면 충분히 마음에 걸렸을 수 있다. 그렇다면 고수림은 나를 죽인 장본인은 아니라는 뜻이 되는데 나는 왜 나를 죽인 자 대신 고수림을 죽였을까. 혹 그자는 이미 해치운 걸까. 해치우고도 분이 안 풀려 그보다는 죄가 얕은 고수림에게까지 해를 입힌 것일까. 그게 사실이라면 나는 왜 나를 죽인 그자를 해치운 기억조차 삼켜버린 것일까. 끝없이 이어지는 생각의 더께에 짓눌려 허우적대고 있던 참에 오탁조가 말했다.

─아무래도 자네 아버지의 영이 이 건물을 떠돌고 있는 것 같네.

원한의 대상인 고수림이 죽었으니 고수림 때문에 죽은 자는 마땅히 건물을 떠났을 것인데 여전히 무겁고 슬프고 차가운 존재가 느껴져서 하는 소리라고 했다. 생각해보니 오탁조는 오풀잎에게 이런 말을 한 적이 있었다.

원한이 풀린 줄 알았는데 안 사라지는 걸 보니 그게 아닌가 해서. 어쩌면 지난번에 본 영과 이번 영은 다른 영일지 모르겠다는 생각도 들고.

어쩌면 아직 원한이 풀린 게 아닐 수도 있었다. 나를 죽인 자가 이 건물과 관계된 채 여전히 살아 있다면. 어쩌면 나의 짐작과는 전혀 다른 이유가 있을 수도 있었다. 고수림이 나뿐만 아니라 다른 이에게도 해를 끼쳤다면. 그렇다면 고수림이 나를 죽인 장본인이라 해도 고수림을 벽 너머로 떠민 자는 내가 아닐 수도 있었다.

─물론 자네 아버지가 아닐 수도 있다는 생각을 안 하는 건 아니야. 내가 이 건물과 관련된 모든 사람들의 사연을 알고 있는 건 아니니까. 물론 자네 아버지에 대해서도. 하지만 자네 아버지 역시 원치 않은 죽음을 당한 건 사실이니 그 원한 때문에 이곳을 못

떠나고 있을 수도 있지.

이상한 일이었다. 그 말을 듣는 순간 나는 고수림이 되어 벽 너머로 추락하던 순간을 생생하게 기억해냈다.

나는 죽고 싶지 않았다. 적어도 미래가 돌아올 때까지는 살고 싶었다. 미래가 돌아왔을 때 내가 이미 죽어 있다면 미래는 더욱 불행해질지도 몰랐다. 아니, 후련하려나? 아니, 아니다. 나는 사과를 해야 하고 미래는 사과를 들어야 했다. 편지라도 써놓았더라면 좋았을걸. 숨이 끊어지기 직전 나는 생각했다. 미래는 대체 지금 어디에서 뭘 하고 있을까.

역시 그게 다였다.

혼란스러웠다. 두 사람 중 누가 진짜 나인지 가늠되지 않았다. 아니, 애초에 두 사람의 기억을 모두 가지고 있는 것이 가능한 일인가.

나는 고미래의 등뒤에서 오탁조의 등뒤로 자리를 옮겨 고미래를 바라보았다. 고미래는 아무 표정 없이 진피차를 마시고 있었다.

오탁조가 말했다.

—어찌 됐건 원한은 풀어야 해. 원한을 풀지 않으면 죽고 죽이는 보복이 끝도 없이 반복될 테니까. 보복이 멈추지 않으면 참…… 힘에 부쳐. 다행히 언제부턴가는 몰라도 되는 일은 모르는 것이 가능해졌는데 이번 경우는 가까운 사람과 관련된 일이라 그런지 나도 모르게…… 아, 이건 자네가 들을 필요는 없는 이야

기이고. 어찌 됐건 원한이 풀어지려면 사연을 알아야 해. 혹 그 자
정의 사건이 정확히 어떤 일이었는지 자네는 알고 있나?

―아뇨.

―그렇군.

오탁조는 팔짱을 끼며 시선을 떨군 채 생각에 잠겼다.

―혹시…… 알아봐줄 수 있나? 아니면 그 일을 알 만한 사람이
라도. 그조차 안 내키면 아무것도 안 해도 돼. 그런다고 자네를 탓
할 사람은 아무도 없으니까. 어쩌면 자네 아버지는 이미 편안한
곳으로 가셨을지도 모르고.

고미래는 고개를 두어 번 천천히 끄덕였다.

―생각해보겠습니다.

표정에는 아무런 변화도 없었다.

두 사람은 사진관으로 자리를 옮겼다. 나는 그들이 계단을 오르
는 속도에 맞추어 그들 머리 위에서 그들을 내려다보며 혹은 그들
앞쪽에서 그들을 맞보며 이동했다. 육신을 가진 자들이 공간을 지
나는 방식이란 참으로 갑갑하기 그지없어 안달이 났지만 미리 가
있는 사이 또다른 이야기가 오고갈지도 모른다는 염려가 끈기를
자극했다. 고미래는 자기 생각에 골똘한 듯 시선의 방향이 불분명
한 채 불안한 박자로 걸음을 옮기더니 결국 이층에서 삼층으로 오
르던 중 계단을 헛디뎠다. 앞서 가던 오탁조가 돌아보았다.

―괜찮나?

—아, 네.

사진관 앞에 이르러 오탁조가 열쇠로 문을 열고는 고미래에게 먼저 들어가라는 손짓을 했다. 고미래는 잠깐 주춤했다가 조심스레 걸음을 내딛고는 곧 다시 우뚝 섰다. 고미래를 정면에서 바라보고 있던 나는 고미래의 시선을 따라 뒤를 돌아보았다. 고수림이 떨어졌다는 벽이었다. 한가운데가 뚫려 온전한 벽이라고는 할 수 없지만 가장자리에 벽돌이 남아 있어 아예 없다고도 할 수 없는 벽. 고미래는 그곳에서 시선을 거두어 이곳저곳에 흩뿌리며 말했다.

—혹시 아까 말씀하신 그 사진을 볼 수 있을까요?

—나도 찾아봤는데 없더라고. 혹시 필름은 남아 있을까 싶어 하나하나 다 살펴봤는데도 결국 못 찾았어. 어쨌든 사진관 물건은 하나도 안 버리고 저 상자들 속에 넣어두었으니 한번 확인해보게.

상자는 모두 일곱 개였고 북쪽 벽에 2단으로 쌓여 있었다. 고미래는 그쪽으로 다가가 얼마간 상자들을 내려다보았다. 나는 상자 속 물건들이 궁금했지만 고미래는 끝내 열어보지 않았다.

—태울 건가?

—그래야겠죠.

—도움이 필요하면 언제든 말하게.

—네, 감사합니다.

사진관 문을 잠근 뒤 오탁조는 열쇠를 고미래에게 건넸다.

—죄송하지만 가지고 계시다가 제가 다시 왔을 때 주시면 좋겠

어요. 제가 물건 관리를 잘 못해서요.

오탁조는 고개를 끄덕였다.

—출국일은 언제지?

—아직 확실하지 않습니다.

두 사람이 일층으로 돌아왔을 때 책방에는 빔 피셔가 와 있었다. 빔 피셔는 열흘 전 책방에 찾아와 오탁조에게 건물 옥상에서 텐트를 치고 며칠간 야영하게 해달라고 청했던 미국인 청년이었다. 여행 비용이 넉넉지 않아 숙박비를 아끼기 위해서라고 했다. 두 사람은 서로의 언어를 거의 알아듣지 못하는 듯 보였다. 각자 알고 있는 몇 개의 영어 단어와 한국어 단어를 써가며 보디랭귀지를 동원했지만 대화는 좀처럼 진전되지 않았다. 오탁조는 누군가에게 전화를 걸어 통역을 부탁한 뒤 빔 피셔에게 '마이 선'이라 소개하곤 휴대폰을 스피커 모드로 전환했다. 오탁조가 자신은 건물주가 아니므로 결정권이 없다고 하자 빔 피셔는 낙담하는 표정을 지었다. 오탁조는 잠깐 침묵하고 있다가 종전의 입장을 접고 옥상 문 안쪽 공간에 머물 것을 권했다. 밤이 되면 옥상은 아무래도 추울 거라는 게 이유였다. 빔 피셔는 추위를 잘 타지도 않을뿐더러 야외에서 자는 게 훨씬 편하다며 사양했다.

처음에는 사나흘쯤 신세 지려던 빔 피셔는 오탁조의 허락으로 계속 머물게 되었고 그사이 옥상에서 술자리를 갖기도 했다. 오탁조가 미리 부탁한 듯 오풀잎이 동석하여 두 사람 대화의 구멍을 메워주었다. 오풀잎도 빔 피셔의 말을 전부 알아듣지는 못했지만 수지라는 이름의 연인이 있고 그녀의 부탁으로 한국에 오게 되었다는 것, 한국에 얼마나 있을지 그다음엔 어디로 갈지 결정하지 않았다는 것, 버스킹으로 식비를 벌고 있다는 것 등을 알게 되었다.

빔 피셔는 매일 밤 잠들기 전 난간에 서서 어둠 속 어딘가를 멀거니 바라보다 혼잣말을 했다. 수지에게 안부를 묻는 것에서 시작해 자신의 하루를 이야기한 뒤 잘 자라는 인사로 끝맺었다. 나는 어디에선가 나의 안부를 묻는 이도 있을까 생각하며 이따금 빔 피셔의 밤 인사에 대답하곤 했다. 그래, 너도.

오탁조가 고미래와 빔 피셔에게 서로를 간략히 소개하자 두 사람은 이미 만난 적 있는 듯 알은체를 했다. 고미래는 빔 피셔의 연주를 칭찬했고 빔 피셔는 고미래가 치른 관람료를 고마워했다. 자신이 받은 관람료 중 가장 큰 액수였다며 덕분에 오탁조에게 줄 선물을 살 수 있었다고 했다. 고미래의 통역에 오탁조는 반색하며 빔 피셔가 건넨 비닐봉지를 열어보았다. 청귤이었다. 빔 피셔는 오탁조가 끓인 진피차를 여러 번 마셨고 오탁조가 찍어둔 휴대폰 사진을 보고 그것이 귤로 만든 차라는 걸 알고 있었다. 오탁조는 재미있는 인연이라며 허허 웃었다.

빔 피셔는 옥상으로 향하고 고미래는 한쪽 구석에 세워둔 캐리어를 챙겨 건물을 나섰다. 오탁조는 뒷짐을 진 채 시야에서 멀어지는 고미래의 뒷모습을 오랫동안 바라본 뒤 책방으로 돌아왔다.

휴대폰으로 부재중 연락이 와 있는 걸 확인하곤 통화 버튼을 눌렀다. 오랜만에 연락이 닿은 옛친구인 듯했고 저녁 약속을 잡는 것 같았다. 그러던 중 오탁조와 눈이 마주쳤다. 그런 줄 알았다. 대화를 잠깐 놓칠 만큼 오탁조가 몰입된 표정으로 나를, 내 눈을 뚫어지게 응시했기 때문이었다. 혹시나 싶어 위치를 옮겨보았다. 그의 시선은 움직이지 않았다. 잠시 후 그는 내가 이동한 쪽으로 고개를 돌렸고 다시 눈이 마주쳤다. 나는 그에게 바짝 다가갔다. 반 뼘 정도의 간격을 두고 그의 눈을 들여다보았다. 동공은 정물처럼 아무런 변화가 없었다. 그는 대화를 또 놓쳤다. 나는 계속 그를 바라보았다. 아무 일도 일어나지 않았다.

건물 안을 샅샅이 돌아보았다. 나 말고도 나와 모종의 관계로 얽혀 있는 또다른 영이 건물에 있을지도 모른다는 생각이 처음 들었다. 고수림 때문에 죽은 자이거나 고수림을 죽인 자이거나 고수림이거나. 그들 중 누가 나인지는 분명하지 않고 그들 중 둘은 동일인이라 하더라도 또 하나의 영이 이곳에 있을 가능성은 얼마든지 있었다. 물론 그 영은 일부러 나를 피하고 있는지도 모르고 지박령이 아니라 부유령일 수도 있었다. 그렇다면 건물을 열심히 뒤진다고 만남이 성사되는 건 아니겠지만, 말도 안 통하는 산 자에게 덧없는 기대를 걸기보다는 어떻게든 그자의 자취를 찾는 쪽으로 공들여보는 편이 그나마 덜 허망한 일이 될 터였다.

6

미래가 집에 도착한 건 오후 다섯시가 조금 넘어서였다. 현관
도어록의 비밀번호도, 집안 풍경도 예전 그대로였다. 모든 사물에
지정석이 있기라도 하듯 수림은 물건들을 각각의 자리에 놓아두
는 걸 철칙처럼 지켰다. 물건을 사는 일도 드물었고 사더라도 웬
만하면 이전의 것과 똑같은 것을 들여놓곤 했다. 정리정돈에 재능
도 취미도 없는 미래는 수림의 습관이 늘 이상해 보였다. 강박에
가까운 규칙성에 때로는 숨이 막히기도 했다. 자신에게서도 그런
습성이 발현될 수 있음을 확인한 건 터키 생활을 시작하면서였다.
선천적으로 물려받은 것인지 후천적으로 길들여진 것인지 알 수
없었지만 늘 같은 자리에 같은 물건이 있다는 것에는 가지런한 갈
무리가 주는 상쾌함 이상의 의미가 있었다. 한결같은 모습으로 변

함없이 제자리를 지키는 것들 속에서 미래는 묘한 안도감을 느꼈다. 덕분에 타국의 이질감과 공동생활의 스트레스를 이겨낼 수 있었다.

환기를 위해 거실과 방들의 창을 모두 열고 소파에 앉았다. 휴대폰 메신저로 세중에게 잘 도착했다는 메시지를 보내고 그로부터 시작된 긴 대화를 간신히 완료하고 나자 할일을 모두 마쳤다는 기분이 들었다. 지박령 이야기는 하지 않았다. 미래는 탁조의 말이 허황하게 들렸고 세중 또한 턱없는 소리라고 할 것이 분명했다. 자정에 죽은 자의 이야기는 신경에 거슬리긴 했다. 혼령에 관한 맥락을 제외하고 탁조가 옮긴 수림의 사연이 사실이라면 그 일은 미래가 수림에 대해 이해할 수 없었던 많은 것들을 설명해주는 단서가 될지도 몰랐다. 하지만 이제 와서 이해해본들. 아니, 자세한 내력을 알아낸다 해도 온전한 이해는 불가능할 터였다. 한 사람의 인생은 당사자만 살아낼 수 있고 그 사람만 아는 시간들로 구성되어 있다고 미래는 늘 생각해왔다. 설사 그 사람이 다른 이에게 자신의 인생 전체를 가감 없이 서술한다 하더라도 듣는 자는 듣는 자일 뿐 말하는 자가 될 수는 없었다. 그 사실을 피차 인정하는 것이 그나마 온전한 이해에 가장 가까운 형태일 것이었다. 어쩌면 수림도 같은 생각을 했을지 몰랐다. 미래에게 자신을 이해시키기 위해 어떤 시도도 하지 않았던 건 그 때문이었는지도. 하지만 그 또한 어디까지나 미래의 짐작일 뿐이었다. 수림의 입장에서는 온갖 노력을 다했으나 실패했던 것인지도 몰랐다.

세중에게는 그 일에 대해서도 전하지 않았다. 불명확한 내용으로 공연히 수림의 과거를 넘겨짚게 하고 싶지 않았다. 더구나 글로 쓰기엔 너무 길었다. 건물이 잘려 벽이 없어지고 그 너머로 추락사했다는 말만으로도 세중은 끝도 없이 질문을 쏟아냈다. 미래는 서너 번 답하다가 자세한 설명을 추후로 미루곤 원의 이야기로 화제를 바꾸었다. 원은 평소와 다름없이 잘 먹고 잘 놀고 잘 잔다고 했다. 세중은 미래의 심정에 대해서도 또 한참 물었다. 미래는 진이 빠져 손놀림을 멈추고 한숨을 내쉬었다. 갑작스러운 묵언에 세중의 염려는 가속도가 붙었다. 미래는 마음을 다잡고 나머지 질문들에 성실하게 답했다.

캐리어를 풀고 샤워를 하고 뭐라도 만들어 먹어야 한다고 생각했지만 손 씻을 엄두도 내지 못한 채 소파에서 꼼짝도 하지 않았다. 잠시 숨을 돌리려고 했을 뿐인데 앉아 있다보니 그대로 붙박이게 되었다. 무수한 생각들이 통일된 줄거리를 이루지 못한 채 번지고 잘리고 뒤섞이고 흩어졌다. 한국에 오기 전 계획했던 일들에 대해서도 막막하기만 했다. 무슨 정리를 어디서부터 어떻게 해야 할지 알 수 없었다.

문득 휴대폰으로 시간을 확인해보니 밤 아홉시가 넘어 있었다. 그제야 어둠을 의식하고 불을 켰다. 소파에서 몸을 떼고 나자 그제야 뭐라도 해야겠다는 의지가 발동했지만 딱히 뭘 해야 할지 모르겠어서 다시금 멍해졌다. 퍼뜩 고개를 흔들며 지갑을 들고 집을 나섰다. 먹을거리를 사러 나온 것이었으나 걷다보니 산책을 하고 싶어졌다. 행로를 정하지 않고 동네를 돌고 돌다 길을 잃었다. 집에서 아주 멀어진 것도 아니었는데 아예 다른 동네에 와 있는 듯 낯선 분위기의 가게들이 즐비했다. 휴대폰도 놓고 나온 터라 큰길까지 나가서야 방향이 잡혔다. 돌아오는 길에 편의점에 들러 참치김밥, 반숙란, 생수, 캔맥주를 샀다. 맥주는 오백 밀리리터짜리 두 개를 집었다가 점원이 네 개 사면 할인된다고 하여 두 개를 더 집었다.

청소기를 돌리고 캐리어를 풀고 샤워를 한 뒤 소파에 앉아 맥주를 마셨다. 마시다보니 네 캔을 모두 비웠다. 주량을 훌쩍 넘는 양이라 한참 몽롱했지만 끝내 잠이 오지는 않았다. 나머지 음식은 그대로 남았다. 그리고.

어쩌면 그 무덤의 주인이 그 사람이었을지도 모른다.

미래는 결국 그 생각에 다다랐다. 탁조의 이야기를 들으며 와락 떠오른 장면이 있었지만 애써 외면한 기억이었다. 뭔가를 추론해내기 위해 그날의 일을 본격적으로 회상하고 싶지는 않아 끝까지 모른 체할 작정이었다.

술 때문이었다. 술이 아니었다면 끝까지 피할 수 있었을 것이다. 정확히는 주량을 넘긴 것이 문제였다. 주량을 넘기면 술은 모든 경계를 넘는다. 경계를 넘으면 그곳엔 여지없이 온갖 것들이

66

뒤죽박죽된 진창이 기다리고 있었으므로 미래는 술을 별로 좋아하지 않았다. 주량을 넘기는 일도 거의 없었다. 과도한 피로감 때문에 잠에 쉬이 들지 못할 때만 맥주 한 캔이나 와인 한 잔을 마셨다. 아주 가끔 라크를 마실 때도 있었는데 도수가 너무 높아 물과의 비율을 1 대 5로 맞추어 역시 딱 한 잔만 마셨다.

어쩌면 술 때문이 아닐 수도 있었다. 술 탓을 하는 건 비겁한 일이었다. 진창은 애초에 술이 만든 것이 아니었고, 술은 다만 그것을 마주할 용기를 내기 위해 필요했던 건지도 몰랐다. 뭐 얼마나 대단한 기억이라고 용기씩이나 필요한가, 미래는 자조하면서도 온몸이 잔뜩 오그라드는 걸 막을 수 없었다.

*

미래는 열한 살이었다. 여름방학이었고 늦잠을 자고 있었다. 평소 일찍 자라고는 해도 일찍 일어나라고는 하지 않던 수림이 그날따라 미래를 다급한 손길로 흔들어 깨웠다. 술냄새가 훅 끼쳤다. 미래가 코를 막으며 투정하자 수림은 미래를 안고 욕실로 향했다. 억지로 세수를 시키고 억지로 머리를 감기고 방으로 돌아와 억지로 옷을 벗겨 억지로 새 옷을 입혔다. 목과 소매와 치맛단에 레이스가 달린 분홍색 원피스였다. 수림이 새 옷을 사준 건 처음이었다. 더구나 장식이 핵심인 원피스는 어머니도 사준 적 없는 옷이라 미래는 잠이 홀딱 깼다.

어디 가는 거냐고 물었지만 수림은 대답하지 않았다. 버스를 타고 택시를 타고 다시 버스를 타는 동안 미래는 틈틈이 졸았다. 문득 눈을 떴을 때는 눈앞에 수백의, 어쩌면 수천일지도 모르는 무덤들이 펼쳐져 있었다. 전경에 압도되어 얼떨떨해진 미래의 손을 덥석 쥐고 수림은 무덤 사이를 성큼성큼 가로지르며 언덕을 올랐다. 미래는 숨이 턱밑까지 차올라 기절할 판이었지만 수림을 저지할 방도가 없었다.

"인사해라. 너 때문에 죽은 사람이다."

한 무덤 앞에 이르러 수림은 미래의 손을 놓으며 그렇게 말했다. 그게 무슨 소리냐고 묻고 싶었지만 미래는 숨을 고르기 바빴다. 수림은 가방에 넣어 온 음식들을 하나씩 꺼내 상석에 놓았다. 상을 다 차린 다음 향을 피우고 절을 두 번 한 뒤 털썩 주저앉아 가만히 무덤을 바라보았다. 그사이 미래는 숨이 가라앉았고 그러고도 한참이 지났으나 어쩐지 말을 걸면 안 될 것 같아 조용히 옆에 앉아 있었다. 수림은 상석에 놓인 소주병을 집어 한 모금 한 모금 비워나갔다. 미래는 까무룩 잠이 들었다.

까아악.

갑작스러운 까마귀 울음에 미래는 눈을 떴다. 붉은 노을이 감청색 하늘을 갈기갈기 찢고 있었다. 수림은 보이지 않았다. 수림을 부르며 무덤 주변을 돌아보았지만 수림은 없었다. 미래는 버스 정류장에 가볼까 하다 그사이 수림이 돌아와 자신을 찾을까봐 끝내 무덤이 눈에 안 보이는 곳 너머로는 걸음을 내딛지 못했다. 배가 고파 상석에 차려진 음식들을 집어먹었다. 사위는 금세 어둠에 잠겼다. 까아악. 다시금 까마귀가 울었고 미래는 덜컥 무서워졌다. 그곳을 당장이라도 벗어나고 싶었지만 온몸이 돌처럼 굳어 손가락 하나 발가락 하나 꼼짝할 수 없었다. 목놓아 울고 싶었으나 이를 앙다물고 있었기에 끝내 소리가 되어 나오지는 않았다.

어둠은 길고 깊었다. 시간이 아무리 지나도 결코 다른 것이 될 수 없을 것처럼. 목사님이 말씀하신 영원이란 이런 것일까 미래는 생각했다. 그러고는 언제인지도 모르게 깜빡 잠이 들었다. 어쩌면 기절한 것인지도 몰랐다. 어쨌든 눈을 떴을 때는 수림이 미래를 꽉 껴안고 있었다. 수림은 몸을 떨며 흐느꼈다. 미래는 수림의 팔이 못내 갑갑했지만 수림 너머로 보이는 새파란 하늘에 홀려 잠자코 있었다. 고개를 움직여 시야를 한껏 넓혔는데도 구름 한 점 발견되지 않았다. 애국가에 나오는 공활한 하늘이란 이런 것일까 미래는 생각했다. 공활의 공은 비어 있다는 뜻이라고 선생님은 말했다. 하늘이 비어 있다는 게 무슨 뜻인지 잘 몰랐는데 이제 보니 구름이 없다는 뜻 같았다. 하늘은 파란색으로 가득차 있었고 굳이 비었다고 할 만한 내용물은 구름밖에 없었으니까. 그렇다면 하늘의 주인은 구름인 걸까? 아니, 어쩌면 가을 하늘의 공은 전혀 다른 의미일지도 몰랐다. 가을 하늘은 어땠더라. 그런 생각들을 하며 미래는 수림이 팔을 풀어주기를 기다렸다.

그날 이후 미래는 그 일을 떠올려본 적이 없었고 그 일에 대해 수림과 이야기를 나누어본 적도 없었으므로 그날은 기억에서 사라졌다. 그런 줄 알았다. 하지만 탁조의 이야기를 들으며 미래는 자신이 그날의 일을 하나도 잊지 않았다는 걸 깨달았다. 왜 자신이 그토록 새파란 하늘을 싫어했는지도. 뭐든 '새'가 붙는 색은 좀 으스스하긴 하지. 미래가 새파란 하늘이 무섭다고 했을 때 세중은 그렇게 말했다. 새파랗고 새빨갛고 새하얗고 새카만 색이라고 말할 만한 색은. 그런 것 같기도 했다. 그저 어떤 것의 색깔이기만 하다면 상관없겠지만 실제로 어떤 색이 마냥 그렇기만 한 색으로 시야를 가득 메우고 있다면. 하지만 샛노란 색은 안 그렇잖아. 미래가 이의를 제기했다. 사방이 순수하게 노랗기만 한 공간을 상상하니 안심이 되어서였다. 그래서 '새'가 아니라 '샛'이 붙은 거야. 세중의 대답에 미래는 어이없어하면서도 웃음이 터졌다. 미래는 그런 말들이 좋았다. 별 의미도 내용도 없는 말들. 웃는 것 말고는 달리 돌려줄 말이 없는 말들. 한순간 웃게 하는 것으로 제 몫을 다 하고 흔적 없이 사라지는 말들. 그런 말들을 세중은 아주 가끔씩 했고 미래는 그럴 때의 세중이 좋았다.

7

미래는 비석에 새겨진 이름을 보지 못했다. 볼 새가 없었다. 아니, 보았으나 기억을 못하는 것일 수도 있었다. 아니, 보았다면 기억이 안 날 리 없었다. 다른 모든 것들과 마찬가지로 생생하게 떠올라야 했다. 한자로 쓰여 있어 읽지 못했다면 그랬다는 사실이라도 선명했을 터였다. 그렇게 결론을 내리고도 미래는 한참 고심했다. 보지 못한 것인지 기억을 못하는 것인지. 그러다 동이 텄다. 밤을 꼬박 새웠다는 걸 의식한 순간 미래는 어느 쪽이 맞든 간에 정말이지 그 사람은 누구였고 이름은 무엇이었을까만 오롯이 궁금해졌다. 오순이 떠올랐다. 오순이라면 알고 있을지도 몰랐다.

오순을 마지막으로 본 건 사 년 전이었다. 미래는 이스탄불에서 한국인 관광객을 대상으로 하는 패키지여행의 가이드로 일하고 있었다. 칠 년 전 한국에서 채용이 결정된 뒤 터키로 떠난 것이었다. 회사는 유럽의 여섯 개 나라에 현지 가이드를 두고 있었고 그들에게는 급료 말고도 숙소가 제공되었다. 물론 단체 숙소였고 독립된 공간을 원하는 이는 자비로 집을 구하면 되었다. 미래는 남과 함께 사는 일에 영 자신이 없었지만 회사에서 제공한 집만큼 접근성이 좋고 환경이 쾌적한 숙소를 구하기엔 가지고 있는 돈이 한참 모자랐다. 미래는 두 명의 여자 동료들과 생활했다. 남자들의 숙소는 옆 건물에 있었다. 그곳에는 총 두 명이 거주했고 그중 한 명이 세중이었다. 가이드 일은 일 년마다 재계약을 하게 되어 있었는데 삼 년이 지나면 다른 나라로 전임을 신청할 수 있는 자격이 주어졌다. 신청서가 통과되려면 가고자 하는 나라에 머물고 있는 가이드가 사직을 하거나 그 역시 신청자가 머물고 있는 나라로 전임을 신청해야 한다는 제약이 있었고, 상황이 운좋게 맞아떨어지더라도 그전까지의 고객 평가가 어떠냐에 따라 순번이 밀리거나 아예 반려될 수도 있어 호락호락한 제도는 아니었으나 어찌됐든 여러 나라에서 몇 년씩 살아볼 수 있다는 가능성은 언제나 미래를 뒤설레게 했다.

미래가 오순과 재회한 그해 세중은 가이드를 그만두고 민박집을 열었다. 오랫동안 계획하고 준비한 일이었다. 보스포루스 해협이 전경으로 펼쳐진 오층짜리 건물 오층에 있는 방 세 개짜리 집이었다. 집을 계약하고 세중은 미래에게 청혼했다. 낯선 사람들이 끊임없이 드나들 민박집에서 신혼생활을 시작하는 것이 마음에 걸렸지만 더는 미루고 싶지 않았다. 미래는 거절했다. 결혼의 필요를 느껴본 적이 없었다. 세중은 미래가 둘만의 신혼집을 원하는 것으로 짐작하여 부담을 안고서라도 월셋집을 따로 얻으려고 했지만 미래는 다시 거절했다. 설득과 거절을 반복하는 과정에서 세중은 미래가 애초에 자신과 결혼할 마음이 없었다는 걸 알았다. 더욱이 미래가 세중에게는 알리지 않은 채 스페인으로 전임 신청을 한 걸 세중이 알게 되면서 둘은 결국 헤어지기로 합의를 보았다. 연애를 한 지는 일 년도 채 안 되었지만 터키에서 지낸 삼 년 중 이 년 넘게 줄곧 단짝으로 지낸 세중과 막상 연락을 끊고 나자 미래는 예상 밖의 깊은 상실감으로 휘청했다. 하지만 어쩔 수 없다고 생각했고 그런 일에는 포기가 빠른 편이라 어찌저찌 세중의 빈자리를 채워나갔다. 그즈음 오순을 만난 것이었다.

미래는 한국의 본사로부터 받은 상품 신청자 명단에서 '길오순'이라는 이름을 보고 조금 놀랐다. 흔한 이름은 아니었지만 설마 진짜 그녀일까 싶었는데 일정 첫날 아타튀르크 공항에 나타난 그녀는 정말로 그녀였다. 남편의 팔짱을 낀 채 미래와 눈이 마주친 순간 오순도 깜짝 놀랐다. 이십 년 만의 재회였는데도 두 사람은 그렇게 한눈에 서로를 알아보았다. 하지만 피차 알은체를 하지는 않았다.

미래가 안내할 일행은 오순의 부부를 포함해 모두 열 명이었다.

여행 기간은 6박 7일이었고 이스탄불을 포함해 총 다섯 개의 도시를 돌아보게 되어 있었다. 늘 그렇듯 사람들은 식사시간에 자기소개를 주고받았고 덕분에 미래는 오순 부부가 마산에서 빵집을 하고 있으며 이번 여행은 결혼 십 주년을 기념하는 여행이라는 걸 알게 되었다. 오순의 남편은 쾌활하고 선선했다. 버스 안에서 미래가 다음 장소에 대해 설명할 때 가장 앞장서서 묻고 대답하는 것도 그였고 적절한 농담과 적당한 권유로 사람들을 대화에 끌어들이는 솜씨가 뛰어나 금세 일행의 중심인물이 되었다. 그 와중에도 오순을 세심하게 챙기는 모습이 모두의 눈에 띄었는데 정작 오순은 내내 굳은 표정으로 남편의 배려를 차갑게 거절하여 '밀당의 고수'라는 별명을 얻었다. 그는 여자의 매력은 역시 내숭에 있다며 허허 웃어넘겼지만 왕왕 정말로 당황하는 기색을 보였고 그 모습을 남몰래 포착한 미래는 오순이 평소와는 다르게 행동하고 있음을 짐작할 수 있었다.

나흘째 되는 날 오순의 남편은 부쩍 말수가 줄고 얼굴에 늘 배어 있던 웃음기도 자취를 감추었다. 몇몇은 그의 컨디션을 염려했고 몇몇은 부부싸움이라도 한 거냐고 농을 걸었다. 그는 낯선 곳에 와 있으니 사색이 늘어 그렇다면서 또 허허 웃었다. 사람들은 계속해서 그를 신경쓰다가 그가 불편해하자 관심을 거두었다. 미래는 자신을 대하는 그의 태도가 어딘가 미묘하면서도 확연히 달라진 것을 느꼈다. 문득 고개를 들어보면 그가 자신을 바라보고 있다가 냉큼 시선을 돌리곤 했고 사람들을 인솔하느라 가끔 뒷걸음으로 걷게 되면 미처 뒤쪽을 살피지 못해 누군가와 부딪치거나 발에 뭔가가 걸리곤 하는데 그럴 만한 상황에서 아차 싶어 돌아보면 그가 등뒤에 서 있었다. 음료수나 아이스크림을 건네며 괜찮냐고 묻는 것도 평소와는 다른 행동이었다. 미래는 그가 간밤에 오순으로부터 자신이 누구인지 듣게 되었음을 직감했다.

그날의 일정은 셀주크 관광이었다. 오전에는 고대도시 에페수스에서 유적지를 돌아보고 오후에는 인근의 산골 마을 시린제에 들렀다. 늘 그랬듯 시린제에서는 관광객들에게 두 시간의 자유시간이 주어졌다. 마을을 한 바퀴 도는 데는 한 시간도 채 안 걸렸으나 휴식과 쇼핑 시간을 감안하여 배분한 것이었다. 이곳의 명물은 유기농 과일주와 수제 비누였다. 15세기 그리스인들의 정착지였다는 마을의 역사와 아름다운 풍광이 관광객들에게 알려지면서 자기들끼리 만들어 먹고 쓰던 것이 특산품이 된 것이었다. 미래는 시린제에 올 때마다 하는 일이 두 가지 있었다. 포도주 한 병과 석류주 한 병을 사는 것, 그리고 사람들이 오지 않는 마을 끝 산길 벤치에 앉아 쉬는 것. 벤치 옆에는 커다란 올리브나무가 서 있었고 벤치는 언제나 나무의 그림자와 떨어진 잎사귀로 덮여 있었다.

그날도 일행에게 산책 코스와 함께 값싸고 질 좋은 과일주와 비누 파는 가게들을 알려준 뒤 늘 가던 가게에 들러 포도주와 석류주를 사 들고 그 벤치로 가 휴식을 취하고 있었다. 문득 뒤쪽에서 누군가 걸어오는 소리가 들렸다. 마을 사람들도 잘 오지 않는 곳이라 미래는 조금 놀라며 돌아보았다. 오순이었다. 오순도 미래를 보고 주춤했다. 둘은 피차 멈칫해 있다가 미래가 고개를 돌렸고 오순은 미래 옆에 다가와 앉았다. 둘은 아무 말도 하지 않았다. 그렇게 십여 분이 지났다.

"잘…… 지냈니?"

"네."

둘은 다시 침묵했고 또 십여 분이 지났다.

"엄마는요?"

"뭐…… 그냥."

둘은 다시 침묵했고 또 십여 분이 지났다. 미래는 시간을 확인하고 자리에서 일어섰다. 오순은 시선을 땅에 떨어뜨린 채로 여전히 가만히 앉아 있었다. 미래는 오순을 가만히 내려다보다 말했다.

"지금 가야 해요."

"아."

오순은 서둘러 일어섰고 둘은 이십여 분을 걸어 집합 장소에 돌아왔다. 오순의 남편은 오순을 보자마자 버럭 소리쳤다.

"대체 어딜 갔었던 거야. 갑자기 없어져서 내가 얼마나 놀랐는지 알아?"

오순도 울컥했다.

"나야말로 놀랐어. 화장실에 다녀오니까 당신이 없어서 얼마나 놀랐는지 알아? 당신 찾다가 길도 잃었다고!"

"화장실에 갈 거면 화장실에 간다고 말을 하고 갔어야지!"

오순은 잠자코 있다 대답했다.

"미안해요. 너무 급하기도 했고 당신이 비누 사느라 바빠 보여
서."

오순의 남편도 잠자코 있다 대답했다.

"나도 화내서 미안해. 너무 걱정돼서 그랬어. 그래서 어떻게 찾
아왔어?"

"우연히 미래씨를 만났어."

오순의 남편은 그제야 오순의 등뒤에 서 있던 미래를 보았다.

"고마워요, 미래씨."

"아. 아닙니다."

이전에 그랬던 것처럼 이후에도 오순과 미래가 따로 이야기를
나누는 일은 없었다.

일정이 모두 끝난 뒤 이스탄불로 돌아와 아타튀르크 공항에서
헤어지기 직전 오순의 남편은 미래에게 명함을 한 장 건네며 말
했다.

"미래씨, 한국에 오면 우리 빵집에 한번 들러요. 내가 다른 건
못해도 빵은 정말 잘 만들거든."

출국장 너머로 모두가 사라진 뒤 미래는 주머니에 넣었던 명함
을 꺼내 한참 들여다보았다. 길용빵집 사장 이길용. 미래는 그의

이름을 소리 내어 세 번 반복해서 읽었다. 이길용, 이길용, 이길용. 어쩐지 안심이 되는 이름이라고 미래는 생각했다. 그래서 다행이라고. 그러니 그걸로 됐다고. 그렇다면 다시 만날 일은 없을 거라고. 미래는 공항을 나오기 전 명함을 쓰레기통에 버렸다.

공항버스를 타고 집으로 돌아오면서 미래는 이상한 기분에 사로잡혔다. 늘 지나던 창밖 풍경이 문득 너무나 생소해 보였다. 한번도 와본 적 없을 뿐만 아니라 상상도 해본 적 없는 곳에 덜컥 홀로 놓인 것 같았다. 공포에 가까운 고립감이 일었다. 친밀한 누군가가 절실하게 필요했고 미래는 세중에게 연락했다. 전후 사정을 고려하지 않은 충동적인 선택이었을 뿐 별다른 의도는 없었지만 어쨌거나 그날을 계기로 둘은 다시 연애를 시작했다. 미래가 세중에게 그날의 심정을 털어놓은 건 반년쯤 지나서였다. 이어지는 질문에 답하다보니 열 살 때 어머니가 갑자기 집을 나갔고 이십 년 만에 우연히 재회했다는 소리까지 하게 되었다. 누군가에게 오순의 이야기를 한 건 처음이었다. 물론 아주 간략히 요약해 들려준 것이었지만 그러고 나니 세중과의 관계가 이전과는 조금 다른 의미로 특별하게 여겨졌다. 세중은 다시 청혼했고 미래는 수락했다. 둘은 반년 뒤 결혼했다.

그사이 세중의 민박집은 한국인 관광객들 사이에서 제법 유명한 곳이 되었다. 세중의 염려와는 달리 미래는 민박집 생활을 좋아했다. 아이가 생긴 뒤 미래는 일을 그만두었다. 그러면서 민박집 생활이 싫어졌다. 일을 할 때는 그나마 한 달의 절반은 다른 도시를 돌아다녀야 했고 그 기간에는 저녁식사 후 일정이 끝나면 다음날 아침까지 혼자만의 시간을 보낼 수 있었는데, 아이를 가진 뒤 부쩍 예민해진 채로 하루도 빠짐없이 사람들과 섞여 지내야 했기 때문이었다. 하지만 아이를 낳자 미래는 다시 민박집 생활이 좋아졌다. 사람들은 하나같이 아이를 예뻐했고 서로 경쟁하듯 돌아가며 아이를 안아주었다. 다행히 아이는 누구에게나 잘 안겼다. 덕분에 미래는 휴식시간이 많아졌다. 아이에게도 많은 사람들과 어울리는 환경이 좋다는 생각이 들었다. 아이는 기억을 못 할 테지만 몸으로 익힌 다양한 사람들에 대한 경험은 아이의 관계 능력을 키워줄 것이었고 그렇다면 아이는 적어도 자신보다는 나은 인간이 될지도 몰랐다.

*

　오순과 통화한 건 집에 돌아온 다음날 저녁이었다. 오순에게 연락을 할지 말지로 고민하다 결국 전 직장에 전화를 건 것은 오후 세시경이었다. 전화를 받은 이는 투어기획부의 하과장이었다. 미래가 가이드로 일하던 시절 터키에 출장을 다녀간 적이 있었던 터라 그는 곧장 미래를 기억해냈다. 세중과의 결혼생활과 민박집의 현황에 대해 자세히 묻기까지 했다. 세중과의 결혼은 한국 본사에서도 화제였다며 그는 껄껄껄 웃었다. 대화는 자연스레 미래가 연락한 이유로 연결되었다. 미래는 미리 준비한 내용을 침착하게 읊었다. 아버지의 장례를 치르러 한국에 와 있다, 아버지의 지인들에게 소식을 알리는 중인데 옛 고객 중 한 분이 아버지의 지인이었다, 최근에 휴대폰을 잃어버려 연락처를 모른다. 하과장은 부친상에 대한 위로에 이어 장례식장의 위치를 물었고 미래는 역시나 준비한 대로 가까운 분들만 모시고 조촐하게 치르기로 한 터라 방문은 사양하겠다고 했다. 하과장은 다시 한번 안타까움을 표한 뒤 원칙적으로 퇴사한 직원에게 고객의 정보를 넘기는 건 징계받을 일이라고 못박았다. 미래가 실망하려는 찰나 그는 목소리를 대폭 낮추어, 하지만 자신은 절대적인 원칙주의자는 아니라고 속삭였다. 잠시 기다리라고 한 뒤 정보 검색을 마친 그는 길오순씨가 명단에는 있으나 연락처는 기재되어 있지 않다면서 혹 여행 당시 동행자가 있었던 것 아니냐고 물었다. 2인 이상이 투어를 신청하는 경우 대표자 한 사람의 연락처만 있으면 되기 때문이었다. 미처 그 생각을 못했던 미래는 멈칫했지만 다행히 곧바로 그의 이름이 떠올랐다. 이길용. 연락처는 금세 검색되었다.

미래는 이길용의 연락처를 받아 적은 메모지를 한참 들여다보다 식탁에 내려놓고는 쌀을 씻어 안치고 장을 봐 왔다. 시금치된장국을 끓이고 달걀찜과 오이무침을 만들었다. 마지막으로 냉장고에서 열무김치를 꺼내 그릇에 덜어 식탁에 놓은 뒤 의자에 앉았다. 숟가락을 손에 쥔 채 뚝배기에서 피어오르는 김의 어지러운 상승 곡선을 하염없이 바라보았다. 이윽고 김이 완전히 사그라들자 미래는 숟가락을 놓고 휴대폰을 집었다. 메모지를 일별한 뒤 다시 휴대폰을 내려놓고 밥을 먹기 시작했다. 찌개 한 입, 밥 두 숟갈, 달걀찜과 오이무침 각각 한 점씩으로 식사가 끝났다. 더 먹어보려고 했지만 더는 먹히지 않았다. 극심한 피로가 몰려왔다. 음식을 그대로 둔 채 소파에 누웠다. 눈을 감기만 하면 그대로 곯아떨어질 줄 알았는데 몽롱한 채로 끝내 의식이 떨어지지 않았다. 뒤척뒤척 두어 시간을 보내다 포기하고 일어나 앉았다. 할일을 모두 마치기 전까지는 결코 잠들 수 없을 거라는 확신이 들었다. 한숨을 길게 내쉰 뒤 벌떡 일어나 식탁을 치우고 설거지를 하고 식탁 의자에 앉았다. 휴대폰을 집어 메모지에 적힌 번호를 찍고 통화 버튼을 눌렀다. 연결음은 두 번 만에 끊겼다.

"네, 길용빵집의 이길용입니다."

미래는 입이 떨어지지 않았다.

"여보세요? 길용빵집의 이길용입니다."

"저……"

"네, 말씀하세요."

"안녕하세요? 기억하실지 모르겠지만…… 저는 고미래라고 합니다. 그…… 터키에서……"

몇 초의 침묵이 흐른 뒤 그는 와락 외쳤다.

"아, 미래씨! 미래씨군요. 당연히 기억하죠. 우리가 얼마나 미래씨의 연락을 기다렸는데요."

뒤이어 이길용은 한국에 온 거냐, 마산에 들러라, 언제 올 거냐 물었다. 미래는 한국에 온 건 맞지만 일정이 빠듯하여 마산에 들를 시간이 있을지는 잘 모르겠다고 한 뒤 오순과 통화하고 싶다고 했다.

"그 사람은 집에 있어요. 메시지로 번호를 보내줄 테니 연락해 봐요."

"네, 감사합니다."

"아이고, 잊지 않고 연락 줘서 내가 더 고마워요. 정말로 반가워요. 시간 되면 정말로 꼭 마산에 들러요. KTX 타면 얼마 안 걸려요."

"아…… 네, 사정이 되면 그럴게요."

통화를 마친 뒤 미래는 곧장 오순에게 연락해보았다. 연결음이 길게 이어지다 지금은 통화할 수 없다는 음성 안내가 나왔다. 자신은 미래이고 통화하고 싶다는 메시지를 쓰던 중에 오순에게서 전화가 걸려왔다.

"누구세요?"

"……미래예요."

오순은 울음을 터뜨렸다. 미래는 울음소리를 잠자코 듣고 있다 소리가 잦아든 뒤 수림의 죽음을 알렸다. 오순은 깜짝 놀라며 다시금 울먹였지만 비교적 침착하게 그 사실을 받아들였다. 수림의 사인에 대해 간략한 대화를 주고받은 뒤 미래는 자정의 사건 이야기를 꺼냈다. 수림이 죽기 전 수림과 가까이 지낸 분의 말에 따르면 그 일로 수림이 스트레스를 받았다고 하기에 묻는 것이라고 했다. 오순은 묵묵하다 "그게……"라고 뭔가를 말하려다가 멈추고는 다시금 묵묵하다 "그러니까……"라고 뭔가를 말하려다가 멈추고는 다시금 묵묵하더니 전화로는 할 수 없는 이야기라고 한 뒤 다음날 서울로 올라가겠다고 했다. 미래는 잠깐 고민하다 자신이 마산에 내려가겠다고 했다. 금세 또 출국해야 할 텐데 그 와중에 왔다갔다하려면 피곤할 거라면서 오순은 미래를 만류했고 미래는 KTX를 타면 서울 시내를 왔다갔다하는 것과 마찬가지라면서 오순을 설득했다. 피차 고집을 부리다 미래가 이겼다. 통화를 끝낸 뒤 미래는 기차표를 예약했다.

8

하루 전 풀잎이 우성빌딩에 들른 건 밤 아홉시가 다 되어서였다. 원래는 탁조와 근처 술집에서 술이나 한잔할까 싶어 온 참이었는데 책방 문이 닫혀 있었다. 별일이 있지 않은 한 탁조는 대개 아홉시까지는 책방에 있는 터라 굳이 미리 연락을 안 한 것이었다. 수림의 딸이 오기로 했다는 건 미리 들어 알고 있었지만 낮 약속이었기에 염두에 두지 않았다. 전화를 걸어보니 친구가 찾아와 근처에서 술을 마시고 있다며 합류해도 좋다고 했다. 풀잎은 정중히 거절했다. 그러던 중 이층의 미용실에 불이 켜져 있는 걸 보게 되었다. 폐점 시간이 여덟시라는 걸 알고 있는 터라 의아해하면서도 이렇게 된 바 머리나 자르자 싶어 건물로 들어섰다. 이발 시점을 훌쩍 넘겼지만 도통 시간이 나지 않아 스트레스를 받던 참이었다. 환절기엔 언제나 사망자가 늘었고 장례지도사인 풀잎은 보름째 하루도 쉬지 못했다.

그나마 도중에 하루는 운좋게 오후 세시쯤 퇴근하게 되었는데 미용실 대신 북악산으로 향했다. 불현듯 굴참나무가 어떻게 생긴 나무인지 보고 싶어져서였다. 그날 오전 풀잎은 북악산 굴참나무에 목을 매고 죽은 이십대 여자의 시신을 염습했다. 목에 남은 검푸른 멍자국을 가리느라 보통의 경우보다 화장품을 세 배 넘게 썼다. 물론 그러고도 상흔은 채도가 다소 낮아졌을 뿐 여전히 확고하게 제자리를 지키며 그 사람이 선택한 죽음의 형식을 또렷이 명시해주고 있었다. 덧칠 따위로 있었던 일이 없었던 일이 될 리 없다는 듯. 그렇다는 걸 알면서도 할 수 있는 만큼 끝까지 은폐를 시도하는 건 유가족 때문이었다. 특히 고인이 유명을 달리한 순간을 함께하지 못한 유가족은 대개 시신의 상태를 통해 고인이 느꼈을 고통을 체감하며 사별의 슬픔과는 결이 다른 비통으로 허물어졌다. 훼손의 정도에 따라 반응의 강도는 차이를 보였지만 비교적 온전한 상태의 시신이라도 피부색이나 작은 흠집만으로 고인이 지나온 생 전체를 들여다본 듯 가슴을 쥐어뜯는 이들이 많았다. 숨을 잃은 이가 자신에 대해 그 자신으로서 알려줄 수 있는 건 이제 몸밖에 남지 않았으므로 그 사람을 영영 잃은 이들은 몸의 잔적에 매달릴 수밖에 없는 거라고 풀잎은 해석했다.

사실 그 나무가 정말 굴참나무였는지는 확실하지 않았다. 어떤 나무에 목을 맸냐고 경찰에게 묻자 경찰은 뭘 그런 걸 묻느냐는 표정으로 머뭇거리다 굴참나무 같은 게 아니겠냐고 했다. 그런 나무가 있어요? 경찰은 그런 것도 모르냐는 표정으로 머뭇거리다 대답했다. 그거 아주 유명한 나무인데요. 염습이 끝난 뒤 휴대폰으로 인터넷 검색을 해보니 생김새가 아주 낯선 나무는 아니었다. 그래도 어쩐지 눈으로 다시 한번 확인해보고 싶었고 막상 가서 보니 역시 그랬다. 어쨌거나 오랜만에 나무 냄새를 흠뻑 맡고 나자 딱히 후회할 만한 여정은 아니었다는 생각이 들었다.

우성빌딩에 들어서자 괴괴한 정적과 두터운 어둠이 와락 닥쳐와 풀잎은 자신도 모르게 멈칫했다. 공연히 사방을 둘러본 뒤 픽 웃으며 휴대폰의 플래시 기능을 켜고 계단으로 향했다. 반층을 지났을 때 센서등이 느릿하게 켜졌다가 꺼졌다. 수명을 거의 다한 듯 조도도 꽤 낮았다. 이층에 도착해 출입문을 여는 순간 센서등이 다시 켜졌다. 후방의 불빛을 곁눈으로 감지한 풀잎은 퍼뜩 뒤를 돌아보았다. 센서등은 좀전보다 오래 켜져 있었다. 그렇게 느꼈다. 괜스레 오스스해진 채 자리를 뜨지 못하고 등을 노려보았다. 잠시 후 불이 꺼졌다. 풀잎은 계속 그곳에 서 있었다. 어둠과 고요가 무심히 이어졌다. 풀잎은 미용실로 향했다.

은령은 냉장고에서 뭔가를 꺼내려다 풀잎이 문을 밀고 들어오자 깜짝 놀라며 그대로 냉장고를 닫았다.

"왜 아직 안 가셨어요?"

은령은 금세 표정을 수습하곤 미소를 지었다.

"아…… 오늘이 이벤트 마지막날이라."

열흘 전 은령은 '십 주년 기념 특별 이벤트'를 내걸었다. 십 년이 아니라 십이 년 아니냐고 지하층의 노래방 주인인 진묘연이 이의를 제기했다. 십 년째 되던 해에 하고 싶었던 이벤트라서요. 묘연은 언뜻 말이 된다고 여기면서도 잘 이해되지 않았다. 은령은 아랑곳하지 않고 입간판과 플래카드까지 제작했다. 열흘간 커트가 공짜라는 게 이벤트의 내용이었다. 커트만으로는 특별할 게 없다고 묘연이 또 이의를 제기했다. 커팅엔 커팅이죠. 은령은 유례없이 단호한 말투로 그렇게 말했다. 그게 무슨 말이냐고 탁조가 묻자 은령은 또 한번 선언하듯 말했다. 건물도 커팅, 머리도 커팅. 이열치열이에요. 탁조 또한 언뜻 말이 된다고 여기면서도 잘 이해되지 않았다. 낙심하지 말자고요. 은령은 덧붙였고 더는 누구도 이의를 제기하지 않았다. 탁조는 머리를 자를 타이밍이 아니었고 묘연은 평소 다른 미용실을 이용하는 터라 이벤트의 혜택을 누리지 못할 참이었는데 은령은 두 사람에게 뜻밖의 제안을 했다. 탁조에게는 약간의 손질이라도 받아달라는 부탁을, 묘연에게는 파마든 염색이든 원하는 걸 선택하라는 선심을 건넸다. 두 사람은 또다시 의아해했고 은령은 말했다. 기념 선물이라고 생각해주세요. 딱히 선물이 필요 없었던 두 사람이 망설이자 은령은 다시 말했다. 저에게 주시는 기념 선물요. 두 사람은 여전히 잘 이해되지 않았지만 딱히 나쁠 것도 없는 일이라 제안을 수락했다.

"이 시간에 누가 온다고요."

"너 왔네."

"너무 늦은 거면 다음에 올게요."

"다음은 없어."

"괜찮아요. 저, 공짜주의자 아니에요."

"내가 안 괜찮아. 앉아."

일이 끝난 뒤 풀잎은 평소처럼 인사를 하고 자리를 뜨려고 했다.

"술 한잔 안 하고 갈래?"

풀잎은 멈칫했다. 술을 같이 마신다는 건 이전의 관계와는 질감이 달라지는 일이었고 은령은 그런 식으로 한순간 방향을 틀거나 거리를 건너뛰는 사람이 아니었다. 술집 주인과 술을 마시는 것보다 어색한 일이 될지도 몰랐다.

풀잎은 평균적으로 한 달에 한 번씩 은령의 미용실에서 머리를 잘랐다. 은령은 싹싹한 듯하면서도 먼저 말을 건네는 법이 없었고 지나다 우연히 마주쳐도 수줍게 웃으며 눈인사를 보내는 것이 다였다. 본래의 성격인지 영업의 원칙이 그런 건지 알 수 없었지만 고객님이라면 무조건 사랑하고 보는 이들에게는 덮어놓고 거부감부터 일어나는 터라 풀잎은 은령의 응대 방식이 썩 마음에 들었다. 은령은 은령대로 풀잎 부자가 단골들 중 유일하게 단 한 번도 단골 할인을 요구하지 않아 남다른 호의를 갖게 되었는데, 그렇다고 눈에 띄게 마음을 드러내지는 않았다. 풀잎과 은령은 느슨한 속도로 대화의 양이 조금씩 늘었고 그렇게 이 년쯤 지나자 서로의 근황을 묻고 사적인 이야기를 드문드문 주고받는 정도가 되었다. 하지만 그것은 어디까지나 세월의 힘으로 자연히 조성된 적절한 친숙함일 뿐 업자와 손님 이상의 특별함을 지닌 관계는 아니었다.

딱 한 번 특별해질 수도 있었던 적은 있었다. 유년기에 어머니와 사별한 풀잎은 막연한 잔상으로 남아 있는 어머니의 이미지를 은연중에 은령에게 투사할 때가 있었는데, 때마침 탁조가 은령에게 관심이 있다는 걸 알게 되어 둘의 재혼을 섣불리 그려보기까지 했다. 알고 보니 탁조는 수림과 은령을 맺어주려 한 것이었고 수림과 은령은 상대가 양에 안 차는 것인지 연애에 관심이 없는 것인지 끝내 동기화되지 않아 탁조에게나 풀잎에게나 김샌 일이 되었다. 성격도 비슷한 게 둘이 정말 딱인데 거참. 탁조는 내내 아쉬워했다. 뭐가 딱이에요, 성격이 비슷하면 도리어 매력을 못 느끼게 되어 있다고요. 하긴, 아버지는 남녀상열지사에는 문외한이시니. 탁조가 기가 찬다는 듯 헛웃음을 날렸다. 허이고 그래, 너는 퍽이나 전문가라서 허구한 날 여자한테 차이지.

"술 못 드신다고 하지 않으셨어요?"

"응. 그래도 오늘은 조금 마셔보려고. 마지막날이니까."

풀잎은 잠깐 쭈뼛거리다 말했다.

"그럼…… 어디로 갈까요?"

"여기서 마시자."

"여기서요?"

"왜, 싫어?"

"아뇨, 그게 아니라…… 술 사올까요?"

"아니야. 사놨어. 아주 많이."

*

그 조명등은 로즈골드색 프레임과 LED 전구 일곱 개로 구성된 것이었다. 전구들의 높이나 방향이 각기 달라 언뜻 복잡해 보였지만 장식적 요소가 거의 없어 전체적으로는 단순한 디자인이었다. 북두칠성을 구현한 조명등이라고 은령은 말했다. 풀잎은 목을 뒤로 젖혀 천장의 조명등을 올려다보았다.

"그런가?"

잘 모르겠다는 듯 풀잎은 중얼거렸다.

"그렇대."

은령은 말하며 맥주 캔을 땄다. 풀잎은 고개를 바로한 뒤 뒷목을 주물렀다.

"어쨌든 아이디어는 멋지네요."

"북유럽 스타일이야."

"그게 뭔데요?"

"미대 나왔다면서 그런 것도 몰라?"

믹스 너트 깡통을 향하던 풀잎의 손이 허공에서 멈칫했다. 풀잎은 미간을 찌푸리며 혀를 쯧 찼다.

"하여간 노친네."

"응?"

"아버지한테 들으신 거죠?"

"뭐, 미대?"

"네."

"비밀이었어?"

"그런 건 아니지만……"

"그럼 내가 아는 게 기분 나쁜 건가?"

풀잎은 표정을 풀며 손을 내저었다.

"아뇨 아뇨. 아버지가 할말 없을 때 괜히 저를 팔아서 대화를 잇는 버릇이 있거든요. 좋은 이야기든 안 좋은 이야기든 말예요. 그것도 양념을 듬뿍 쳐서요."

"어쨌든 멋지다."

"뭐가요?"

"미대생이었다는 거."

"그게 뭐가 멋져요."

"그냥. 예술가들은 다 멋진 거 같아."

"미대생이라고 다 예술가가 되는 건 아니에요. 예술가가 된다고 다 멋진 것도 아니고요. 이모님 머릿속에 있는 멋진 예술가들은 모두 성공한 사람들이에요. 0.1퍼센트에 해당하는 사람들이죠. 99.9퍼센트는 0.1퍼센트가 되기를 꿈꾸지만 결국 그럴 수 없다는 걸 깨닫게 되는 사람들이고요."

"너무 그러지 마. 어쨌든 그림으로 자기를 표현할 줄 안다는 건 굉장한 거야."

"제 전공은 조형이었어요."

"아."

은령은 배시시 웃었다.

"어쨌든 부럽다."

풀잎은 뭔가를 더 말하려다 말고 고개를 저으며 믹스 너트 깡통에서 캐슈너트를 두 개 집어 입에 넣었다. 은령은 맥주를 한 모금 들이켠 뒤 양손으로 캔을 감싸쥔 채 시선을 떨구었다. 입가엔 미소를 물고 있었지만 딱히 웃는 얼굴로 보이지는 않았다. 은령은 늘 그랬다. 웃음과 울음이 반반씩 섞인 듯 모호하고 복잡한 표정을 짓고 있어 기분이 좋은 건지 나쁜 건지 가늠하기 어려웠다. 입꼬리와 눈꼬리가 보통 사람들보다 한참 처져서 그렇다고 은령은 말한 적이 있었다. 울상으로 보이는 게 싫어 입에는 늘 힘을 주고 눈에는 아이라이너와 아이섀도 바르는 걸 철칙으로 삼고 있다고 했다. 풀잎은 그전까지 은령이 울상이라는 걸 알아보지 못했고 그 말을 듣고도 긴가민가했다. 그게 다 피나는 노력의 결과야. 은령은 뿌듯해하며 말했다. 울상이 나빠요? 재수가 없대. 누가 그래요? 어떤 도사님이. 도사님? 점쟁이. 아. 은령은 반년에 한 번씩 점집에 가서 점을 보았다. 모든 게 타고난 팔자라는 생각을 하면 마음이 편안해진다고 했다. 난 억울할 것 같은데. 풀잎의 말에 은령은 고개를 끄덕였다. 그래, 그렇기도 하지. 하지만 어떻게도 할 수 없었던 일들이 내가 아무것도 안 해서 일어난 건 아니라는 생각을 하면 죄책감은 좀 덜어지거든.

"부럽긴 뭐가 부러워요. 북유럽 스타일이 뭔지도 모르는데."

골똘히 생각에 잠겨 있던 은령은 파드득 놀라며 시선을 들었다. 맞은편에 풀잎이 앉아 있다는 걸 잊은 듯 멍한 표정이었다. 은령은 이내 입꼬리를 살짝 들어올렸다.

"그래서, 북유럽 스타일이라는 게 어떤 건데요?"

은령은 맥주를 한 모금 마신 뒤 대답했다.

"심플, 실용, 자연주의."

"저 조명이 그래요?"

은령은 피식 웃었다.

"실은 나도 잘 몰라. 북유럽을 가본 적이 있어야지. 유럽은커녕 제주도도 못 가봤는데 뭐. 손님이 너무 없어서 인테리어를 바꿔야 하나 그러던 참에 인터넷으로 이것저것 알아보다가 북유럽 스타일이 유행이라고 하길래 비용을 알아봤는데 너무 비싼 거야. 그래도 아무것도 안 할 수는 없고 최소한 조명이라도 바꿔보려고 찾아낸 거야. 보는 순간 아, 이거다 싶더라고."

"어떤 점이요?"

"응?"

"어떤 점이 아, 이거다 싶으셨냐고요."

은령은 대답 대신 눈을 동그랗게 뜨고 풀잎을 바라보았다.

"제 얼굴에 뭐 묻었어요?"

은령은 고개를 저었다.

"누가 나한테 그런 걸 묻는 게 너무 오랜만이라."

어떤 말로 받아야 할지 풀잎이 망설이는 사이 은령은 맥주 캔을 들어 건배를 권했다. 풀잎은 캔을 부딪친 뒤 그대로 내려놓았다. 은령의 시선이 다시 낙하했다. 거의 동시에 입꼬리도 하강했다. 확실히 평소와는 다르다고 풀잎은 생각했다. 술을 마시자고 한 것부터 그랬다.

풀잎은 다시 한번 조명의 어떤 점이 좋았는지 물어보려다 말았다. 은령은 알 수 없는 곳으로 침잠하고 있었고 풀잎은 은령을 굳이 그곳에서 꺼내줘야 한다는 생각이 들지 않았다. 대신 휴대폰을 꺼내 유튜브에서 음악을 재생시켰다. 막시밀리안 헤커의 〈Dying〉이었다. 이유는 알 수 없었지만 눈도 입도 한없이 떨어지고 있는 은령을 보고 있자니 문득 그 노래의 뮤직비디오가 떠올랐다.

"피아노 소리가 듣기 좋네."

은령은 다시 한번 틀어달라고 한 뒤 이번엔 영상을 처음부터 끝까지 보았다.

"이 여자 이름이 다잉이야?"

"오, 신선한 해석인데요."

"원래는 뭔데?"

"죽어간다는 뜻이에요."

"아."

풀잎은 다양한 피아노 연주곡들을 검색해서 재생시켰고 두 사람은 말없이 음악을 들었다.

열한시가 조금 넘어 술이 모두 바닥났다. 여섯 캔 중 다섯 캔은 풀잎이 마셨다. 풀잎은 휴대폰을 챙기며 자리에서 일어섰다.

"안 가면 안 돼?"

"아니 뭐, 꼭 그런 건 아니지만…… 술도 떨어졌고……"

"좀만 더 있다 가. 응?"

단어와 단어 사이가 한껏 늘어지며 비음이 잔뜩 섞이는 걸로 보아 취한 것이 분명했다. 은령이 취하면 어떻게 되는지 잘 모르는 터라 풀잎은 당황했다. 하지만 어쩐지 거절하기가 쉽지 않았다. 가든 안 가든 서먹한 기분이 들기는 마찬가지일 것 같아 풀잎은 갈팡질팡했다.

"그럼 술 더 사올까요?"

"너 먹고 싶으면. 나는 됐어."

풀잎은 잠깐 고민하다 편의점으로 향했다. 맥주 두 캔을 사 들고 돌아오자 은령은 갑자기 자리를 파하자고 했다. 어리둥절했지만 짐짓 심상하게 인사를 나누고 밖으로 나왔다.

집으로 향하는 길에 우연히 탁조와 마주쳤다. 탁조의 몸에서 삼겹살과 소주 냄새가 진동했다. 탁조는 풀잎이 술을 마셨다는 걸 눈치채지 못했고 풀잎도 굳이 말하지 않았다. 다행히 탁조는 풀잎이 지금껏 밖에서 뭘 했는지 궁금해하지 않았다. 굳이 숨길 이유도 없었지만 어쩐지 말하지 않는 것이 은령에 대한 예의로 느껴졌다. 풀잎이 우연히 보게 된 얼굴, 미용실 고객들은 한 번도 본 적 없을 얼굴, 은령이 누구에게도 보이고 싶지 않았다는 그 얼굴에 대해 누구에게도 말하면 안 된다고 풀잎은 생각했다. 오후에 수림의 딸을 만난 이야기를 들으며 풀잎은 계속 은령을 떠올렸다. 무거운 침묵과 가벼운 미소, 그리고 한없이 흘러내리던 울상.

그날 밤 은령은 북두칠성 조명등에 목을 맸다.

9

　백은령의 본명은 백은희였다. 이름을 왜 바꿨는지는 나도 알 수 없었다. 백은령은 요양원에 있는 어머니에게 일주일에 한 번씩 전화를 걸었다. 은희예요. 엄마. 아뇨, 은희요. 은희라고요, 은희. 엄마 딸. 백은령의 어머니는 치매인 것 같았고, 그렇다면 정상적인 대화가 가능할 리 없을 텐데도 백은령은 매번 삼십 분은 족히 통화를 했다. 밥은 잘 먹고 있는지, 반찬은 맛있는지, 소화는 잘되는지, 똥은 잘 누는지, 잠은 잘 자는지, 간병인은 잘해주는지 매번 같은 내용을 조목조목 확인한 뒤 일주일간 미용실을 찾은 손님들 이야기를 들려주었다. 그다지 특별한 내용은 아니었다. 사람들의 외양이나 목소리, 말투, 버릇, 시술 항목 같은 것들이었다. 평소 사람들과 많은 대화를 나누지도 않고 누군가를 의미심장하게 주시하지도 않으면서 의외로 관찰력이 뛰어나다 싶을 만큼 묘사가 치밀하고 섬세했다.

나는 백은령의 곁에서 그 이야기들을 듣고 있는 게 좋았다. 듣고 있으면 어딘지 모르게 마음이 편안해졌다. 목소리 때문인지도 몰랐다. 고요한 저음과 맑은 고음의 중간쯤 되는 안정된 음조에 습기는 없지만 그렇다고 칼칼하지는 않은 음색, 느릿하면서도 마치 할 말을 미리 준비하고 있었던 듯 공백 없이 한 호흡으로 이어지는 일률성, 그리고 중간중간 후렴구처럼 반복적으로 던지는 물음.

—엄마 듣고 있어?

백은령의 어머니가 뭐라고 답했는지는 알 수 없으나 그때마다 나는 공연히 고개를 끄덕이며 대답했다.

—응, 듣고 있어.

어느 날 또 그 말에 응답했을 때 나는 내가 여자인지 남자인지 모르고 있다는 걸 깨달았다. 나의 말은 나에게 소리로 들리는 게 아닌 터라 나의 목소리가 궁금해졌고 그러다 그 생각으로 이어진 것이었다. 이제야 그걸 따져보다니 어처구니가 없었다. 나는 무엇에도 비쳐지지 않기에 나를 볼 방법이 없다는 사실도 새삼 기가 막혔다. 두 사람의 경험이 나의 기억으로 떠오른 일에 대해서도 정리되지 않은 판국에 또 하나의 혼란이 가중되자 맥이 빠졌다.

나는 아무것도, 아무 생각도 하지 않고 한동안 백은령 곁에서 떠나지 않았다. 백은령의 목소리는 평소보다 더욱 위안이 되었다.

손님들과 주고받는 별 뜻 없는 대화나 혼자 있을 때 가끔 내뱉는 혼잣말도 남김없이 내 안으로 스며들었다. 어느 순간부터는 백은 령이 침묵할 때조차 그저 옆에 있는 것만으로도 안심이 되었다.

백은령은 매일 저녁 여덟시에 건물을 떠났다. 나는 일층 현관에서 백은령이 사라질 때까지 그 뒷모습을 바라보다 공연히 건물 밖으로 발을 내디뎌보려고 기를 쓰곤 했다. 나도 알 수 없는 나의 의지가 나를 이곳에 묶어두고 있다는 사실을 받아들이는 일은 갈수록 어려워졌다. 답답함이 극에 달해 건물을 부숴버리겠다는 심정으로 종종 고함을 질렀다. 어느 날인가는 그에 반응이라도 하듯 오탁조가 책방 문을 벌컥 열고 나와 현관 쪽으로 다가온 적이 있었다. 나는 동요하지 않았다. 오탁조는 어둠을 고요히 응시한 뒤 눈을 감고 합장한 채 미동 없이 서 있었다. 나는 이미 오탁조의 가능성을 포기한 터라 이내 관심을 거두고 공간 이동을 하려는데, 오탁조가 불쑥 말했다. 여전히 눈을 감고 합장한 채였다.

―뭔가 방법이 있을 겁니다. 반드시 찾아낼 테니 부디 분기를 가라앉히십시오.

그러고는 허리를 구십 도로 굽혀 예를 표했다. 나는 오탁조의 뒤통수를 내려다보며 천천히 고개를 끄덕였다. 그 순간 그러한 행동이 낯설지 않다는 느낌을 받았다. 특정 장면이 떠오르지는 않았다. 윗사람으로서 아랫사람으로부터 깍듯한 예우를 받는 것이 살갗처럼 몸에 배어 있는 기분이 들었을 뿐이었다. 나이 때문이었는지 지위 때문이었는지는 알 수 없었다. 어쨌거나 오탁조가 전보다는 나에 대한 감도가 좋아졌다는 생각이 들자 조금은 고무되었다. 나 또한 한없이 더디고 찰나적이긴 하지만 기억들이 계속해서 자극되고 있는 건 사실이었으므로 지나치게 암담해지는 말기로 했다. 과도한 일희일비를 경계하며 우공이산의 정신을 잃지 말아야 할 것이었다.

백은령이 목을 맨 날 나는 종일 미용실 안에 있었다. 건물에는 나 말고 다른 영은 없다는 것을 확신한 뒤 며칠간 그곳에서 꼼짝도 하지 않았다. 그날 백은령은 평소와 크게 달라 보이지 않았다. 대청소를 한 것이 다른 점이라면 다른 점이었다. 간단한 바닥 청소와 물품 정리, 거울과 선반 닦기 등은 매일 하는 일이었지만 창문과 창틀, 냉장고와 천장의 조명까지 세정액으로 말끔히 닦는 건 그날 처음 보았다.

대개 그랬듯이 오전에는 손님이 없었다. 백은령은 열한시쯤 집에서 싸온 도시락을 먹었다. 종종 그랬듯이 오후에도 손님이 없었다. 백은령은 다섯시쯤 토스터기에 식빵을 구워 땅콩버터를 발라 우유와 함께 먹었다. 나머지 시간에는 라디오를 들으며 휴대폰을 들여다보거나 시를 읽기도 했다. 아주 가끔 소리 내어 읊기도 했다. 한 편을 다 읽은 뒤 혼잣말을 덧붙였다. 이게 뭔 말이야. 그래도 읽기를 멈추지는 않았다.

폐점 시간인 여덟시가 되기까지 손님은 한 명도 오지 않았다.

백은령은 소파에서 일어나 세 개의 미용 의자를 하나씩 어루만진 뒤 가운데 의자에 앉았다. 몇 번에 걸쳐 한숨을 길게 내쉬며 천장을 바라보았다. 그러고는 어머니와 통화를 했다. 오전이 아니라 해 진 뒤 연락을 했다는 것과 손님들 이야기는 하지 않았다는 것도 평소와 다른 점이었다. 늘 확인하던 것을 확인한 뒤 백은령은 자신의 생일을 축하해달라고 했다.

—쉰세번째 생일이에요. 엄마, 은희가 쉰세 살이 되었어요. 언니 아니고 딸이에요. 엄마가 낳은 딸요. 엄마가 오십이 년 전에 저를 낳았다고요. 외할머니가 태몽을 꿔주셨다고 하셨잖아요. 보름달 꿈 말예요. 달에 있던 월계수 한 그루가 보름달 빛을 타고 할머니 품에 안겨들었다면서요. 그래서 유별나게 사람들이 많이 따를 거라고, 다들 자기도 모르게 월계수 향기에 취해서 그러는 거라고 하셨다면서요. 아뇨, 엄마의 엄마요. 네, 오십이 년 전에요.

백은령은 그동안 어머니한테 받은 생일선물을 떠오르는 대로 하나씩 언급하며 그 선물들에 대해 좋았고 서운했고 웃겼고 쓸쓸했고 인상적이었던 점들을 늘어놓았다.

—고마웠어요, 엄마. 그리고…… 좋은 딸이 못 돼서 미안해요.

울음을 머금은 듯 백은령의 목소리가 살짝 떨렸다.

통화를 마친 뒤 백은령은 미용실을 나섰는데 어쩐 일인지 불도 켜놓고 지갑만 든 채였다. 잠시 후 뭔가가 가득 담긴 비닐봉투를 들고 돌아왔다. 냉장고를 열어 봉투 속 내용물을 하나씩 꺼내 넣었다. 모두 맥주였고 믹스 너트 깡통은 냉장고 위 수납장에 넣었다. 그러고는 소파에 앉아 가방에서 노란색 편지봉투를 꺼냈다. 봉투에서 꺼낸 편지지도 노란색이었다. 백은령은 접혀 있는 편지지를 펼쳐 탁자에 놓은 뒤 볼펜을 잡았다. 손가락에 힘을 주며 볼펜 끝을 편지지에 대려다 말고 대려다 말고를 반복하다 볼펜을 내려놓았다. 긴 숨을 코로 뱉으며 상체를 등받이에 기댔다. 시선은 다시 천장을 향했다. 얼마 후 편지지를 다시 접어 봉투와 함께 가방에 넣은 뒤 냉장고를 열었다. 그때 고풀잎이 문을 열고 들어왔다.

백은령은 목을 매기 전 누군가로부터 두 번의 전화를 받았다. 한 번은 고풀잎이 술을 사러 밖에 나간 사이에, 그리고 또 한 번은 고풀잎이 돌아간 뒤였다. 자세한 내용은 알 수 없었지만 백은령의 반응으로 보아 같은 사람이라는 걸 짐작할 수 있었다. 통화는 두 번 다 오 분을 넘지 않았다. 첫 통화에서는 상대를 근처에서 만나기로 한 것 같았고 두번째 통화에서는 상대가 못 오게 되었다고 한 것 같았다. 백은령은 애원과 강요의 중간쯤 되는 어투로 오늘 꼭 만나야 한다고 못박았다.

─다음이라는 건 없어요. 네, 떠날 거예요. 다시는 돌아오지 않는다고요. 마지막인데 한 시간도 시간을 못 내요? 오기로 했으면 와야죠. 지금 당장 오지 않으면 후회할 거예요. 나는 이 건물에서 일어났던 일을 알고 있어요. 당신이 그 사람한테 한 짓도 알고 있고요. 그렇다는 걸 당신도 알고 있잖아요.

한 번도 들어본 적 없는 격앙된 음성이었다. 같은 말을 되풀이하면서 점차 초조한 기색이 짙어졌는데 상대는 백은령이 말하는 도중 전화를 끊은 듯했다. 여보세요를 반복하다 백은령은 양손에 얼굴을 묻고 흐느끼기 시작했다. 나는 어쩐지 백은령이 알고 있다는 일이 나와 관련되어 있을 거라는 직감에 휩싸여 안절부절못했다. 백은령은 감정을 추스른 뒤 차분한 움직임으로 가방에서 편지봉투를 다시 꺼냈다. 편지지를 펼치곤 이번에도 조금 망설였다. 마침내 볼펜이 편지지에 첫 점을 찍었다. 나도 모르게 외마디 탄성을 흘렸다. 백은령은 주저 없이 볼펜을 움직여나갔다. 하지만 볼펜의 질주는 본격적인 궤도에 오르기도 전에 덧없이 끝나버렸다.

삼십 년 전 나는.

그게 다였다. 더이상은 한 글자도 쓰지 않았다. 편지지와 봉투는 잘게 찢어 화장실 변기에 버렸다. 그리고 마지막으로 화장을 고쳤다.

숨이 끊어지는 순간은 차마 목도하지 못했다. 막을 길이 없다는 걸 알기에 뭔가를 시도해보려고 애쓰지도 않았다. 솔직히 백은령이 육신을 벗고 나면 진실의 전모를 들을 수 있을 거라는 기대감이 없지 않았다. 아니, 내가 원하는 건 오직 그것뿐이었다. 죽음이 당사자에게 어떤 일이 될지는 내가 판단할 수 있는 문제가 아니었다. 하지만 적어도 백은령에게만큼은 생이 안겨준 온갖 시름을 벗는 계기가 되길 바라기는 했다.

몸이 명을 끝낸 뒤 백은령의 영은 곧 자유를 얻었다. 이 건물로부터도 자유를 얻을지는 좀더 지켜봐야 했다. 백은령은 허공에 떠 있는 자신의 주변을 천천히 맴돌다 나를 발견하곤 우뚝 멈추었다. 우리는 서로를 마주한 채 얼마간 그렇게 있었다. 말을 걸 필요는 없었다. 영들의 소통은 염念으로 이루어진다는 걸 그때 알았다.

─나는 그대가 아는 자인가.

반응이 금방 일어나지는 않았다. 정적이 이어지다 문득 백은령에게서 하나의 상념이 움텄다.

─그대는 내가 아는 자입니다.

─나는 누구인가.

─그대는 이미 알고 있습니다.

─내 이름을 부르라.

─그것은 나의 몫이 아닙니다.

기묘하게도 나는 약간의 반발심도 없이 백은령의 뜻을 순순히 받아들였다. 마치 그렇게 되리라는 걸 예상하고 있었다는 듯. 한없이 관대하고 여유로운 마음이 들기까지 했다. 모든 걸 알고 있는 자가 빙의라도 한 것처럼. 한편에서는 여전히 모든 걸 알고 싶다는 갈증이 요동치고 있었으나 그것은 나와 무관한 자의 일인 양 예사롭게 느껴졌다.

─그럼 안녕히.

누가 먼저랄 것도 없이 똑같은 염으로 인사를 나눈 뒤 백은령은 어디론가 사라졌다. 옥상에 올라 끝을 가늠할 수 없는 밤하늘을 먼 시선으로 조망하며 기원했다. 머무를 곳이 어디인지 알 수 없지만 어떤 이름으로도 부를 수 없는 무경계의 영역에서 누구도 아닌 자로 영원히 평안하길.

잠시나마 나와 무관했던 열망은 다시금 나의 모든 것이 되었다. 그제야 뼈아픈 후회가 밀려왔다. 내가 왜 끝까지 캐묻지 않고 선뜻 백은령을 보내주었는지 도무지 이해되지 않았다. 물론 고집을 부린다고 백은령이 내 뜻에 감응했을지는 장담할 수 없었다. 후회해본들 그 순간은 이미 지나갔고 어쨌거나 그것이 나의 선택이었다는 사실은 달라지지 않는다. 하지만 그 순간의 나는 대관절 누구였단 말인가. 납득되지 않는 행동을 했다고 해서 그때의 내가 내가 아닌 건 아니겠지만 서로 다른 인격들이 내 안에 깃들어 있는 듯한 생소함은 새로운 방향의 의심을 불러일으켰다.

어쩌면 나는 다중인격자였던 것일까. 황당한 공상이라 치부하면서도 그것이 그나마 가장 앞뒤가 맞는 가설이라는 생각을 지울 수 없었다. 그 정도의 질환이라면 상상으로 직조한 장면을 내가 직접 겪은 기억으로 변환시키는 일도 얼마든지 가능했다. 설마 내가 애초에 죽은 자가 아닌 건 아니겠지. 망상은 그렇게 온갖 경계를 넘고 있었다.

10

은령의 시신을 맨 처음 본 건 빔이었다. 아침 여덟시경 빔은 세수를 하려고 삼층 화장실에 들렀다. 물이 나오지 않아 이층으로 내려왔다. 화장실에 가려면 미용실을 지나야 했고 미용실의 유리벽 너머를 보게 되었다. 빔은 기절했다. 눈을 떴을 때는 병원이었다. 탁조가 보였다. 탁조는 괜찮냐고 물었고 빔은 고개를 끄덕였다.

사흘 전 은령은 옥상에 올라와 빔에게 집에서 싸온 도시락을 건네며 머리를 공짜로 잘라주겠다고 했다. 은령은 event, hair cutting, no money라는 단어들과 몸짓으로 자신의 의사를 전달했고 빔은 no money의 본뜻을 이해하는 데 한참 걸렸다. 은령은 영어를 배우고 싶다고 했다. 빔은 이곳에 머무는 동안 자신이 가르쳐줄 수 있다고 했다. 수업을 언제 어떻게 진행할 것인가를 두고 두 사람은 또 한참 헤맸지만 어쨌든 은령은 반색하며 수업료로 얼마를 주면 되냐고 물었다. 빔은 도시락에 대한 보답이라고 했다. 은령은 받아들이지 않았고 빔은 고민하다 자신에게 한국어를 가르쳐달라고 했다. 은령은 동의했다.

빔은 은령에게 이름을 다시 말해달라고 했다. 빔은 은령의 이름을 여러 번 소리 내어 연습했지만 정확한 발음이 쉽지 않았다. 은령은 그냥 령으로 부르라고 했다. 령이 무슨 뜻이냐고 빔이 물었다. 빔이 무엇을 궁금해하는지 눈치챈 은령은 편안함을 뜻하는 영어 단어를 몰랐으므로 가슴에 손을 얹고 안도의 숨을 내쉬며 미소를 띠는 것으로 그 의미를 표현했다. 빔은 이해했다. 은령도 빔에게 이름을 다시 말해달라고 했다. 은령 역시 발음이 문제였다. 은령은 bim으로 발음했고 빔은 vim으로 발음해야 한다고 했다. b와 v의 차이를 입 모양으로 보여주기까지 했다. 은령은 몇 번의 연습으로 발음을 익혔고 빔이 perfect를 외치자 의기양양해져 검지로 허공에 빔의 이름을 쓰기까지 했다. Vim. 이게 네 이름이라는 거지? 빔은 은령의 허락하에 그녀의 손목을 잡고는 허공의 글자를 수정해주었다. Wim. 은령은 혼란에 빠졌다. 빔은 독일식 이름이라고 말했지만 은령은 알아듣지 못했다. 어머니가 빔을 임신했을 때 빔 벤더스 감독의 〈베를린 천사의 시〉라는 영화를 보고 깊은 감동을 받아 지어준 이름이라고도 말했지만 은령은 더더욱 알아듣지 못했다. 빔은 그냥 bim으로 부르라고 했다. 두 사람의 영어와 한국어 수업은 그것이 처음이자 마지막이었다.

빔은 옥상 난간에 서서 어둠 속 어딘가를 멀거니 바라보다 혼잣
말을 했다. 늘 그랬듯 수지에게 안부를 묻는 것에서 시작해 잘 자
라는 인사로 끝났다. 달라지는 건 언제나 자신이 보낸 하루의 이
야기였고 이날은 은령의 죽음이 그 자리를 메웠다. 목을 맸다는
말은 하지 않았다. 그 말은 차마 소리 내어 할 수 없었다.

"수지. 너의 부탁대로 고맙다는 인사를 하러 한국에 오긴 했지
만 네 마음을 누구한테 전해야 좋을지 모르겠어. 인사를 전해야
한국을 떠날 수 있을 것 같은데 이러다가 어디로도 가지 못하게
되는 건 아닐까 가끔 생각해. 뭐 그것도 나쁘진 않겠지. 너를 만날
수 없다면 어디든 마찬가지일 테니까."

이 건물에서는 그리 오래 머물지는 못할 터였다. 건물주에게 발
각되지 않는 한 있을 만큼 있어도 괜찮다고 탁조는 말했지만 빔은
며칠 내로 건물을 떠날 예정이었다. 건물이 조만간 사라질 것이
기 때문이었다. 자연스레 붕괴가 연상될 정도로 훼손되어 있기 때
문에 든 생각은 아니었다. 아무리 몸통의 절반을 잃은 건물이라도
제법 강도 높은 지진이 일어나지 않는 한 한순간에 무너져내리기
는 쉽지 않을 것이었다. 탁조의 아들도 건물이 당장 어떻게 되지
는 않을 거라고 했다. 물론 그것은 건물주의 결정에 관한 이야기
였다. 건물이 사라질 거라고 한 건 수지였다. 빨리 이곳을 떠나도

록 해. 머지않아 이곳의 시간이 멈출 거야. 서두르지 않으면 너는 그 시간 속에 영영 갇히고 말 거야. 수지는 꿈속에서 그렇게 말했다. 나의 시간은 이미 멈춰 있는걸. 대수롭지 않다는 듯 빔이 대답하자 수지가 화를 냈다. 멍청아, 이 건물과 더불어 너도 사라진다고. 그럼 우리는 두 번 다시 만날 수 없어. 빔은 수지를 달래고자 그녀의 머리칼을 천천히 쓰다듬었다. 너도 이미 사라졌잖아. 수지는 고개를 저었다. 나는 사라지지 않았어. 지금도 이렇게 네 앞에 있잖아. 수지가 꿈에 찾아든 건 아주 오랜만이었다. 꿈을 꿀 수 있다면 아직은 사라질 때가 아닐지도 몰랐다.

기절해 있는 동안 그런 꿈을 꾸었다고 하자 풀잎은 수지가 사라졌다는 게 무슨 뜻이냐고 물었다.

"말 그대로야."

죽었다는 걸 그렇게 표현한 것인지 물은 것이었지만 재차 확인할 엄두는 나지 않았다.

풀잎이 옥상에 올라온 건 빔이 텐트 안에 몸을 누인 참이었다. 은령의 마지막 모습이 시종 눈앞에 어른거려 내내 긴장을 풀지 못한 탓인지 이내 몸 이곳저곳이 뻐근하면서 무거운 피로가 몰려왔다. 하지만 잠이 오지는 않았다.

"령."

은령에게 배운 은령의 이름을 여러 번 나지막이 뱉고 있던 중 옥상 문이 열리는 소리가 들렸다. 그러고는 텐트 주변을 서성이는 발소리가 이어졌다.

　풀잎은 야간근무가 예정되어 있었지만 조퇴하고 책방에 들른
터였다. 지난 사 년간 지금 회사에 다니면서 조퇴를 한 건 처음이
었다. 예정에 없던 결근과 조퇴에 대해 유독 사유의 정당성을 깐
깐하게 확인하는 상무이사가 아무것도 묻지 않고 조퇴계에 선선
히 사인을 해준 건 그 때문이었다. 풀잎이 적어 낸 사유는 몸살이
었지만 사실 건강의 문제는 아니었다. 이 주일 넘게 휴일 없이 출
근을 계속한 탓에 고단하긴 했으나 질병이 찾아올 정도로 몸이 한
계에 이르지는 않았다. 사망자가 많은 시기에는 종종 있는 일이었
고 장례지도사라는 직업의 특성상 어쩔 수 없는 면이 있기에 업무
과중에 대한 반감이 폭발한 것도 아니었다. 모든 것에 대한 돌연
한 회의감이 원인이라면 원인이었다. 따지고 보면 한순간 밀려온
전면적인 의심은 그보다 앞선 무수한 인과들에 대한 하나의 반응
이었으니 딱히 돌연한 것이라고는 할 수 없을지도 몰랐다. 여하튼
모종의 계기가 없지는 않았다. 오전에 염습한 시신이 그것이었다.
　시신은 사망 후 일주일간 전기요 위에 방치된 탓에 부패가 심한
상태였다. 몸뚱이는 형체를 알아볼 수 없을 만큼 뭉그러져 있었고
살과 장기는 썩을 대로 썩어 숨막히는 독취를 내뿜고 있었다. 무
엇보다 전기요에 몸이 달라붙어 떼어내는 데 한참이 걸렸다. 가족
이 없는 육십대 남성이었고 기초생활수급자였다. 남자는 두 달 전

전화로 가장 저렴한 장례 상품을 예약해놓았다. 장례 대상이 자신이라고 하여 상담 직원은 조금 당황한 기억이 있다고 했다. 남자가 상품 설명을 모두 들은 뒤 비싸다고 불평하기에 직원은 구청지원금이 나올 테니 군이 귀한 돈 쓰지 마시라 권고했다. 남자는 곧바로 화장되기는 싫다고 했다. 저는 장례식을 원합니다. 남들이 다 하는 삼일장, 저도 꼭 하고 싶어요. 죽을 때라도 사람답게 죽고 싶습니다.

이전 직장의 수습 시절 처음으로 망가진 시신을 봤을 때 풀잎은 큰 충격을 받았다. 냄새도 냄새였지만 형태를 잃은 몸에 가득 들어차 있는 유충들을 보고 풀잎은 결국 구역질을 다스리지 못해 염습실을 뛰쳐나갔다. 풀잎은 한동안 밥을 먹지 못했다. 그날의 장면이 아른거려서이기도 했지만 뭔가를 씹고 삼키는 행위 자체가 어딘지 모르게 역겨웠다. 어떤 이들은 남의 죽음을 통해 살아 있음의 소중함을 깨닫는다던데 풀잎은 그것이 기만처럼 느껴졌다. 생명만큼 무력한 것이 없었고 그것에 부여된 모든 의미는 그 사실을 감추기 위한 포장처럼 여겨졌다. 살아 있다는 건 죽지 않았다는 것일 뿐이고 죽었다는 건 살아 있지 않다는 것일 뿐이었다. 삶과 죽음에 그 이상의 본질은 없다는 생각이 들었다. 며칠 만에 부쩍 수척해진 채 말을 잃은 풀잎을 보며 선참들은 풀잎이 조만간 일을 그만둘 거라고 입을 모았다. 실제로 상태가 안 좋은 시신을 마주하고 장례지도사가 적성에 안 맞는 것 같다며 사직한 이들이 적지 않았다. 풀잎은 마음이 뒤숭숭했을 뿐 두 번 다시 못 볼 장면이라고까지는 생각하지 않았다. 여러 번 본다고 범상한 일이 되지는 않겠지만 단련은 될 것이었다.

칠 년 전의 일이었다. 그후로 풀잎은 무수한 형태의 죽음들을 목도했고 죽음을 대하는 무수한 태도들을 경험해왔다. 모든 이들의 모든 시간이 그렇듯 좋은 일도 있었고 나쁜 일도 있었으며 아무렇지도 않은 일도 있었다. 그러면서 초기에 겪었던 민감한 반응과 갈 곳 없는 혼란도 점차 다스려졌다. 뭔가 새로이 알게 되거나 정리된 건 없었지만 적어도 그러한 반응과 혼란이 당연하게 여겨지긴 했다. 어떤 것이 당연하다는 생각이 들면 당장 어떻게 해야 할 것 같은 노심초사가 느슨해지는 법이었다. 본래의 꿈이었던 조형예술과는 하등 상관없는 일을 하고 있다는 데서 오는 헛헛함도 생각보다 빨리 과거완료가 되었고 풀잎은 자신의 직업에 비교적 잘 안착했다고 여겼다. 보수도 나쁘지 않았고 장의사가 장례지도사로 불리면서 사회적 인식도 많이 달라졌으므로 객관적으로 보아도 그리 나쁜 직업은 아니었다.

죽을 때라도 사람답게 죽고 싶습니다.

이날 오전 염습한 이가 살아 있을 때 그렇게 말했다는 이야기를 상담팀 직원으로부터 전해들었을 때만 해도 풀잎은 별 마음이 일지 않았다. 얼마 전 입사한 두 명의 신입에게 두 시간에 걸쳐 명정 쓰기와 충이 만들기 교육을 진행하는 것으로 오전 업무를 완료하고 점심을 먹는 대신 사우나로 향했다. 수면 시간을 버느라 이틀간 샤워를 하지 못했기 때문이었다. 망가진 시신 수습의 여진을 씻어내기 위한 나름의 임시방편이기도 했다. 열탕에 몸을 담그자 뭉쳐 있던 근육들이 풀어지면서 졸음이 몰려왔다. 의식이 완전히 꺼지지는 않았다. 서로 다른 맥락의 단상들이 덧없이 스쳐지나갔다. 풀잎은 반수면상태로 그것들을 무연히 흘려보냈다. 문득 하나의 말이 흐름을 정체시켰다.

죽을 때라도 사람답게 죽고 싶습니다.

편안히 잠겨 있던 절반의 의식이 퍼뜩 제자리로 복귀했다. '사람답게'가 유독 마음에 걸렸다. 살고 죽는 것에 사람답게가 붙으면 의미가 전혀 달라지는 것 같았다. 살고 죽는 것 자체가 본래 사람의 일인데 사람답게 살고 죽는다는 건 또 뭔가. 그렇게 생각하자 기분이 이상해졌다. 이상한 기분으로 생각을 이어가자니 모든 형태의 삶과 죽음이 참으로 이상하게 느껴졌다. 풀잎은 무엇을 어떻게 해야 할지 알 수 없는 심정에 침잠한 채 사무실로 돌아갔다. 부하 직원들이 오후의 장례 업무에 대해 몇 가지를 물어왔지만 풀잎은 묵묵부답으로 일관했다. 직원들은 풀잎의 상태를 염려하며 조퇴를 권했고 풀잎은 멍하니 앉아 있다 조퇴계를 썼다. 발길 닿는 대로 걷다가 문득 눈에 들어온 카페에서 휴식을 취했다. 빈속에 커피를 마시려니 속이 쓰렸다. 시간이 멈춘 듯 한없이 계속될 것 같았던 오후가 덜컥 접히고 풀잎은 부스스 일어나 집으로 향했다.

탁조와 전날 못 마신 술이나 마시자 싶어 책방에 들렀는데 문이 닫혀 있었다. 연락을 해보니 집이라고 했다. 자다 받은 듯 목소리가 잠겨 있었다. 간밤에 은령이 죽었다는 말에 풀잎은 가슴이 철렁했다. 은령이 죽기 전 마지막으로 만난 사람이 자신일 가능성이 컸다. 은령과 자신이 나눈 모든 말과 행동이 머릿속에서 중구난방 재생되었다. 내가 뭐라도 한 가지 더 하거나 덜 했더라면. 속절없는 가정일 테지만 순간 그것은 확신처럼 풀잎에게 달라붙었다. 그 무게에 짓눌려 풀잎은 신음했다. 탁조는 빔이 괜찮은지 잠깐 들여다보고 오라고 했다. 상태가 안 좋으면 집으로 데리고 오라는 말도 덧붙였다.

"머지않아 이곳의 시간이 멈춘다는 말은 마치 시 같구나."

풀잎이 더듬더듬 말했다.

"그래. 수지의 말들은 모두 시 같았어. 아마도 대화법을 책으로 익혀서 그런 것 같아."

"그랬어?"

"실은 잘 모르겠어. 이제 와 돌이켜보면 나는 수지에 대해 아는 것이 거의 없었다는 생각이 들어."

"연인이라고 하지 않았어?"

"연인이라고 해서 서로를 잘 아는 건 아니지. 더구나 수지도 나를 그렇게 생각했는지는 확실하지 않아. 어쩌면 내가 자기를 사랑

한다는 것조차 몰랐을지도."

빔은 잠깐 침묵했다가 말을 이었다.

"어떤 사람이 어떤 사람에 대해 알 수 있는 건 얼마나 될까."

문장의 형태는 의문문이었지만 풀잎은 그것이 자신에게 답을 요하는 질문이라고는 여겨지지 않았기에 말없이 고개를 두어 번 끄덕였다.

"령이 어떤 사람이었는지 알아?"

빔이 물었다.

"령?"

"미용실의 여자."

빔은 자신이 은령을 령이라 부르는 이유를 말해주었다.

"아."

풀잎은 잠깐 생각에 잠겨 있다 말했다.

"잘 모르겠어. 아주 모르는 사람은 아니었는데 네 말처럼 그녀에 대해 아는 것이 거의 없었다는 생각이 들어."

"그렇구나."

두 사람은 약속이라도 한 듯 잠잠해졌다. 어디선가 피아노 치는 소리가 아스라이 들려왔다. 〈애니 로리〉였다. 초보자인 듯 서툰 솜씨로 반복하여 연주하고 있었는데 특히 한 옥타브를 건너뛰는 부분에서는 매번 주춤거리다 한 음이 낮거나 높은 음으로 잘못 누르곤 했다. 연습은 계속되었고 어느 순간 빔과 풀잎은 허밍으로 선율을 따라 부르기 시작했다. 문제의 그 부분에 이르러 연주자는 다시금 멈칫거렸고 두 사람은 그다음 한 음을 미리 내고는 피아노가 따라오기를 기다렸다. 연주자는 이번에도 몇 번에 걸쳐 잘못된 음을 누르다가 문득 건반을 꽝 내리쳤다. 두 사람은 동시에 웃음을 터뜨렸다.

"정말 안타깝다."

"그러게."

연주는 더이상 이어지지 않았다.

"령은 피아노 연주를 좋아했어."

풀잎이 말했다.

"치는 거? 듣는 거?"

"듣는 거. 늘 좋아했는지는 모르겠어. 어쨌든 피아노 연주가 듣기 좋다고 말한 적 있어."

"그랬구나."

빔은 고개를 두어 번 끄덕인 뒤 말을 이었다.

"수지는 피아노를 아주 잘 쳤어."

"부럽다."

"부럽다고?"

"응. 악기를 연주할 줄 아는 사람을 언제나 부러워했어."

그럴 수도 있겠다고 빔은 생각했다.

11

수지는 한때 다리 없는 피아노 천재로 유명했다. 유명해지기 전까지는 집에서 나오지 않았다. 나올 수 없었다. 수지에게는 휠체어가 없었다. 휠체어는 너무 비쌌다. 휠체어가 있었더라도 사정은 마찬가지였을 터였다. 수지의 집은 엘리베이터가 없는 오층 건물의 오층이었다. 수지의 어머니는 엘리베이터가 있는 건물이나 일층에 있는 집을 구하려고도 생각했지만 세가 비쌌다. 그런 집에서 산다 해도 휠체어가 없으니 그게 그거였으므로 세를 낭비할 필요가 없었다.

어머니가 일하러 간 동안 수지는 종이에 피아노 건반을 그려 두드리며 놀았다. 손가락이 건반 위를 오락가락하며 소리 없는 불협화음을 연주하는 동안 입에서는 〈모차르트 자장가〉나 〈터키행진

곡〉〈캐논 변주곡〉 같은 것들이 흘러나왔다. 어머니가 멜로디언을 사다준 뒤로는 멜로디언이 소리를 냈다. 시간이 갈수록 더 많은 건반이 필요해졌다. 피아노를 갖고 싶었지만 소리 내어 말하지 않았다. 실제의 사건이 되지 못할 것들은 말이 되어서는 안 된다고 수지는 믿고 있었다. 피아노를 갖고 싶다고 말하는 대신 종이에 부족한 수만큼 건반을 그렸다. 손가락이 멜로디언 밖으로 나갈 때마다 입이 대신 소리를 채웠다.

수지가 세상에 알려진 건 텔레비전에 출연하면서였다. 남다른 재능을 가진 장애아를 찾고 있다기에 어머니가 출연 신청을 했는데 채택된 것이었다. 수지는 〈캐논 변주곡〉을 연주했고 무대는 성공적이었다. 녹화에 들어가기 전 스튜디오에 마련된 피아노로 두어 시간 연습하긴 했지만 어쨌거나 멜로디언으로 혼자 익혔다고 하기엔 놀라운 실력이었다. 수지의 사연은 빌딩 청소부인 어머니와 이 빠진 낡은 멜로디언, 허름하고 높은 계단, 풍성하게 출렁이는 긴 금발 머리와 함께 극적으로 편집되어 방영되었다. 수지에게는 휠체어와 피아노가 생겼다. 많은 사람들이 수지에게 편지를 보냈다. 빔도 그중 한 명이었다. 빔에게 편지를 쓰게 한 건 아버지 윌이었다.

윌은 대학에서 심리학을 가르쳤다.『패턴―내가 알던 나는 내가 아니다』라는 저서가 베스트셀러가 되면서 긍정심리학의 대표주자로 급부상했다. 자책과 자포자기의 습관에서 벗어나 낙관과 긍정의 에너지에 집중하는 법을 기술한 책이었다. 그의 책을 읽고 인생이 바뀌었다는 이들이 한둘이 아니었다. 대학은 물론이고 방송국과 대기업, 교회에서 특강 요청이 한없이 밀려들어왔다.

"행복은 스스로의 발견과 창조를 통한 자기화의 과정입니다. 행복은 스스로 찾는 자에게만 열립니다. 당신은 그 모든 것을 가능하게 할 수 있는 위대한 개인이라는 걸 잊지 마십시오!"

윌은 자신이 기대했던 것보다 훨씬 큰 반향을 불러일으킨 데 내심 놀랐다. 당황하거나 흥분하지는 않기로 했다. 대신 그동안 자신을 이끌어온 자기 확신을 신중하게 가다듬었다. 그러자 집필이나 강연만으로는 어딘가 부족하게 느껴졌다. 좀더 다양하고 영향력 있는 일들을 시도하고 싶었다. 마침 모 기업에서 막대한 지원금을 제안해왔다. 정확히는 사업 자금을 댈 테니 같이 일해보자는 것이었다. 그들은 윌이 책과 강연을 통해 제안하는 자기계발의 법칙들을 본격적으로 메커니즘화하기를 원했고 윌은 프로그램에 대한 결정권을 자신이 갖는다는 조건하에 제안을 수락했다. '내 안의 자유의지를 회복하자'라는 캐치프레이즈를 내건 윌의 자기혁신연구소는 '윌 캠프'라는 이름 아래 '내 안의 크리에이티브' '창조적 커뮤니케이션' '두려움 극복—최악의 상황과 친해지기' 등의 부제를 단 심리 치유 및 자기계발 프로그램을 진행했다. 윌이 텔레비전에 자주 등장하면서 캠프의 신청자는 기하급수로 불어났고 각종 분야의 기업들과 조직에서 연대감과 자율성 증진을 위한 프로그램 기획을 요청해왔다. 무수한 사람들이 윌의 도움으로 새로운 자아를 기획하는 기술을 배웠다. 윌은 행복했다.

윌의 자기 확신은 정점을 찍고 있었지만 사실 구멍이 없지 않았다. 구멍은 바로 빔이었다. 빔은 매사에 소극적이고 폐쇄적이며 쉽게 낙담하는 아이였다. 윌은 무기력한 삶을 사는 이들을 위해 자신이 통찰하여 추출한 온갖 방법을 시도했지만 빔은 변하지 않았다. 무엇보다 빔에게는 문제의식이 없는 게 문제라고, 상심한 윌은 생각했다.

확실히 빔에게는 문제의식이 없었다. 문제라고 생각하지 않았다. 대화를 할라치면 생각이 많아지고 생각을 하다보면 결국엔 울적해져서 말을 이을 수 없었다. 빔은 울적함이 좋았다. 밝고 활기차고 적극적인 것들은 피곤했다. 뭔가를 계속 동기화하는 것, 어떤 것에 관심을 가질라치면 마치 그것으로 뭔가를 해야 할 것 같은 기분이 드는 것, 그냥이라는 게 없는 것, 계속해서 찾고 발견하고 선택해야 하는 것, 점층적으로 끊임없이 확장해나가지 않으면 제자리나 정체가 되는 것. 빔은 그런 것들이 벅찼다. 울적하고 피곤해서 빔은 입을 닫았다. 빔의 침묵을 사람들은 일방적이라고 느꼈다. 그래서 대부분 기분이 상하거나 난감해했다. 빔은 혼자 있는 게 가장 편했다.

윌은 어느 날 텔레비전에서 수지를 보았다. 경이에 찬 눈동자를 빛내며 피아노를 연주하는 수지, 멜로디언이 있어 행복했다고 말하는 수지에게 월은 진심으로 감동받았다. 수지라면 빔을 변화시킬 수 있을 것이었다. 체념하지 않는 굳센 마음, 자신이 무엇을 원하는지 정확히 알고 그것에 몰입하는 열정, 주어지지 않은 것보다 주어진 것에 집중하는 태도, 그리하여 결국엔 스스로 행복을 불러들이는 긍정의 에너지. 수지는 빔을 물들일 수 있는 최상의 롤 모델이었다. 빔이 수지를 알게 되어 더더욱 소극적이고 폐쇄적이며 수시로 낙담하는 아이가 되리라고는 조금도 예상하지 못했다.

빔과 수지는 두어 번 편지를 주고받은 뒤 피차 무관심해졌다. 월은 수지가 줄리아드 음대 교수인 친구에게 피아노 개인교습을 받을 수 있도록 다리를 놓아주었다. 그리고 빔에게 매번 수업을 참관하게 했다.

빔은 수지를 사랑하게 되었다. 피아노 때문이 아니었다. 빛나는 눈동자 때문도 아니었다. 어느 날 수지는 빔에게 귓속말로 속삭였다.

"우리는 절대 행복해질 수 없어, 빔. 우리가 행복해진다면 그건 아주 먼 미래일 거야. 우리가 사라진 뒤의 일이라고."

"왜?"

빔도 귓속말로 물었다.

"말할 수 없어."

"왜?"

"그걸 말하려면 내가 원하는 걸 말해야 하거든."

"네가 원하는 건 피아노가 아니었니?"

"누가 그래, 피아노라고?"

"아버지가."

"그래, 그땐 그런 줄 알았는데 행복은 피아노 따위로 찾아지는 게 아니라는 걸 알았어."

"그럼 뭘로 찾아지는 건데?"

"말할 수 없다니까."

"왜?"

"실제의 사건도 되지 못할 것들이 한번 말이 되고 나면 어떻게든 사건이 되고 싶어 끈적끈적 허공을 떠다니다 슬프고 우울한 사람들에게 들러붙어 더더욱 슬프고 우울하게 만들 뿐이야. 그런 것들은 애초에 소리가 되어서는 안 돼. 소리가 될 자격이 없어."

빔은 수지의 말을 잠자코 곱씹다 말했다.

"하지만 사건도 말도 되지 못하는 생각이란 더더욱 슬프고 우울하지 않나?"

이번엔 수지가 뭔가를 곰곰이 생각하는 얼굴로 빔을 가만히 들여다보고는 피식 웃었다.

"넌 시인이나 혁명가가 되겠구나, 빔."

"왜?"

"말이 될 자격이 없는 말을 감당할 수 있는 건 시인과 혁명가뿐이야."

빔과 수지는 오랫동안 서로의 눈동자를 가만히 바라보았다. 달리 할말이 없기도 했고 눈동자라는 걸 보고 있자니 그저 계속해서 보고만 있게 되었기도 해서였다. 그 순간 빔은 수지를 사랑하게 되었다.

사랑에 빠진 빔은 전보다 말수가 더욱 줄었고 걸핏하면 눈물을 흘렸다. 가슴이 너무 벅차오르기도 했고 그 벅차오름이 아슬아슬한 거짓말 같아 슬프기도 했다. 빔은 그 감정이 자신의 생에서 아주 중요한 것이라는 생각이 들었지만 침울한 얼굴로 한숨을 뱉는 월에게 그게 그렇다고 말하려는 순간 그 말 역시 벅차고 슬퍼서 울음부터 터지고 말았다. 월은 수지의 피아노 수업에 빔을 보내지 않기로 했다. 그래도 빔은 수지를 만나러 갔다. 설득하고 말리고 강요하고 금지해도 빔은 계속 수지를 만났다. 월은 수지의 어머니인 미아에게, 수지에게는 수지에게 좀더 적합한, 이를테면 자신의 친구보다 좀더 수지에게만 집중할 수 있는 강사가 필요한 것 같다고 말했다. 거짓은 아니었다. 수지를 맡았던 월의 친구의 말에 의하면 수지가 학습 속도가 빠른 건 사실이지만 천재적인 수준은 아니며 아무래도 기초가 부족해 손가락과 손목 쓰는 법부터 바로잡아야 하는데 그러려면 초급 수준의 아이들을 전문적으로 가르치는 강사가 백분 효과적일 거라고 했다. 월은 미아에게 자신이 그런 강사를 알고 있는데 다른 주에 살고 있다고 말했다. 미아가 머뭇거리자 월은 지금보다 높은 연봉의 직장을 소개해주겠다고 했다. 미아는 수락했다. 수락하지 않을 이유가 없었다.

빔은 이 이야기를 나중에 수지에게서 들었다. 소리로 듣지는 못
했다. 빔은 두 번 다시 수지를 만나지 못했고 이 년 뒤에 수지로부
터 편지 한 통을 받았다. 처음이자 마지막 편지였다. 어머니는 죽
었고 자신은 장애아 보육시설에 맡겨지게 되었다고 했다. 하루 뒤
면 그곳으로 가게 된다고 했다. 입양이 될 수도 있고 정규교육을
받아 대학에 가거나 취직을 할 수도 있다고 했다. 그래봤자, 라고
수지는 썼다.

"그래봤자 엄마가 죽었다는 건 변하지 않아. 이봐, 빔. 엄마가
다시 살아났으면 좋겠어. 좀비라도 되어서 내 앞에 나타났으면 좋
겠어. 하지만 그런 일은 죽었다 깨도 일어나지 않겠지. 그런 건 말
이 되어서는 곤란한데 자꾸만 소리치고 싶거든. 세상의 모든 사람
들이 다 듣도록 계속 계속 외치고 싶거든. 그래도 그러면 안 될 것
같아서 머릿속에만 품고 있는데 그러자니 머리가 터질 것 같아.
그래서 편지를 쓰기로 했어. 글자는 소리가 아니니까."

미아는 이사를 간 뒤 일 년 반 만에 직장을 잃었다. 회사가 부
도가 나버린 탓이었다. 회사에게 돈을 대준 은행이 부도가 나버
린 탓이었다. 은행이 부동산투기를 한 탓이었다. 투기를 해야 돈
을 벌 수 있었던 탓이었다. 누군가 그걸 눈감아준 탓이었다. 어쨌
거나 돈을 벌어야 살아남을 수 있게 된 탓이었다. 그렇게 보자면
미아나 회사나 은행이나 그걸 눈감아준 누군가나 같은 처지였지

만 직장을 잃은 건 미아뿐이었다. 모든 게 얽혀 있으나 그 일은 미아에게만 일어났다. 미아에게만 일어났으므로 미아가 책임져야 했다. 운이 나빴던 거라고 미아는 생각했다. 운이 나빴던 사람들이 한둘이 아니었기에 미아는 쉽게 재취업할 수 없었고 더이상 세를 낼 수 없어 집을 잃었다. 수지의 피아노 교습은 공짜였으나 집도 없는 판에 피아노를 배운다는 건 어불성설이었다. 더구나 수지는 천재도 아니었다. 그나마 그들에게는 차가 있었다. 두 사람은 차에서 먹고 자며 수지의 어머니가 재취업할 날을 기다렸다.

"그것은 HYUNDAI라는 차였어. 알고 보니 한국에서 만든 차라고 하더라. 기회가 된다면 한국에 가줘. 한국에 가서 고마웠다고 말해줘. 그 차에서 보낸 엄마와의 마지막 날들을 죽을 때까지 잊지 못할 거야."

실직자가 무서운 속도로 불어나자 주정부에서는 실직자를 위한 공공임대주택 신청서를 배부했다. 공공임대주택을 당장 내주겠다는 것도 아니고 '앞으로'라는 모호한 미래에 빈 공간이 생기면 그곳을 차지할 기회를 얻게 될 수도 있다는 대기자 신청서였을 뿐인데도 이만여 명이 몰려들었다. 살던 곳에서 쫓겨났거나 곧 쫓겨날 게 뻔한 사람들이었다. 신청서를 차지하려면 200 대 1의 경쟁률을 뚫어야 했다.

"금방 올게."

미아는 그렇게 말하고 차에서 내렸다. 더운 날이었다. 바닥에서 올라오는 열기로 윤곽이 왜곡된 채 미아는 멀어졌고 이내 사람들 속에 묻혔다. 수지는 끝없이 덮이고 덮이는 뒷모습들을 하염없이 바라보았다. 눈으로는 일일이 따라잡을 수 없을 만큼 빠른 속도로 포개지고 있어서 사람들은 통째로 어디론가 와왁 빨려들어가는 것처럼 보였다. 그 뭉뚱그려진 움직임, 사람으로서의 뭔가는 지워지고 모종의 한 지점을 향해 쏠려가는 무의식적 방향성만이 존재하는 광경에, 수지는 순간 텔레비전에서 보았던 좀비들이 떠올라 오싹해졌다. 하지만 계속 보고 있자니 자극의 강도가 점차 흐릿해졌다. 의식이 흐물흐물해졌고 지겹다는 생각이 들 때쯤 하품이 나왔다. 미아가 오기 전까지는 잠들면 안 된다고 생각했지만 자꾸만 눈이 감겼다.

턱, 꺼졌다가 팍, 깨어났다. 소리나 움직임이 아까와는 좀 다르게 느껴졌다. 소리는 거칠어졌고 움직임은 난잡해졌다. 멀리서 여러 종류의 사이렌 소리가 울리더니 점점 가까워졌다. 소란은 한참 지속되었고 다시금 사이렌 소리가 멀어지고 난 뒤에도 미아는 돌아오지 않았다. 밀리고 넘어지고 밟히고 깔려 육십여 명이 다쳤고 세 명이 압사했다. 미아가 그 세 명 중 한 명이었다.

"엄마는 그렇게 죽었어. 하지만 어쨌거나 난 살아 있어, 빔. 나는 아직 죽지 않았어. 그러니 너무 걱정하지는 마. 슬퍼하지도 말고. 안녕 시인, 어쩌면 혁명가."

오 년 뒤 빔은 수지가 당시 맡겨졌던 시설이 사설로 운영된 모처라는 것과 그곳이 오래전 자금이 모자라 문을 닫았다는 걸 알아냈다. 그곳에 있던 아이들은 다시 여러 공공시설로 뿔뿔이 흩어졌다는 사실도. 하지만 거기까지였다. 수지가 어디로 갔는지는 기록이 남아 있지 않았다. 빔은 고민 끝에 윌에게 도움을 요청했다. 윌은 기가 막혔다.

"이제 그만해라. 그 아이에겐 네가 개입할 수 없는 그 아이만의 인생이 있다."

"그 아이만의 인생?"

"운명이라고도 할 수 있지."

"운명이라고요?"

"그래. 운명을 이겨낼지 말지는 그 아이의 선택이야. 나는 그 아이가 이겨낼 거라고 믿는다. 그러니 너도 네 인생을 살아라."

잠이 오지 않았다. 발밑에 엄청난 무게의 추가 달려 있는 듯 몸이 금방이라도 어둡고 깊은 땅속으로 푹 꺼져버릴 것 같다가도 막상 침대에 누우면 졸음의 기미조차 느껴지지 않았다. 눈을 감으면 안쪽에서 또다른 눈이 말똥말똥한 시선으로 어둠을 응시할 뿐이었다. 술기운으로 간신히 잠에 들려다가도 문득 수지가 바로 저 밖에 있을지도 모른다는 생각이 들어 여지없이 뇌세포들이 쨍 깨어났다. 수지는 거리를 계속 떠돌고 있을 것만 같았다. 빔은 수지를 만나기 위해 거리로 나갔다. 마시고 걷고 마시고 걸었다. 그러다 졸리면 아무데서나 잤다. 수지가 지나가다 자신을 알아볼 수 있도록 언제나 얼굴이 보이게 누웠다. 어느 밤 수지가 나타났다. 빔은 술에 취해 공원 벤치에 누워 있었다. 오렌지색 원피스를 입고 여름날 햇빛만큼이나 눈부신 금발을 바닥까지 드리운 채 수지는 빔을 내려다보았다.

"빔, 여기서 뭐하는 거야."

"널 기다리고 있어."

"바보. 널 기다리고 있는 건 나야."

"넌 어디에 있지?"

"난 아직 죽지 않았어. 어디든 찾으면 찾을 수 있는 곳에 있다고. 그러니 너무 슬퍼하지 마."

시야가 흐려져 잠깐 눈을 감았다 떴는데 그새 수지는 사라지고 없었다. 빔은 자신이 꿈을 꾸었다는 걸 알아차리곤 다시 눈을 감았다가 떴다. 몇 번 반복하다 일어나 앉아 마른세수를 했다. 몽롱한 의식 한가운데에서 하나의 생각이 빛처럼 번쩍했다. 빔은 자신이 알고 있는 수지의 마지막 거주지, 장애아 보육시설이 있던 도시로 이사해 전문대학을 졸업하고 경찰 시험을 치렀다. 경찰이 되면 수지의 다음 행적에 대한 정보를 알아낼 수 있으리라 믿었다.

빔은 기대와 달리 국경수비대에 배치되었다. 그즈음 미국으로 불법 월경을 하는 이들이 무서운 속도로 불어나 주정부가 국경수비대의 규모를 키우고 있었기 때문이었다. 경찰 조직에 편입되자 정보를 추적하는 일이 한결 쉬워지긴 했다. 빔은 수지가 이후 두 번 더 거주지가 바뀌었고 한 의족 제작업체의 도움으로 최첨단 의족을 갖게 되었다는 사실을 알아냈다. 뇌 속에 이 밀리미터 크기의 전극을 심어 뇌파를 감지하고 이를 허벅지 근육에 연결된 컴퓨터에 무선으로 전달해 동작으로 변환하는 방식의 의족으로 최근에 개발된 신제품이었다. 빔은 의족 회사의 연구원이자 수지를 입양한 부부로부터 그 이야기를 전해들었다. 수지에게 다리가 없던 건 비골 무형성증이라는 선천적 질병 때문이었다는 사실도 그때 알았다. 하지만 수지는 그곳에도 없었다.

수지는 의족과 가족이 생긴 뒤 얼마 지나지 않아 환각에 시달리기 시작했다. 의족을 착용하면 의족이 미아의 양팔로 변하는 증상이었다. 미아의 양팔은 물구나무를 서듯 손바닥으로 바닥을 짚고 있었고 이따금 수지의 치마 밑으로 미아의 얼굴이 나타나 수지를 내려다보듯 올려다보았다. 양부모는 수지의 일기장에서 그 이야기를 읽었다. 그들은 당황했으나 내색하지 않았고 다만 치료가 시급하다고 여겼다. 수지는 입장이 달랐다. 미아 때문에 의족이 있어도 걸을 수 없었던데다 온통 신경을 빼앗겨 정상적인 생활이 힘들었지만 그렇게 해서라도 미아를 볼 수 있다는 게 기뻤다. 수지가 병원에 가려 하지 않자 양부모는 방문 진료를 계획했다. 진료당일 수지는 집을 나갔다. 양부모는 두 번 다시 수지를 보지 못했다. 삼 년 전의 일이었고 방방곡곡을 수소문했으나 이제는 포기했다고 양부모는 말했다.

빔은 국경수비대를 그만두었다. 수지를 단념해서는 아니었다. 멕시코에서 열네 살짜리 소년이 국경을 넘어 미국으로 넘어오려다가 국경수비대가 쏜 총에 맞아 죽은 일이 있었다. 전무후무한 사건은 아니었다. 그전에도 무수한 불법 월경자들이 국경수비대에게 잡혀 전기충격과 집단폭행으로 목숨을 잃었다. 정식으로는 이민 올 조건이 안 되는 이들이었다. 국경수비대는 그들이 체포에 공격적으로 저항했기 때문이라고 했고 주정부의 입장도 백악관의 입장도 같았다.

어쩌면 운명이란 시스템의 다른 이름일지도 모른다고 빔은 생각했다. 우리는 결코 행복해질 수 없다는 수지의 말이 떠올랐다. 세상에 진실이라는 게 있다면 그것만이 진실일 것이었다. 한 사람의 인생은 전적으로 그 사람의 의지와 선택에 달려 있다고 믿는 아버지에게는 두 번 다시 돌아갈 수 없다는 걸 빔은 그 순간 알아차렸다.

*

처음 우성빌딩을 보았을 때 빔은 언젠가 영화에서 보았던 유령의 집을 떠올렸다. 그곳에 머무르려는 사람들은 하나같이 흉사를 당하게 되어 있는 곳. 자신의 영역을 침범당하지 않으려는 원혼들의 살기로 음울하게 가라앉아 있는 분위기. 영화 속 허구를 현실세계의 일로 받아들일 만큼 상상력이 풍부한 편은 아니었으나 어딘가에 유령이 있을 거라는 생각은 늘 해왔었다. 유령을 만나 본 적 있다는 이들의 증언 때문만은 아니었다. 빔이 믿는 건 보이고 들리고 만져진다는 것이 곧 실재를 판가름하는 유일한 기준은 될 수 없다는 점이었다. 그런 이유로 유령의 존재를 부정할 거라면 인간의 정신도 부정되어야 할 것이었다. 물론 그렇게 생각하는 것과 실제로 맞닥뜨리는 건 전혀 다른 차원의 일이 되겠지만 빔은 유령도 흉사도 겁나지 않았다. 도리어 우성빌딩이 정말로 유령의 집이길 바라는 마음이 없지 않았다. 애써 부정해왔지만 실상 수지가 이미 이 세상 사람이 아닐 수도 있다는 두려움으로부터 온전히 자유로웠던 적은 없었다. 유령들의 세계에 접선할 수 있다면 수지의 생사를 확인할 수 있을지도 몰랐다. 어쩌면 그들만의 방식으로 어딘가를 떠돌고 있는 수지를 불러올 수도 있을 터였다. 왜 전에는 그런 생각을 한 번도 하지 못했는지 안타까울 만큼 빔은 우성빌딩이 현실화시켜줄지도 모르는 새로운 가능성에 홀딱 사로잡혔다. 우성빌딩을 숙소로 선택한 건 그 때문이었다. 건물 안에서 멀쩡하게 책을 팔고 있는 탁조를 보고는 자신의 허망한 판타지를 자조하며 곧바로 기대를 접긴 했지만.

그랬었다면서 빔이 피식 웃자 풀잎은 정색했다. 스스로 믿지 않는 이야기를 전하는 것이 옳은 일인지 판단이 서지 않아 머뭇거리긴 했지만 어쨌거나 풀잎은 누군가는 빔이 믿는 것을 믿고 있다고

말해주고 싶었다. 자신의 바람대로 그 말이 진정 빔에게 위로가
될 수 있을지는 모르겠지만.

"아버지의 말에 의하면 이곳에 유령이 있대."

"정말?"

"응."

"그는 그걸 어떻게 알아?"

"그는 일종의 영매야."

"정말?"

"응."

빔은 몸을 부르르 떨었다. 놀라서 그런 것인지 기뻐서 그런 것
인지는 빔도 풀잎도 알 수 없었다.

〈애니 로리〉가 다시금 들려오기 시작했다. 연주자가 바뀐 듯 유
려한 솜씨였다. 강약의 조절도 노련했고 화음도 풍성했다. 빔과
풀잎은 누가 먼저랄 것도 없이 선율에 맞추어 각자의 언어로 노래
를 불렀다. 바로 옆에서 노래를 듣는 이가 있었지만 두 사람은 알
지 못했다.

12

미래가 마산에 도착한 건 오후 두시가 조금 넘어서였다. 약속 시간은 세시였다. 식사를 피하려고 정한 시간이었다. 서먹한 상대와 단둘이 마주앉아 밥을 먹는 것만큼 난처한 일은 없었다. 차나 술을 마시는 건 그런대로 괜찮았다. 차는 거리를 유지하는 데 유용하고 술은 거리를 좁히는 데 유용했다. 식사는 어중간했다. 차를 마시는 것보다는 함께 먹는 일이었고 술을 마시는 것보다는 각자 먹는 일이었다. 함께와 각자의 경계가 불분명해도 괜찮으려면 의외로 긴 역사가 필요했고 미래는 그런 관계가 많지 않았다.

약속 장소는 마산역 근처의 카페였다. 약속 시간까지 여유를 갖고 숨을 돌리면 낯선 공간과 거북한 만남에 대한 긴장이 다스려질 거라 기대했는데 오순이 이미 도착해 있어 미래는 조금 당황했다.

오순은 풀 메이크업에 가슴께에 리본이 달린 연보라색 정장 원피스를 입고 있었다. 미래를 보자마자 등받이에 기대고 있던 상체를 곧추세우며 미소를 지었다. 미래가 자리에 앉자 오순은 허둥지둥 물 한 잔을 해치웠다.

"점심은 먹고 온 거야?"

맛있는 걸 먹자는 제안과 이른 점심을 먹고 출발할 거라는 거절의 대화를 전날 통화에서 이미 나누었음에도 오순은 그렇게 물었다.

"네."

오순은 메뉴판을 펼쳐 미래 쪽으로 밀었다. 미래는 토마토주스를, 오순은 오미자차를 택했다.

"케이크나 쿠키 먹을래?"

"아뇨."

"아까 보니까 맛있어 보이던데 왜."

"드시고 싶으시면 드세요. 저는 됐어요."

오순은 음료와 함께 치즈케이크와 초콜릿케이크를 각각 한 조각씩 주문했다. 서빙이 완료된 뒤 오순은 포크 두 개를 묶은 냅킨을 풀어 포크 하나를 손잡이가 미래 쪽으로 향하도록 내려놓았다. 미래는 치즈도 초콜릿도 별로 좋아하지 않았다. 더구나 위장이 약해 밀가루는 조심하는 편이었다. 그렇다고 말하려다 굳이, 라는 생각이 들어 관두었다. 제대로 설명하지 않으면 미래가 거부하는 것이 케이크만은 아닐 거라 여길지도 모른다는 점이 마음에 걸렸지만 역시 굳이, 라는 생각이 들었다. 오해를 하든 말든 그것은 전적으로 오순에게 속한 일이었고 관계를 지속할 심산도 아니면서 왜곡을 바로잡겠다는 명목으로 남의 마음에 관여하는 건 부질없는 짓이었다. 미래는 끝까지 케이크를 먹지 않았고 오순 역시 한입씩 맛보고는 포크를 두 번 다시 들지 않았다.

하루 사이에 오순은 생각이 바뀌었는지 자정의 사건에 관한 이야기를 피했다. 삼십 년 전의 일이라 기억이 가물가물한데다 자신도 그 내용을 정확히 알고 있는 건 아니라고 했다.

"삼십 년 전이라고요?"

수림의 손에 이끌려 정체 모를 무덤에 갔던 것이 이십삼 년 전이라 미래는 자정의 사건도 그즈음의 일이었을 거라고 추측하고 있었다. 그때 죽은 자와 그 무덤의 주인이 동일 인물일 거라고 거의 확신한 탓이었다. 물론 칠 년의 간격이 그것의 오류를 증명하는 단서가 되는 건 아니었다. 미래는 생각을 곱씹다 오순에게 그무덤에 대해 물었다. 오순은 소스라쳤다.

"네가 그걸…… 그걸 어떻게 알아?"

오순은 알고 있다는 뜻이었다.

"아버지가 데리고 갔었어요."

"뭐? 언제?"

오순의 입술이 미세하게 떨렸다. 미래는 사이를 두고 대답했다.

"엄마가 가시고 일 년 뒤에요."

미래는 그날의 일을 최대한 간략하게 줄여 이야기했다. 새 옷을 입혔다는 것과 하룻밤이긴 했지만 그곳에 방치되었다는 말은 하지 않았다.

"그곳은 누구의 무덤이에요?"

오순은 시선을 피하며 오미자차를 한 모금 마셨다. 미래도 토마토주스를 한 모금 마셨다. 오순의 얼굴은 천사만감으로 복잡해졌고 잠시 후 뭔가를 결심한 듯 눈빛이 확고해졌다.

"누구의 무덤도 아니야."

"그게 무슨 소리예요. 거기 묻혀 있는 사람이 있을 거 아니에요."

"그곳엔 아무도 묻혀 있지 않아."

"……네?"

"빈 무덤이라고."

미래는 아연하여 말을 잇지 못했다.

"그후론 어떻게 살았는지 모르겠지만 그 시절 네 아버지는 제정신이 아니었어. 본래도 술을 달고 살았는데 아주 친한 친구가 갑자기 세상을 뜨는 바람에 몇 년간 엄청 힘들어했어. 그러다 나까지 집을 나가버렸으니 아마……"

수림은 그전보다 더 심하게 술에 절어 살았다. 한동안은 사진관에도 나가지 않고 종일 집에 틀어박혀 있었다. 주정을 하거나 난동을 부리지는 않았다. 미래 앞에서 오순을 욕한 적도 없었다. 혼미한 정신으로나마 매일 아침 같은 시간에 미래를 깨워 학교에 보냈고 본인은 먹지 않더라도 미래의 식사는 꼬박꼬박 챙겼다. 아주 가끔 평소보다 훨씬 더 만취한 날이면 네 엄마는 돌아오지 않을 거라고 말하곤 했다. 모든 것이 자신의 잘못이라고.

"그럼 그 무덤은 그 친구분과 관련이 있는 거예요?"

"아니야. 빈 무덤이라니까. 누구와도 관련 없어. 그러니까 더 안 궁금해해도 돼."

미래는 오순이 뭔가를 의도적으로 감추고 있다고 느꼈다.

"누구와도 관련 없는 빈 무덤이라면, 아버지는 왜 저를 그곳에 데려간 건데요? 그리고 빈 무덤은 왜 만들어진 거예요?"

오순은 다시 차를 한 모금 마셨다. 말을 만들어낼 시간을 벌기 위한 거라고 미래는 생각했다.

"왜 만들어진 건지, 누가 만든 건지는 나도 몰라. 그것에 대해 네 아버지가 말해준 건 아무것도 없어. 그곳에 가 있으면 기분이 전환된다고는 했지. 어느 날인가 나를 그곳에 데려가서는 그렇게 말하더라. 어처구니가 없었지만 더이상 안 물어봤어. 공동묘지 같은 곳에서 무슨 기분이 어떻게 전환된다는 건지 내가 알 게 뭐니. 말했지만 네 아버지는 그 시절 얼이 빠져 있었고 이해 안 되는 점들이 한두 가지가 아니었어."

오순은 한숨을 길게 내쉰 뒤 말을 이었다.

"그래도 분명한 건 있어. 네 아버지가 널 그곳에 데려간 건 너에게도 기분전환을 시켜주고 싶어서였을 거라는 거. 표현이 서툴고 눈치가 없긴 했지만, 그래서 핀트가 어긋날 때가 많았지만, 그래도 뭔가를 해주려고 자기 방식대로 최선을 다하는 사람이긴 했어. 중요한 건 그거야."

그날 수림이 아무 말도 하지 않았다면 미래의 의혹은 그쯤에서 멈추었을지도 몰랐다. 오순의 말대로 수림은 미래에게도 그런 사람이었다. 수림에게 그 무덤이 정말로 그런 의미였다면 미래를 데리고 간 이유 또한 오순이 말한 그대로였을 것이었다.

"저 때문에 죽은 사람이라고 했어요. 그 무덤 앞에서요."

오순의 얼굴에 당혹감이 스쳤다. 하지만 짐짓 아무렇지도 않게 말을 받았다.

"술에 취해 있지 않았니?"

"그렇긴 했죠."

"취해서 아무 말이나 지껄인 거겠지. 네 아버지가 원래 술에 취하면 상황에도 안 맞는 말을 다짜고짜 꺼내고 그랬어. 자기 머릿속에 있는 여러 가지 생각들 중에 하나를 그냥 내뱉는 거야. 평소 자기표현을 잘 못하는 사람들이 술 마시면 그렇다더라. 신경쓰지 마라."

미래는 결국 그 이야기까지 해야 한다는 걸 알았다.

"그날 아침 아버지는 저에게 새 옷을 입혔어요. 분홍색 원피스를요. 그리고 그곳에, 그 무덤에 저를 혼자 두고 갔어요. 아무 말도 없이 가버렸다고요. 그러니까…… 마지막으로 새 옷을 사서 입힌 거예요. 처음부터 그러려고 그곳에 데려간 거라고요."

오순의 얼굴이 일그러졌다. 눈동자는 분기로 번뜩였고 벌어진 입은 닫히지 않았다.

"그러니까 이제 제대로 말씀해보세요. 엄마가 알고 있는 것 모두 다요."

간신히 다잡고 있던 마음이 무너지면서 오순은 울음을 터뜨렸다.

"개자식…… 비겁한 새끼…… 미안해 미래야."

오순은 흐느끼며 계속 그렇게 중얼거렸다.

*

오순이 자정의 사건에 관해 정확히 알고 있는 내용이 없다는 건 사실이었다. 다만 누군가의 죽음에 수림이 관련되어 있었다는 것 정도는 알고 있었다. 수림이 손수 한 일은 아니었다고 했다. 수림은 그 사람이 죽는 걸 방관했을 뿐이었다고. 하지만 의도적인 방관이었고 다른 선택을 했다면 그 일을 막을 수도 있었으며 아무것도 하지 않은 대가로 수림은 돈을 받았다. 이것이 오순이 알고 있는 전부였다.

수림에게 직접 들은 건 아니었다. 수림이 술에 취해 몇 번에 걸쳐 자기도 모르게 조각조각 흘린 이야기들을 모아 앞뒤를 맞춘

대략의 개요가 그랬다. 수림이 맨정신일 때 오순은 그 일에 관해 물었으나 수림은 아무 일도 아니라고 시치미를 뗐다. 좀더 캐물으려고 할 때마다 수림은 화를 냈고 때로는 물건을 벽에 던져 부수기까지 했다. 그 일이 있기 전엔 한 번도 보인 적 없는 모습이었다. 본래 술을 좋아하긴 했지만 몸을 가눌 수 없을 만큼 대취하더라도 조용히 쓰러져 잠드는 것이 술버릇의 전부였다. 수림은 날이 갈수록 거칠어졌다. 모르는 이들과 시비가 붙어 다치거나 파출소에서 연락 오는 일이 잦았다. 오순에게는 결혼을 하지 말았어야 했다는 말과 함께 욕설을 끊임없이 뱉어댔다. 그리고 나는 살 가치가 없는 놈이라며 고래고래 소리질렀다. 오순은 네 살 난 미래를 업고 동네를 돌다 수림이 잠들었을 즈음 집으로 돌아오곤 했다. 얼마 지나지 않아 친구가 죽었고 이후로 수림의 상태는 더욱 악화되었다.

　친구 모근태는 수림이 그전에 다니던 화물운송회사의 동료이자 공업고등학교 동창이었다. 둘은 군대에 다녀온 뒤 각자 다른 회사에 다니다가 반년 간격으로 그 회사에 들어가 트럭 기사로 일했다. 학교에서 전기제어를 전공했지만 전공대로 취업을 하는 경우는 드물었고 근태는 그 드문 경우에 해당되어 엘리베이터 수리 업체에 들어갔으나 동료 중 한 명이 안전장치 없이 일하다 추락사했음에도 개인 과실로 처리되는 걸 보고 회사를 그만두었다. 수림은 전공과는 무관했지만 그래도 국내에서 손꼽히는 자동차회사의 직영 사업소 도장부에 취직했는데 열두 시간 근무를 하는데도 수습 사원이라는 이유로 월급이 칠십 퍼센트만 지급되었다. 일 년의 수습기간만 잘 버티면 사정이 나아질 거라는 희망으로 열심히 일했으나 종료 시점이 되자 별다른 이유 없이 수습기간이 연장되어 낙심하고 있던 참에 근태가 자신이 다니고 있는 화물운송회사로의 이직을 권유한 것이었다. 쉬운 일은 아니지만 자기가 얼마만큼 일하느냐에 따라 기본급 말고도 수당을 따로 받을 수 있다고 했다. 수림은 잠깐 흔들렸으나 장기적으로 봤을 때 현재의 일이 좀더 전망이 좋다고 판단하여 근태의 제안을 거절했다. 그러던 중 사고를 당하게 되었다. 한 차량의 보닛에 작업을 하던 중 동료 직원이 뒤 차량에 시동을 걸었는데 순간 차량이 급출발하여 두 차량 사이에 양 무릎이 낀 상태로 삼십 미터쯤 밀려나간 것이었다. 이 일로 수림은 한 달가량 깁스를 하고 또 한 달가량 물리치료를 받은 뒤 회사에 복귀했는데 무릎 통증이 다시 심해졌다. 일은커녕 양반다리로 십 분 이상 앉아 있기 힘들 정도가 되었으나 이미 완치 판정을 받은 터라 산재 치료를 다시 받기 어려운 상황이었고 수림은 결국 회사를 그만두어야 했다. 그동안 모은 돈이 얼마 안 되었던 탓에 근태에게 돈을 빌려 치료를 받았다. 증상이 호전되면서 근태가 다니는 회사에 들어갔다. 좀더 요양을 해야 했지만 연애중인 오순이 덜컥 임신을 한 터라 마음이 초조했다. 외삼촌의 사진관에서 보조로 일하고 있던 오순은 자신에게도 그동안 모은 돈이 있으니 그것으로 결혼식을 올리고 살림은 수림의 원룸에 차리면 되니 무리하지 말고 몇 달 더 쉬라고 했다. 수림은 아랑곳없이 일을 시작했고 은행 대출로 결혼 자금과 전셋값을 마련했다.

근태가 말한 대로 화물운송회사는 시간외수당을 받을 수 있는 구조이긴 했다. 하지만 기본급이 너무 낮아 생활비 말고도 매달 갚아야 하는 대출금과 이자를 충당하려면 한 달에 백삼십 시간 이상의 초과근무를 해야 했다. 수림은 고속도로의 정체 시간을 피하느라 밤잠을 포기하기 일쑤였고 1박 2일 일정 때는 숙박비를 아끼기 위해 차에서 잠을 잤다. 차가 낡아 소음과 진동이 요란한 탓에 늘 신경이 곤두서 있었는데 그 때문에 쉽게 피로해져 타우린 음료를 줄기차게 마셔댔다. 무릎은 계속 삐걱댔으나 수술할 정도는 아니라고 하여 파스와 진통제로 순간의 통증을 모면했다. 아이를 맡길 데가 없어 오순은 일을 나갈 수 없었고 수림은 불평 한 번 안 하고 자신에게 주어진 의무를 기꺼이 받아들이고자 노력했다. 스트레스는 술로 풀면 그만이었다. 아주 가끔씩 꼭 이렇게밖에 살 수 없나 하는 회의가 들긴 했지만 모든 것이 자신의 선택이므로 딴소리를 할 여지가 없다고 스스로를 다잡았다. 자신이 보낸 시간의 의미는 미래의 성장으로 확인될 것이었으며 그걸로 충분하다고.

미래가 네 살이 되던 해 수림은 어느 새벽 건축자재를 싣고 남도로 향하다 사고가 났다. 불식간에 깜빡 졸아 가드레일을 받은 것이었다. 그 충격으로 트럭에 실려 있던 각파이프가 후방으로 튕거나가듯 쏟아져내렸는데 그중 하나가 뒤따라오던 승용차의 앞유리에 박혔다. 그나마 운전자는 급히 방향을 틀어 각파이프가 조수석 쪽을 강타한 덕에 생명에는 지장이 없었으나 회전근개가 파열되었다. 수림은 갈비뼈 골절에 뇌진탕을 입어 전치 오 주를 진단받았다. 졸음운전이었던데다 트럭이 과적 상태였던 터라 꼼짝없이 벌금과 과태료를 물어야 했다. 수림은 산재라고 주장했으나 근로복지공단은 인정하지 않았다. 적어도 과적에 대한 책임은 회사가 져야 하는 거 아니냐는 반발도 무의미했다. 사장은 공식적으로 과적을 지시한 적이 없었으므로 법적 책임은 오로지 수림에게만 있었고 사장에게는 도의적 책임만 간신히 물을 수 있을 뿐이었다. 사장은 자신도 손해가 크다고 앓는 소리를 했다. 그러고는 치료비에 보태 쓰라며 과태료의 삼분의 일에 해당하는 금액을 위로금으로 건넸다. 근태는 자신이 공연히 수림을 끌어들였다고 자책했다. 수림은 고개를 저었다.

"내 선택이었어."

근태는 신음하듯 뇌까렸다.

"그래, 씨발 그렇지. 너도 그렇고 나도 그렇고. 그런데 어째서 우리는 맨날 이따위밖에 선택을 못하냐."

근태는 신경질적으로 머리를 벅벅 긁으며 덧붙였다.

"이따위가 아닌 걸 선택할 수는 있는 거냐?"

수림은 아무 말도 하지 않았다. 할말이 없었다. 수림의 머릿속은 돈을 구할 궁리로 가득차 있었다. 근태에게 빌리는 건 한계가 있었고 은행의 추가 대출은 이자 때문에 고려 항목에서 제외해야 했다. 오순은 오순대로 돈을 빌리러 다녔다. 수림은 오순을 안심시키기 위해 회사에서 도와주기로 했다고 거짓말을 했고 오순은 그 말을 믿는 척했으나 근태에게 이미 모든 상황을 전해들은 상태였다. 오순의 친정 식구들 중 형편이 되는 사람은 역시 사진관을 운영하는 외삼촌밖에 없었는데 그나마도 필요한 금액을 모두 빌리지는 못했다. 오순은 속을 끓이다 수림에게 전셋집을 빼서 급한 불을 끄고 월세방을 알아보자고 했다. 수림 또한 잠깐이나마 떠올렸던 방안이라 적극적으로 반대하지는 않았으나 여전히 그것만은 하고 싶지 않아 좀더 생각해보자고 오순을 달랬다. 그 와중에 근태는 자신의 약혼자에게 돈을 빌려 오순에게 건넸다. 일찌감치 수림이 펄쩍 뛰며 만류한 터라 수림은 모르게 한 일이었다. 뒤늦게 그 사실을 알게 된 수림은 오순을 나무라며 그 돈을 고스란히 근태에게 돌려주었다.

"신세를 질 만한 사람한테 져야지. 지 아버지 병원비에, 생활비에, 동생들 학비까지 책임지느라 정신없는 자식인 거 몰라? 오죽했으면 그 자존심 센 자식이 지 여자한테까지 돈을 빌렸겠냐. 그런데 그걸 받았다고? 당신 머리가 어떻게 된 거 아냐?"

오순은 간신히 참고 있던 화를 터뜨렸다.

"그럼 어쩔 거야. 대안이 있긴 있는 거야?"

수림은 결국 이사를 결심했다. 물론 그것으로 모든 문제가 해결되지는 않았다. 치료가 끝나면 회사에 복귀할 예정이었는데 애초의 약속과는 달리 사장은 이미 새로운 사람을 고용한 상태였고 수림은 새로운 직장을 구하기가 쉽지 않았다. 이자라도 줄여보고자 대출금의 일부를 상환하긴 했으나 월세를 감안하면 매달 나가는 돈의 액수가 그다지 줄어든 건 아니었다. 혹시나 싶어 따로 빼둔 예비금 덕분에 두어 달은 그런대로 버틸 만했지만 그사이 취직을 못한다면 상황은 원점으로 돌아갈 것이었다. 수림이 출처를 알 수 없는 돈을 가지고 온 건 그즈음이었다. 근태의 지인에게 빌렸다고 했다. 남은 빚을 갚고도 비싼 동네가 아니라면 작은 가게의 보증금 정도는 떨어지는 액수였다.

사진관을 하자고 한 건 오순이었다. 수림은 그 돈으로 뭘 어떻게 해야 할지 아무 의견도 내지 못했다. 정확히는 아무 의견도 없어 보였다. 오순이 사진관 운영에 대해 외삼촌과 의논하며 예산을 짜는 사이 수림은 아무것도 하지 않았다. 계속되는 불운에 상심한 것이거나 근태에게는 더이상 도움 받지 않겠다고 큰소리쳤던 스스로가 실망스러운 것이겠거니 오순은 생각했다. 충분히 지쳤을 법했고 회복의 시간이 필요할 터였다. 하지만 기다리고 기다려도 수림이 무기력에서 벗어날 기미를 보이지 않자 오순의 인내심은 임계점에 다다랐다. 미래를 데리고 홀로 이곳저곳 가게 자리를 알아보다 오순은 폭발했다. 집에 돌아와 수림에게 남은 돈을 쥐여주며 주인에게 돌려주라고 했다.

"돈이 생기면 뭐해. 이것도 결국엔 다 빚이잖아. 나도 이제 더는 아무것도 하고 싶지 않아."

수림은 그제야 반응을 보였고 가게 자리는 자신이 알아보겠다고 했다. 그러고는 하루 만에 장소를 찾아 계약까지 완료했다. 그곳이 우성빌딩 삼층이었다. 우성빌딩은 완공된 지 얼마 안 된 건물이었는데 보증금이 생각보다 한참 싸서 오순은 조금 놀랐다. 부동산도 끼지 않고 주인과 직접 계약을 했다기에 혹 담보 잡힌 건물인가 싶어 등기부등본을 열람해보니 의외로 깨끗했다. 수림의 말에 따르면 주인이 돈이 급해 하루라도 빨리 세입자를 들여야 하는 상황이었다고 했다.

"우리가 운이 좋았어."

그럴 수도 있나, 오순은 미심쩍어했다. 그럴 수도 있다고, 오순은 애써 받아들였다. 운이 트여도 불안해하는 자신에게 연민과 답답함을 느끼며 오순은 사람이 고생을 하면 성정이 비뚤어지나보다 생각했다. 별 노력 없이 우연히 주어진 몫을 손쉽게 필연으로 받아들이는 이들은 분명 자신보다 세상에 대해 긍정적일 터였다. 감사함이란 그런 마음에서 비롯될 것이었고 오순은 그런 사람이 되고 싶었다.

13

"아마 근태씨도 그 일과 관련이 있었던 것 같아. 술주정중에 근태씨 말을 듣는 게 아니었다고 한 적 있거든."

수림은 아예 모든 것이 근태 때문이라고 주정하기 시작했고 근태가 교통사고로 죽은 뒤로는 오순 때문이라고 주정하기 시작했다. 술이 깨고 나면 자신이 무슨 말을 했는지 조금도 기억하지 못했으므로 오순은 묻고 따지고 반발하는 일을 그만두었다.

"너 때문이라는 말은 그러니까…… 아무 의미 없는 핑계일 뿐이야. 근태씨도 없고 나도 없으니까 탓할 사람이 필요해졌던 거야. 그래도 어떻게 너한테까지 그러니."

오순은 다시 울음을 터뜨렸다. 욕설과 사과가 틈틈이 이어졌다. 원래 이렇게 잘 우는 사람이었나, 미래는 생각했다. 미래의 기억

속에서 오순은 한 번도 울지 않은 사람이었다. 그게 말이 되나. 십 년 동안 단 한 번도 울지 않았다는 것이. 그후로도 계속 함께 살았 다면 우는 모습을 볼 수 있었을까. 미래는 수림을 떠올렸다. 함께 산 시간의 양만큼 그 사람을 더 많이 알게 되는 것 같지는 않았다. 오순은 코를 두 번 푸는 것으로 울음을 그쳤다.

"그 무덤은요? 그곳이 빈 무덤이라는 건 사실이에요?"

오순은 고개를 끄덕였다. 사진관을 내고 일 년쯤 지난 어느 날 오순은 통장에서 갑작스러운 목돈 지출 내역을 확인했다. 도통 빚 값을 생각이 없는 것도 그렇고 뜻 모를 주정들도 신경쓰였던 터라 혹 그것이 수림의 비밀과 관련된 일인가 싶어 모르는 척 기회를 엿보다 수림이 만취했을 때 살살 낚시질을 했다. 수림은 쉽게 낚 이지 않았다. 오순은 몰아붙이기로 방법을 바꾸었고 딴살림을 차 린 거냐고 악다구니를 썼다. 수림은 오순의 헛소리를 비난하다 결 국 분기를 이기지 못하고 누군가의 무덤값이라고 소리쳤다. 장소 까지 털어놓은 덕에 오순은 손쉽게 묘지 관리인과 연락할 수 있었 다. 시신 없는 무덤이라는 건 관리인에게서 들었다. 한번 가볼까 도 싶었으나 확인할 것이 아무것도 없다고 생각하니 몸까지 움직 여지지는 않았다.

더디긴 했지만 수림은 점차 안정을 찾아갔다. 적어도 표면적으 로는 그랬다. 여전히 음주는 하루도 거르지 않았지만 비교적 양 도 줄었고 오순에게 시비를 걸지도 않았으며 사진관 일에도 열심을 다했다. 하지만 그것이 전부가 아니라는 걸 오순은 알고 있었다. 수림은 손님들과의 기본적인 대화를 제외하곤 거의 아무 말도 하지 않았고 얼굴은 늘 같은 표정을 짓고 있었다. 무슨 생각을 하고 어떤 마음이 스치고 있는지 오순은 조금도 가늠할 수 없었다. 마치 자기 밖으로는 아무것도 내보내지 않기로 작정한 사람 같았다. 바닥을 알 수 없는 깊은 우물처럼 수림은 수면에 닿은 모든 것들을 소리 없이 삼켰고 오순은 누군가에게 발목이 붙잡혀 짙은 어둠 속으로 끝없이 추락하는 악몽을 꾸곤 했다. 하지만 오순도 점차 안정을 찾아갔다. 적어도 표면적으로는 그랬다. 그렇게 몇 년이 지났다.

"그날은…… 날씨가 정말 좋았어."

목욕탕에 가려고 나선 참이었다. 겨울이 흘리고 간 냉기가 비로소 한 점 남김 없이 사그라졌음을 온몸의 세포가 한순간 알아차릴 만큼 포근한 봄볕이 절정에 이르러 있었다. 전날 내린 비로 한바탕 몸을 씻은 대기는 폐부 깊숙이 싱그러운 향내를 퍼뜨렸고 놀이터 입구에 나란히 서 있는 자목련과 백목련은 갈가리 시들기 직전의 마지막 생명력을 아낌없이 폭발시키는 중이었다. 오순은 걸음을 멈추고 자연이 내어준 무상의 선물을 하나도 놓치지 않겠다는 듯 가슴을 한껏 늘여 숨을 깊게 들이마셨다. 뭔가가 가득 차올랐다. 환희인가 싶었는데 숨을 내쉬자 마음이 푹석 내려앉았다.

끝내고 싶다.

타인의 목소리처럼 오순의 내면에서 그 말이 울려퍼졌다.

이대로 모두.

다시 숨이 차올랐다. 차오르기만 할 뿐 내쉬어지지가 않았다. 오순은 입을 벌리고 헐떡거리다 주저앉았다. 시야가 기우뚱했다. 젊은 여자가 다가와 괜찮냐고 물었다. 오순은 고개를 끄덕이며 걱정 말라는 손짓을 해 보였다. 여자는 잠깐 옆에 서 있다가 주춤주춤 걸음을 떼었다. 가다 말고 돌아보곤 또 잠깐 서 있다가 갈 길로 향했다.

십층이면 될까.

오순은 고개를 끄덕였다. 딱딱한 시멘트 바닥에 머리를 박고 부서지는 장면이 실제의 일처럼 선연했다. 생각은 거기에서 멈추었다. 오순은 마치 뭔가에 홀린 듯 무념의 상태로 부스스 일어나 집으로 돌아갔다. 그러곤 간단한 물품들을 챙겨 여행 가방에 넣은 뒤 집을 나왔다. 마음은 평온했고 움직임은 침착했다.

"안 돌아갈 거야. 이제 당신 혼자 살아. 하긴, 이미 그랬지만."

버스 터미널에서 사진관에 전화를 걸어 그렇게 말했다. 기나긴 침묵 끝에 수림이 말했다.

"알았어."

그게 다였다.

이혼 절차를 밟으면서 두 번 수림을 만났다. 수림은 여전히 아무것도 묻지 않았다.

미래가 보고 싶었지만 보지 않았다. 미래를 보면 마음이 약해질 것 같았다. 오순은 그 끝 간 데 없이 적막한 수렁으로 두 번 다시 돌아가고 싶지 않았다. 처음부터 자신의 것이었던 양 살갗처럼 달라붙어 그 속에 매몰되고 있다는 사실조차 잊게 만드는 시간, 시간들. 모든 것에서 단 한 점의 의미도 찾지 못하는 수림의 텅 빈 시선이 거울이 되어 자신의 무가치를 끊임없이 확인시키는 순간, 순간들.

"미안해, 미래야. 너도 그곳에서 데리고 나왔어야 했는데……"

여지없이 오순은 눈물을 쏟았다. 울음이 반복되자 미래는 불편했다. 아니, 부러운 건가? 회한을 터는 데 눈물만큼 편리한 건 없을 테지. 미래는 종업원을 불러 오순의 물컵을 채워달라고 했다.

"모근태라는 분한테는 남은 식구 없어요?"

"식구 누구?"

"뭐, 아내라든가…… 결혼은 하셨어요?"

오순은 목을 축인 뒤 미심쩍은 표정으로 미래를 바라보았다.

"끝내 그 일을 자세히 알아야겠어?"

꼭 그런 건 아니었다. 모근태라는 사람이 있었다는 것도 처음 안 판국에 생면부지의 사람을 만나 어디서부터 어떻게 이야기를 꺼내고 정보를 교환하여 전체의 그림을 맞춰야 할지 감도 오지 않았다. 그래도 이쯤에서 접어야겠다는 마음이 들지는 않았다. 아니, 이렇게 된 바 좀더 가보고 싶은 것이 사실이었다. 문제는 그것이 미래의 의지로 결정될 수 있는가 하는 점이었다.

"알아야겠다면 알 수는 있어요?"

"그야 모르지. 그 여자가 얼마나 알고 있는지에 따라 다르겠지. 물론 근태씨 성격을 생각하면 나보다 모르면 몰랐지 뭔가를 더 알 것 같지는 않다만."

"그 여자라면…… 그분 아내를 말하는 거예요?"

"아내는 아니고 약혼자였어. 근태씨가 죽지 않았다면 결혼했을 거야. 사실 결혼식만 안 했다 뿐이지 이미 동거중이었으니까 아내나 마찬가지였지."

"그분은 지금 어디 있어요?"

"그건 나도 몰라. 근태씨가 죽고 나서 연락이 끊겼거든."

미래는 허탈감으로 짧은 한숨을 뱉었다.

"하지만 알지도 모르는 사람이 한 명 있긴 해."

"그게 누군데요?"

"진묘연. 네 아버지 사진관 했던 건물 지하의 노래방 주인. 아직도 그곳에 있는지는 모르겠지만."

우성빌딩에 사진관을 내면서 고사를 지냈다. 수림은 마다했으나 근태가 밀어붙여 진행된 일이었다. 상차림은 세트 주문으로 해결했다. 건물 세입자들이 한자리에 모여 음식을 나누어 먹었다. 그날 오순은 근태의 연인을 처음이자 마지막으로 보았다. 여자는 묘연과 잘 아는 사이로 보였다. 이런 곳에서 다시 만날 줄 몰랐다며 서로 반가워했다.

"그 여자 이름은 뭐예요?"

"백은희."

*

이제 와 돌이켜보면 수림에게 굳이 그렇게까지 안 해도 됐을지 모른다고 미래는 생각했다. 후회는 아니었다. 그 시절엔 그렇게 할 수밖에 없는 이유가 충분히 있었고 일시적인 충동에 기댄 것이 아니라 온갖 경우의 수를 따져본 뒤 가당은 종국의 선택이었다. 하지만 결과적으로는 오순과 별반 다르지 않은 결단이 된 셈이었다.

미래 역시 수림에게서 비슷한 걸 느꼈다. 종종 싱크홀을 떠올렸다. 언젠가 과테말라의 한 주택가에 모습을 드러낸 싱크홀 사진을 본 적이 있었다. 실제로 그 안을 들여다본 것도 아니면서 미래는 욕지기가 일 만큼 공포에 사로잡혔다. 지상의 시간을 헛것으로 만드는 거대한 공허는 상상만으로도 소름 끼쳤다. 네가 살고 있는 지구란 실상 이런 곳이야. 싱크홀이 그렇게 말하고 있다면 수림은 이렇게 말하고 있었다. 네가 살고 있는 생이란 실상 이런 것이야. 미래는 뭔가 다른 걸 꿈꾸고 싶었다. 이를테면 희망 같은 것을 품어보고 싶었다. 하지만 잘 되지 않았다. 그래서 뭐. 그래봤자. 그런 생각이 상수처럼 굳건했다. 그 생각과 싸우느라 청년 시절을 낭비한 것이 후회되긴 했다. 그 생각에도 그저 똑같은 말을 돌려주면 됐을 거라는 건 나중에야 알았다. 그런 생각이 뭐. 그래봤자.

어찌 됐건 오순과 미래는 그곳에서 빠져나오는 데 성공했다. 적어도 표면적으로는 그랬다. 오순과 미래는 누군가를 버렸고 홀로 남은 누군가는 죽었다. 그 사실은 끝내 메워지지 않을 우물과 싱크홀이 되어 오순과 미래의 살갖 안쪽에 깊이 배어 있을 것이었다.

헤어지기 전 오순은 온갖 빵이 가득 담긴 커다란 종이봉투를 건넸다. 절반은 자신이 만든 거라고 했다.

"먹다보면 어떤 게 내가 만든 건지 금방 알 거야. 훨씬 맛없는 쪽이 내 거야. 나는 요리에는 영 재능이 없어서 빵 만드는 것도 안 배웠는데 이번에 처음으로 시도해봤어. 그동안 어깨너머로 본 것도 있고 그 양반이 옆에서 하나하나 알려준 대로 따라 한 거라 아주 어렵진 않았지만 아무래도 손맛이 한참 달리긴 하더라."

미래는 머뭇거리다 봉지를 받아들었다.

"돌아가면 가족사진 좀 보내줘. 같이 한번 놀러오면 더 좋고."

기차가 출발할 때 미래는 허벅지에 올려놓은 종이봉투 안을 한참 들여다보고는 곰보빵을 집었다. 비닐 포장을 벗기고 크게 한입 베어물었다. 고소한 땅콩 냄새와 달콤한 버터 향이 입안 가득 번졌다. 장시간 속이 더부룩할 것이 분명했지만 상관없다는 생각이 들었다. 어쨌거나 결국엔 소화가 되리라는 걸 미래는 알고 있었다.

14

탁조는 우성빌딩에서 멀찍이 떨어져 건물 전체를 말끄러미 조
망하고 있었다. 날이 흐려서인지 건물이 부쩍 음산해 보였다. 지
박령이 뿜어내는 탁기 때문인지도 몰랐다. 뒤숭숭한 정념에 사로
잡힌 영이 있는 곳은 설사 본인이 의도하지 않더라도 주위의 기운
이 산란해지는 법이었다. 혼령에게서 비롯된 혼탁한 기운은 산 자
들의 세계에 다양한 변수로 작용한다는 걸 탁조는 익히 알고 있었
다. 우성빌딩이 아니었다면 은령이 다른 선택을 했을지도 모른다
는 가능성을 배제할 수 없는 건 그 때문이었다. 건물이 잘린 것도
마찬가지였다. 산 자들의 의지가 발동되는 데 불안정한 기운이 절
대적인 원인이 되는 건 아니지만 모종의 영향을 미치는 건 사실이
었다. 물론 건물과 은령에게 일어난 일이 아예 혼령의 뚜렷한 의

도에서 연유한 사건일 수도 있었다. 정말 그렇다면 혼령의 원한은 생각보다 크고 깊고 복잡할 터였다. 혼령과의 소통이 가능해지더라도 사연을 들어주는 것만으로는 해결이 안 날 수도 있었다. 그렇게 생각하니 명치가 꽉 조였다.

오래전 스스로 영력의 작동을 막기로 마음먹은 건 해원이 쉽지 않은 영들을 겪는 것이 힘에 부쳐서였다. 풀잎에게는 그저 세월의 힘으로 눈과 귀가 둔해진 거라고 했지만 실상 영력의 상실은 탁조의 간절한 의지에 따른 것이었다. 아무리 악의가 가득한 영이라도 자신의 사연과 무관한 탁조에게까지 일부러 해를 끼치는 경우는 거의 없었으나 더는 어떻게도 해줄 수 없는 채로 누군가의 고통을 지켜보는 일은 때때로 밥이 넘어가지 않을 만큼 견디기 어려웠다. 앙심의 깊이만큼 독해진 기운에 치여 병치레를 하는 건 차라리 그보다는 덜 고단했다. 단단히 결심했다고 해서 하루아침에 타고난 재능이 싹둑 베어질 리 만무했지만 어쨌거나 기를 쓰니 점차 무뎌지긴 했다. 생각보다 오랜 시간이 필요했지만 말이다.

탁조는 자신이 다시금 영계와의 접선을 꾀하게 될 줄은 몰랐다. 하지만 따지고 보면 이승과 무관한 영계의 일이 외따로 있을 수 없으니 어떤 사람이 계속 마음에 담기는 한 영계를 영영 모른 척하기란 불가능할지도 몰랐다. 영력의 차단을 열망하기 시작하면서 타인에 대한 관심도 함께 거두어들인 건 그러한 인과를 또렷이 의식해서는 아니었다. 영계나 물질계나 탁조에게는 결국 외부 세계였고 자기 바깥의 일들에 관여를 멈추려면 통째로 선을 그어야 한다고 여겼을 뿐이었다. 보이고 들리고 느껴지는 모든 것들에 무심해지기 위한 필사적인 노력이 탁조에게 안겨준 건 고요였다. 그것은 필연적으로 적막감을 동반했지만 쓸쓸함은 휴식의 핵심 조건이었으므로 기꺼이 그 상태를 누렸다. 배제에서 유일하게 제외된 풀잎이 있었기에 가능했는지도 몰랐다. 풀잎이 없었다면 마음을 나누는 일의 전면적 철회는 오래가지 못했을 터였다. 탁조는 영력만큼이나 본래적인 기질로서 긴밀한 연결감에 대한 남다른 선호를 품고 있었다.

수림은 아주 오랜만에 마음을 움직이게 한 사람이었다. 언제 어떻게 그렇게 되었는지는 알 수 없었다. 수림의 어떤 점 때문이었는지도 정확하지 않았다. 어쩌면 충분한 휴게를 끝내고 다시금 자기 밖으로 나와야 할 시점이 도래했을 때 우연히 그 자리에 수림이 있었던 것일 수도 있었다. 자각하지 못하는 사이에 스스로 변곡점이 될 순간을 준비하고 있었던 건지도. 어쨌든 수림을 볼 때마다 탁조는 어딘지 모르게 안타까웠고 잘 살았으면 좋겠다는 마음이 기도처럼 일어났다. 마치 끝까지 돌봐줘야 할 것만 같은 막냇동생이기라도 한 듯. 탁조에게 연민이란 흔한 감정이었으나 형제애와 같은 감정이 발동된 건 유례없는 일이었다. 외동으로 자라 피와 살을 나눈 형제가 실제로 어떤 마음을 주고받는지 알 수 없었음에도 탁조는 막연히 그렇게 느꼈다. 한번 내어진 마음은 회수가 쉽지 않았고 그 마음을 따라오다보니 현재에 이른 것이었다. 누군가에게 마음을 낸다는 건 그만큼 무거운 일이라는 걸 탁조는 다시 한번 확인하는 중이었다.

탁조는 수림이 이승의 그림자를 씻지 못하고 어둡고 차가운 시간 속에 갇혀 있을 것이 못내 염려스러웠다. 어떻게든 수림으로부터 사연의 전모를 들었어야 했다는 회한이 밀려오기도 했다. 수림이 지박령이 되었는지 부유령이 되었는지는 분명하지 않았지만 그가 붙잡고 있는 이승의 끈이 무엇으로부터 비롯된 것인지 알고 있었다면 해원은 좀더 손쉬웠을 것이었다. 만한의 자초지종을 아는 것은 해원의 첫번째 조건이었다. 물론 미래에게 말한 대로 수림은 이미 전혀 다른 차원으로 건너갔을지도 몰랐다. 수림이 죽은 직후 시신의 기운을 잘 살폈더라면 그의 혼이 어떤 여정을 택했는지 알 수 있었겠지만 당시 탁조는 그럴 정신이 없었다. 현재로서는 그것을 확인할 수 있는 방법이 우성빌딩에 깃들어 있는 지박령과 마주하는 것밖에 없었다. 혼령은 수림 때문에 죽은 자이자 수림을 죽인 자일 수도 있고 수림일 수도 있었다. 어떤 쪽이든 길은 열릴 것이었다.

탁조는 담배를 물고 불을 붙였다. 한 모금 들이마시자마자 사레들린 것처럼 콜록거렸다. 검지와 중지 사이에 끼여 있는 담배를 쏘아보며 혀를 쯧 찼다. 대체 이딴 걸 왜 피우는 거야. 탁조는 그대로 버리려다 다시 한 모금 천천히 들이마셨다. 좀전보다는 나았지만 여전히 기침은 터졌다.

"흡연자셨어요?"

돌아보니 지하층의 노래방 주인인 묘연이 서 있었다.

"아들놈이 두고 간 건데 그냥 한번 피워봤습니다. 역시 저한테는 안 맞네요."

탁조는 허리를 굽혀 담배를 바닥에 비벼 끈 뒤 꽁초를 손에 쥐었다.

"어제는 정말 감사했어요."

묘연이 말했다.

"아이고, 또 그 소립니까? 할일을 한 것뿐이니 됐습니다."

하루 전 탁조는 묘연의 부탁으로 함께 파주의 노인요양병원에 다녀왔다. 묘연네 차는 남편이 가지고 다니는 터라 탁조에게 운전을 부탁한 것이었다.

사실 묘연은 혼자 다녀올 용기가 나지 않았다. 은령의 어머니에게 은령의 죽음을 전하기 위한 걸음이었다. 치매의 진행이 어느 정도에 이르렀는지 알 수 없지만 은령이 누구인지 기억하지 못할 수도 있었다. 어쩌면 그 편이 나을지도 몰랐다. 굳이 어떻게 죽었는지 부언하지 않아도 될 테니까. 아니, 딸의 부고에 히죽히죽 웃기라도 한다면 그게 더욱 난감하려나? 묘연은 왜 하필 이런 일이 자기 몫이 되었는지 부아가 치밀었다. 물론 은령이 직접 부탁한 일도 아니었고 나 몰라라 한다고 묘연을 비난할 이는 아무도 없었다. 은령에게 가족은 어머니밖에 없었고 은령의 어머니가 요양원에 있다는 걸 아는 사람은 묘연밖에 없었다. 은령의 본명이 은희라는 것도 묘연만 알고 있었다. 적어도 묘연이 알기로는 그랬다. 내가 만약 어느 날 갑자기 죽어버리면 그 소식을 엄마한테 전할 사람이 아무도 없어요. 얼마 전 은령은 묘연의 머리에 염색약을 바르며 그렇게 말했다. 미용실 십 주년 기념 이벤트 기간 때였다. 경찰이 알려주겠지. 묘연은 생각했지만 소리 내어 말하지는 않았다. 실제로 일이 벌어진 뒤 묘연은 그날의 대화를 떠올렸다. 그때 이미 작정하고 있었던 것일까? 알 수 없었다.

탁조는 묘연과 은령이 같은 건물의 세입자 이상의 관계였다는 데 조금 놀랐다. 이상까지는 아니에요. 묘연은 말했다. 별다를 것도 없고요. 탁조의 눈에도 두 사람은 그렇게 보였다. 그들은 서로를 '진사장님'과 '백사장'으로 불렀고 둘 사이에서 사적인 역사를 유추할 만한 어떤 기미도 발견할 수 없었다.

묘연은 왜 자신이 누구도 모르는 은령의 사정을 알아야 하는지 그때도 지금도, 아니 그 훨씬 전부터 도무지 이해되지 않았다. 묘연은 한 번도 은령과의 인연이 특별하다고 여긴 적 없었다. 때문에 남다른 감정을 가져본 적도 없었다. 묘연에게 은령은 다만 어린 시절 한동네에서 자라 비교적 낯이 익은 동생일 뿐이었다. 성인에겐 여섯 살의 나이 차이가 친구가 되는 데 별문제가 되지 않을 수 있지만 청소년기에는 일 년의 거리도 완전히 다른 세계로 여겨지는 법이었다. 물론 성인이 되어 다시 만났다고 친구가 되는 건 아니었다.

수림의 사진관 오픈식 때 재회한 뒤 은령이 종종 연락을 해왔지만 묘연은 가끔씩 짧게 시간을 내주고 대개는 바쁘다는 핑계로 은령을 피하곤 했다. 어떤 날은 연락도 없이 노래방에 찾아와 한두시간 혼자 노래만 부르다 돌아가기도 했다. 묘연은 은령에게 별달리 호의를 내비친 적도 없는데 은령은 묘연이 마치 친언니라도 되는 듯 과도한 친밀감을 드러내며 중가 이상의 선물 공세를 했다. 묘연은 그런 은령이 부담스러웠다. 뭔가를 자꾸 주려는 사람은 반드시 목적이 있다고 묘연은 생각했고 은령의 경우에는 정서적 의존이 그것인 듯 보였다. 십이 년 전 은령이 우성빌딩에 들어왔을 때 묘연은 자기 때문인 것으로 짐작하여 내심 진저리를 쳤다. 알고 보니 꼭 그래서였던 건 아니었지만 어쨌거나 은령과 자주 마주치는 것은 못내 껄끄러웠다.

은령은 묻지도 않은 이야기들을 자꾸 털어놓았다. 대개는 기억에도 안 남을 소소한 추억담이었는데 가끔 뜻밖의 사연을 꺼내기도 했다. 묘연은 여러모로 신산했던 은령의 과거에 대해 연민이 일기도 했으나 진심을 나누는 관계란 그것만으로 이루어질 수 있는 건 아니라고 생각했다. 은령은 자신이 얼마나 일방적인지 모르고 있었고 묘연은 그 점이 가장 못마땅했다. 다행히 은령은 묘연에게서 자신을 향한 배타적인 태도를 눈치채면서 거리를 두기 시작했다.

그냥 대놓고 말해주는 편이 나았을까. 파주로 향하는 탁조의 차 안에서 묘연은 그렇게 생각했다. 당시에는 속마음을 이야기하는 것조차 애착의 빌미가 될 것 같아 모른 척했지만 어쩌면 상처는 덜 받았을지도 몰랐다. 아니, 아니다. 묘연은 고개를 세차게 가로 저었다. 은령의 죽음에 나는 아무런 책임이 없고 그러니 죄책감을 가질 이유가 없다. 그것이 묘연의 결론이었다.

은령의 어머니는 묘연을 기억하지 못했다. 다행히 은희가 딸의 이름이라는 건 기억하고 있었다. 처음에는 아무 반응도 없더니 묘연이 은희의 이름을 여러 번 반복해서 말하자 문득 화색을 띠었다.

"우리 은희. 내 하나밖에 없는 딸."

뒤이어 은령의 소식을 전하자 그녀는 무슨 말인지 모르겠다는 표정을 지으며 자신의 배를 툭툭 두드렸다.

"우리 딸은 여기 있는데?"

이것도 여러 번 말해야 하나, 묘연은 갈등하며 탁조와 간병인 여자를 번갈아 바라보았다. 여자는 고개를 저었고 뒤이어 탁조가 여자의 응답에 동조하듯 고개를 끄덕였다. 묘연은 찜찜했지만 어 쨌든 할일은 마쳤으므로 그걸로 됐다고 여겼다.

"오늘은 왜 이렇게 빨리 나왔어요?"

노래방 문은 보통 저녁 일곱시에 여는 터라 탁조가 의아해하며 물었다.

"가게 정리 좀 하려고요."

"무슨 정리를 얼마나 대대적으로 하시려고 몇 시간씩이나 일찍 와요?"

"저, 가게 뺄 거예요."

"아. 결국 그렇게 결정하셨군요."

"막상 마음을 먹고 나니까 진작에 그럴걸 싶더라고요. 그나마 단골들이 있어서 얼마간 월세는 냈지만 이젠 그 사람들도 다른 곳으로 다 옮겨갔어요. 이런 곳에 누가 오고 싶겠어요. 보기만 해도 우울한데요."

묘연은 매일 오후 집을 나서면서 오늘까지만 하고 접자고 결심했다. 건물 앞에 도착하면 마음이 더욱 굳어졌고 컴컴한 지하로 향하는 계단을 하나씩 밟아 내려가면서는 당장이라도 집어치우고 싶은 충동이 솟구쳤다. 하지만 손님이 오고 돈을 받고 나면 다시 하루를 미루게 되었다. 아들딸은 모두 결혼을 시켰고 남편이 예전에 하던 도배 일을 다시 시작해 돈을 벌고 있긴 하지만 환갑을 넘긴 나이로 언제까지 그 일을 계속할 수 있을지도 알 수 없고 무엇보다 갚아야 할 빚이 아직도 한참이었다.

"계속 이 상태로 있을 것 같지는 않은데 말이죠."

탁조가 말했다.

"그렇겠죠. 주인들한테도 손해일 테니까요. 하지만 언제인지도 모를 그날을 마냥 기다리고만 있을 수도 없고, 당장 건물을 새로

단장하더라도 우리가 계속 여기에서 장사를 할 수 있을지 어떻게 장담해요. 분명히 세가 몇 배로 뛸 거라고요."

맞는 말이었다. 한동안 이 지역의 상권은 불사의 힘으로 승승장구할 것이고 땅값은 계속 오를 터였다.

탁조가 이십 년 넘게 책방을 했던 동네를 떠나 우성빌딩에 오게 된 것도 비슷한 이유 때문이었다. 정확히는 떠난 것이 아니라 쫓겨난 것이었다. 스트리트형 복합 쇼핑몰이 들어서게 되어서였다. 자신이 이십이 년간 머무른 곳의 운명이 자신과 무관하게 전개되는 과정을 목도하며 탁조는 무력감에 빠졌었다. 자신이 하루아침에 허구가 되어버린 것 같았다. 그곳에서 보낸 시간은 눈에 보이고 손에 만져지는 물건처럼 분명한 양감으로 존재하고 있었지만 그것은 실제를 구성하는 어떤 요소도 될 수 없다는 걸 알아버린 기분이었다. 전혀 다른 차원에 갇힌 사람처럼 자신이 그곳에 있다는 걸 증명할 길이 없었고 그렇다고 하자 풀잎은 말했다.

"공간이 없어진다고 시간까지 사라지는 건 아니에요."

탁조는 무슨 말인지 모르겠다는 표정을 지었다.

"공간은 곧 시간이다."

탁조의 단언에 풀잎 역시 무슨 말인지 모르겠다는 표정을 지었으나 본뜻을 되묻지는 않았다. 탁조는 충분히 지쳐 있었고 그에게 필요한 건 대화가 아니라는 걸 풀잎은 알고 있었다.

탁조와 묘연은 거의 동시에 우성빌딩으로 시선을 옮겼다. 묘연은 은령이 목을 매고 늘어져 있는 장면을 떠올리며 몸을 부르르 떨었다. 실제로 본 것도 아니면서 그랬다. 이제 이곳에서는 일 분 일 초도 머무르고 싶지 않았다.

은령의 시신을 두번째로 본 건 탁조였다. 출근길에 미용실의 불이 켜져 있는 걸 보고 기이하게 여겨 이층에 들른 터였다. 빔이 쓰러져 있어 놀랐고 거의 동시에 은령을 보고 현기증이 일 만큼 충격을 받았다. 평정을 회복한 뒤 미용실로 들어가 시신과 공간의 기운을 가만히 느끼고 있자니 은령이 편안히 갔다는 걸 알 수 있었다. 죽은 자가 어떤 이유로든 이승에 마음이 남아 있다면 그의 시신과 그가 머물렀던 공간에 불안한 기운이 감돌기 마련이었다. 산 자가 숨을 거두면 육신에 묶여 있던 상념과 마음들이 한순간 폭죽 터지듯 사방으로 방사되는데, 혼이 죽음을 받아들이면 그것들이 그대로 산산이 흩어지지만 받아들이지 않으면 다시금 하나의 체體로서 응집되어 남아 있게 된다. 거부의 의지로 작동된 것이니 안정된 에너지일 수 없는 건 당연한 일이었다. 스스로 선택한 죽음이라도 세상에 대해 가졌던 마음이 쉽게 거두어지지 않는 경우가 많은데 은령은 그나마 다행이었다. 그만큼 사는 것이 고단했다는 뜻인지, 아니면 생을 통해 할 수 있는 건 충분히 다 했다는 뜻인지는 알 수 없었다.

15

흐린 날씨는 다음날까지 이어졌다. 비가 오지도 않고 날이 개지도 않는 어정쩡한 상태가 지속되자 탁조는 종일 답답한 기분에서 벗어나지 못했다. 어딘가 꽉 막혀 있는 듯한 심정이 꼭 날씨 때문은 아니었지만 정체된 기상에 동요가 일어나면 그나마 숨통이 트일 것 같았다. 뭐라도 하자 싶어 책방 곳곳을 공들여 청소하고 나니 잠시 개운해지긴 했으나 곧 다시 마음이 무거워졌다.

해 질 무렵 탁조는 수림의 사진관으로 향했다. 사진관의 무너진 벽을 바라보다 그 앞에 의자를 끌어와 앉았다. 수림이 죽은 뒤 전처럼 그곳에 앉아 건물 밖 풍경을 바라보는 건 처음이었다. 생각을 안 했던 건 아니지만 끝내 마음이 움직이지는 않았다. 먹구름이 하늘을 덮고 있으니 해가 떨어지는 광경은 보지 못할 것이었다. 한 시간쯤 지나 비로소 빗방울이 떨어지기 시작했고 이내 폭우로 이어졌다. 저멀리 번개가 하늘을 가르고 뒤이어 무지막지한 굉음이 천지를 뒤흔들었다.

"천지신명께 비옵나니, 부디 어긋난 세상을 바로잡아주시옵소서. 세상의 이치와 도리를 저버린 이들에게는 두려움을 갖게 하시고 남에게 해 끼치지 않는 이들에게는 세상의 앙화를 이겨낼 수 있는 힘을 주시옵소서."

태풍이 몰려올 때면 이모할머니는 앞마당에 있는 대추나무 아래 소반에 정화수를 떠놓고 두 손을 합장한 채 머리를 조아리며 그렇게 읊조렸다. 평소 굿을 할 때의 등등한 기세와는 달리 그때만큼은 말과 몸짓이 더없이 고분고분해 보여 탁조는 신기해하며 그 모습을 조용히 지켜보곤 했다. 유년 시절 집안 형편이 좋지 않아 몇 해간 이모할머니에게 맡겨져 자란 탁조는 그녀의 지나치게 곧은 성품과 단호한 말투, 사람을 꿰뚫어보는 듯한 매서운 눈빛 때문에 그녀를 몹시 어려워했으나 자신의 말이라면 언제든 진지한 표정으로 귀기울이는 그녀가 그다지 싫지는 않았다.

"천지신명은 누구고 어디에 있어요?"

"모든 곳에 계시기도 하고 어디에도 안 계시기도 한 분들이지."

"어디에도 없다면 말을 걸어봤자 소용없잖아요."

"그래서 말을 거는 거란다. 말을 걸어야 응답하시거든. 응답할 일이 없으면 사라지셔. 그분들이 의외로 세상일에 참견하기 싫어

하시거든. 그러니 말을 걸 때는 진심을 다해야 한다."

대화는 좀더 이어졌을 테지만 그 이상은 기억나지 않았다. 죽은 이들이 보이기 시작하면서 탁조도 기도를 올리곤 했다. 천지신명께 비옵나니, 부디 남들에게 안 보이는 것을 저 또한 보지 않게 하여주시옵소서. 철이 들면서는 천지신명이라는 것이 따로 존재하는 대상이 아니라 조화로운 세상에 대한 바람을 투사한 일종의 상징임을 알게 되었다. 탁조는 천지신명을 더는 호명하지 않았고 그 대신 돌아오지도 떠나지도 못하는 넋들을 위해 기도하기 시작했다.

거센 빗줄기가 장막이 되어 시야를 흐리고 쏟아지는 소리만이 또렷한 순간 속으로 탁조는 서서히 잠겨들었다. 눈은 저절로 감겼고 감지되는 건 오로지 소리밖에 없었다. 감각에 대한 앎의 내용들이 소리에 씻겨 흩어지자 소리가 몸밖에서 들리는 것인지 몸안에서 울리는 것인지 가늠할 수 없었다. 확고한 경계가 뭉그러지면서 탁조는 아예 비가 되어 한없이 흘러내렸다. 문득 천둥의 음성으로 입이 열렸다.

"천지신명께 비옵나니, 부디 당신의 본성이 세상의 뜻이 되게 하여주시옵소서."

탁조는 말하는 자이면서 듣는 자였고 그 말을 가슴에 새겼다. 침묵이 이어졌다. 모든 것이 멈추어진 채 탁조는 어디에도 없는 자가 되어 시공과 무관해졌다.

시간이 얼마나 지났는지는 알 수 없었다. 문득 모든 경계들이 되살아나면서 등뒤로 미묘한 기척이 느껴졌다. 척추를 타고 서늘한 기운이 차올랐다.

"내 말이 안 들립니까?"

들렸다. 탁조는 뒤를 돌아보았다. 보이지는 않았다.

"들립니다. 들려요. 당신의 목소리가 들렸어요."

탁조는 의자에서 벌떡 일어서며 외쳤다.

"당신은 누굽니까. 이름은 뭐고 왜 이곳을 못 떠나고 있습니까."

혼령의 웃음소리가 빗소리와 함께 건물을 가득 메웠다.

*

대화는 통했으나 여전히 모든 것이 불분명하다는 사실에 탁조는 낙담했다. 그나마 혼령이 수림은 아니라는 점이 확인되어 다행이었다. 목소리가 들리는 순간 탁조는 그렇다는 걸 알았다. 그것은 수림의 목소리가 아니었다. 수림이 아닌데도 수림의 기억을 가지고 있는 건 이상했지만 혼령에게 다른 이의 기억도 남아 있다는 것을 확인하고 탁조는 집합혼集合魂을 떠올렸다. 흔한 경우는 아니며 실제로 만나본 적은 없으나 여러 혼들이 하나의 영으로 뭉쳐지는 일이 있기도 하다고 들은 적 있었다. 한 장소에서 여러 명이 한꺼번에 죽었거나 하나의 사연으로 엮인 이들이 줄줄이 죽게 되거나 비슷한 성질의 원한을 가진 혼들이 모여들어 집합혼이 형성된다고 했다. 물론 그런 경우에 모두가 집합혼이 되는 건 아니었다. 기운이 약하거나 동질감을 선호하거나 사라지는 걸 두려워해서 다른 영을 끌어당기든가 다른 영에 달라붙든가 한다는 설이 있는데 모든 사례에 정확히 들어맞는다고는 할 수 없었다. 어쨌거나 현재의 이 영이 정말로 집합혼이 맞다면 수림과는 완전히 다른 존재라고 할 수는 없었다. 하지만 수림의 혼이 섞여들어간 영이라면 수림과의 대화도 가능해야 했다. 원한은 남았으나 대화는 원치 않는 것인가. 아니, 애초에 수림이 수림에 의해 죽임을 당한 자 혹은 수림을 죽인 자와 집합혼을 이루는 것이 가능한 일인가. 알 수 없었다. 죽은 자들의 의도는 언제나 산 자들과는 다른 방식으로 일어나고 펼쳐지고 마무리되는 법이었다.

"집합혼이라는 게 있는 줄 몰랐습니다. 어쩌면 그게 맞는 것 같기도 해요."

혼령의 목소리에서 들뜬 기운이 묻어 나왔다. 탁조는 고개를 갸웃했다.

"하지만……"

"하지만 뭡니까."

"본인이 누구인지 기억을 못하는 건 이해가 잘 안 됩니다."

"그렇습니까?"

"어떤 영이 어떤 곳을 떠나지 못하는 건 기억 때문이니까요."

기억을 잃은 영이 아예 없지는 않았다. 어떤 영은 자신이 죽었다는 것도 깨닫지 못한 채 산 자처럼 생활하기도 하고 어떤 영은 정신을 놓아버린 사람처럼 자기정체감이 뭉개진 채 무기력하게 늘어져 있기도 했다. 하지만 탁조는 자기를 확실히 의식하면서 기억만 날아간 지박령에 대해서는 들어본 적도 만나본 적도 없었다. 그런 이가 집합혼이 될 수 있는지는 더더욱 알 수 없었다. 혼령은 자신의 죽음이 떠올리고 싶지 않을 만큼 참혹하여 스스로 과거를 봉인했을지도 모른다고 했다. 일리가 없지 않았다.

"그런데 말이죠, 내 목소리가 어떻게 들립니까?"

혼령이 물었다.

"설명하자면 좀 길고, 그냥 들리는 거라고 해둡시다."

"그게 아니라 내가 남자인지 여자인지 궁금해서요. 당신이 듣기에 내 목소리는 남자의 것인가요, 여자의 것인가요?"

탁조는 멈칫했다. 영들이 자기 자신의 목소리를 듣지 못한다는 건 한 번도 의식하지 못했던 사실이었다. 정확히는 소리를 내는 것이 아닐 터였다. 그것이 탁조에게 소리로 들리는 건 영계와 물질계의 경계가 만들어내는 일종의 전화轉化 현상이었다. 경계를 넘으며 구성되는 소리의 질감은 혼령의 기운이나 염의 내용에 따라 달라지게 되어 있었고 탁조의 귀에 혼령의 음성이 딱히 여성적이지도 남성적이지도 않게 들리는 건 혼령 자신이 이미 스스로의 성별을 모호하게 여기고 있기 때문이었다. 그렇다면 목소리가 다르다고 해서 이 혼령이 수림이 아니라는 법은 없었다.

"생각보다 복잡하군요."

혼령은 실망한 목소리로 말했다.

"동감합니다. 하지만 당연한 일이기도 하지요. 당신이 있는 곳과 내가 있는 곳은 완전히 차원이 다른 세계입니다."

"맞는 말입니다. 하지만 대화를 나눌 수 있다면 함께 있는 거라고 해도 틀린 말은 아니지 않을까요?"

"네, 저도 그렇게 생각합니다."

무엇보다 진상에 접근하는 것이 전보다 용이해졌다는 데 둘은 동감했다. 물론 혼령과 탁조가 확인하려는 진상이 같은 것일지는 좀더 두고 봐야 했다. 혼령의 관심은 삼십 년 전 이곳에서 일어났다는 모종의 사건에 꽂혀 있었고 혼령은 그 일이 자신의 죽음과 관련이 있을 거라고 장담했다. 은령의 혼이 자신을 알아보았다는 것이 확신의 근거였다. 탁조에게는 그 일이 수림의 자정의 사건과도 연관되어 있을지가 관건이었다. 일단 자정의 사건이 일어난 장소가 우성빌딩이 맞는지부터 확인해야 했다. 수림의 말들을 꼼꼼히 돌이켜보았으나 그 점을 가늠할 만한 단서가 떠오르지는 않았다.

혼령이 자정의 사건으로 죽은 자의 기억을 가지고 있는 걸 보면 그 장소가 우성빌딩이었을 가능성이 컸다. 혼령이 집합혼이 아니라 그때 죽은 자이기만 하다면 그 일로 지박령이 되었을 터였다. 정말로 집합혼이라면 문제가 조금 복잡해지긴 했다. 집합혼이 반드시 지박령의 형태로만 존재하는 건 아님에도 현재의 이 영은 우성빌딩에 묶여 있으니 그들 사연의 교집합은 우성빌딩일 것이었다. 하지만 다른 곳에서 자정의 사건을 겪은 이가 모종의 이유로 우성빌딩의 집합혼에 합류했을 가능성도 배제할 수 없었다. 그러나 원치 않는 죽음을 당한 곳이 아닌 장소에 굳이 지박할 이유가 있었을까. 탁조는 사실이 되지 못한 생각들 사이를 어지러이 부유하다 결국 열쇠는 혼령이 쥐고 있다는 결론에 안착했다.

삼십 년 전 이곳에서 일어난 일이 수림과 별 관련이 없다손 치더라도 혼령이 기억을 되찾는 데 도움이 된다면 그것은 전모를 파악하기 위한 진정한 출발점이 될 수도 있었다. 꼭 수림의 문제가 아니라도 어차피 혼령의 한을 풀어주려면 지박령으로 남을 수밖에 없었던 이유를 알아내긴 해야 했다. 혼령과 말을 튼 이상 해원은 피할 수 없는 책임이었고 그것은 남들에게는 없는 재능을 가진 자가 치러야 할 필연적인 대가였다.

일단 은령이 마지막으로 통화한 사람이 누구인지 알아내야 했다. 물론 은령이 언급했다는 삼십 년 전 사건은 혼령의 직감과는 달리 혼령과 무관한 일일 수도 있었다. 탁조는 직감에 의한 판단을 믿는 편이지만 그것이 종종 많은 오류를 낳는다는 걸 모르지 않았다. 어쨌거나 확인은 필요했고 현재로서는 혼령의 의지를 따라가는 것 말고는 할 수 있는 일이 없었다. 문제는 그 사람의 정체를 어떻게 알아내느냐는 것이었다. 통신사나 경찰에 의뢰할 수는 없었다.

"백은령의 휴대폰은 지금 어디에 있죠?"

혼령이 말했다. 탁조도 이제 막 그 생각을 하던 참이었다. 은령의 유품을 정리한 사람이 묘연이었으니 휴대폰을 가지고 있을 가능성이 컸다. 이미 버렸다고 해도 어쩌면 묘연은 은령의 과거에 대해 좀더 많은 걸 알려줄지 몰랐다. 삼십 년 전 사건에 대해 자세히 알지는 못하더라도 최소한 그 사건과 관련된 사실을 유추해볼 만한 단서를 제공해줄 수도 있었다. 탁조는 곧바로 묘연에게 연락해보았다. 휴대폰이 꺼져 있었다. 휴대폰을 켜면 부재중 연락 정보가 뜨겠지만 탁조는 다급하다는 인상을 주기 위해 연락을 부탁한다는 메시지를 보냈다.

그쯤 되자 혼령은 마음이 들떠 사진관 내부를 빙빙 돌았다. 감당할 수 없는 사연이 숨겨져 있을까 염려되지 않은 건 아니었지만 적어도 무엇을 감당해야 하는지 감감한 상태보다는 나을 것 같았다. 어찌 됐든 정면으로 돌파하면 바닥까지 무너진다 해도 그다음 무엇을 해야 할지 알 수 있을 터였고 그렇다면 그것을 하면 될 것이었다. 그것이 진실의 힘이었다.

불현듯 사진관 전등에 불이 들어왔다. 탁조는 소스라쳤다. 출입문 앞에 미래가 서 있었다.

"불도 안 켜고 여기서 뭐하세요?"

미래는 지금의 노래방 주인이 오순이 말한 사람과 동일인인지 확인하기 위해 탁조를 만나러 온 참이었다. 원래는 좀더 일찍 방문할 계획이었으나 한국에 온 뒤로 줄곧 잠을 제대로 자지 못해 피로감으로 꾸물거리다보니 이 시간이 되었고, 책방에서 삼십여 분 탁조를 기다리다 혹시나 탁조가 사진관에 있지 않을까 싶어 올라온 것이었다. 멀찍이 건너보니 사진관의 불은 꺼져 있었지만 언뜻 말소리가 들리는 것 같아 미래는 공연히 마음을 졸였다.

"아이고, 심장 떨어지는 줄 알았네."

탁조는 가슴을 쓸어내리며 말했다. 안도의 숨을 내쉬기는 미래도 마찬가지였다.

"누구랑 얘기중이신 것 같더니 혼자셨어요?"

"그렇기도 하고 아니기도 하고."

"네?"

"그런 게 있네. 그나저나 이 밤에 어쩐 일이지?"

"뭐 좀 여쭤보려고요."

"뭘?"

"지하층의 노래방 주인 되시는 분 성함이 혹시 진묘연씨인가요?"

탁조의 눈이 커졌다. 미래가 뭔가를 알아낸 게 분명하다는 직감이 스쳤다.

"그건 왜?"

"그게……"

"자네 아버지의 죽음과 관련이 있는 사람인 건가?"

미래는 조금 놀랐다. 별 의도 없이 던진 물음이라고 하기엔 탁조의 표정과 말투가 지나치게 확고해 보였다. 진묘연이 모종의 열쇠를 쥐고 있다는 걸 탁조도 이미 알고 있다는 뜻이었다. 물론 미래는 여전히 수림이 살해당했다는 말은 믿지 않았지만, 어쩌면 진묘연은 백은희의 거처를 알지도 모르는 사람 이상의 의미를 지닌 인물일지도 몰랐다.

"왜 그렇게 말씀하세요?"

탁조는 은령이 말했다는 삼십 년 전 사건이 수림을 압박한 자정의 사건과 동일한 사건일지도 모른다는 생각을 하는 중이었다. 하지만 만약 그것이 사실이라면 은령과 수림의 인연이 최소한 삼십 년 이상 되었다고 해야 말이 되는데 두 사람은 은령이 이 건물에 오기 전부터 알던 사이로는 보이지 않았다.

"그냥 한 소리고 어쨌든 노래방 주인은 진묘연씨가 맞아."

미래는 미간을 모은 채 천천히 고개를 끄덕였다.

"그 사람이 진묘연이라는 게, 자네한테 중요한가?"

미래는 오순에게 전해들은 이야기를 간추려 탁조에게 들려주었다. 빈 무덤에 관한 사연이나 수림의 방황에 대해서는 전하지 않았고 자정의 사건의 관련자로서 수림의 친구를 언급하며 수림이 누군가를 직접 죽인 건 아니라는 점을 은근히 강조했다. 미래의 입에서 백은희라는 이름이 나온 순간 탁조는 나지막한 탄성을 뱉었다.

"백은희라면…… 나도 알고 있지."

"정말요? 그분은 지금 어디에 계세요?"

"죽었어."

미래는 순간 다리가 풀려 휘청거리다 의자에 털썩 주저앉았다.

"언제요?"

"사흘 전. 자네가 온 날 밤에."

미래는 눈을 감고 긴 숨을 두어 번 내쉰 뒤 눈을 떴다.

"어디에서 어떻게 사시다가 돌아가신 거예요?"

"이 건물 이층에서 십 년 넘게 미용실을 했었고…… 스스로 목숨을 끊었네."

미래는 순간 얼이 빠져 입을 조금 벌렸다가 다물었다. 미용실 주인이라면 미래도 기억하고 있었다. 따로 대화를 나누어본 적은 없으나 언젠가 수림이 소개를 시켜준 적이 있었다. 정확한 정황이 떠오르지는 않았지만 우성빌딩 앞에서 인사를 나눈 것만은 또렷했다. 이쪽은 제 딸입니다, 이분은 이층 미용실 주인이시다. 그게 다였다. 특별한 기억으로 남지 않을 만큼 두 사람의 분위기는 심상해 보였고 그후로도 더이상의 설명을 들은 바 없었다. 이후 사진관에 들를 때 가끔 건물 앞이나 건물 안 계단에서 은령을 마주치곤 했는데 그녀 또한 별다른 기미를 드러내진 않았다. 하기야 은령이 근태의 연인이었다는 사실을 수림이나 은령이 굳이 미래에게까지 밝힐 이유는 없었을 것이다. 어쨌거나 은령의 자살은 미래의 가슴을 서늘하게 했다. 자정의 사건에 다가갈수록 누군가의 죽음이 하나씩 늘어나는 기분이었다. 물론 각자 죽음의 시점이나 원인도 다르고 은령이 그 일에 대해 얼마나 알고 있었는지도 알 수 없지만 그 사건의 맥락 속에 있는 이들은 결국 죽게 되어 있는 것인가 하는 생각을 지울 수 없었다.

아니, 아니다. 미래는 고개를 저었다. 한꺼번에 너무 많은 사실들을 알게 된 데서 비롯된 일종의 강박일 수도 있었다. 죽음이란 몇몇의 특정인에게만 닥치는 불운한 사고가 아니며, 따라서 굳이 그 사건이 여러 죽음을 불러들였다고 여길 필요는 없었다. 그러면서도 끝내 그들의 죽음이 하나의 인과로 연결되어 있을 거라는 추측이 마냥 무근하기만 한 공상으로 단정되지는 않았다. 이성과 감정이 제각기 다른 내용의 확신으로 팽팽하게 맞선 채 나름의 근거들을 연이어 제시하자 미래는 극심한 피로감에 사로잡혔다.

"괜찮나?"

순식간에 창백해진 미래의 안색을 살피며 탁조가 물었다. 탁조는 은령의 마지막 통화에 대한 이야기를 하려던 참이었다.

"죄송하지만 먼저 일어날게요."

미래는 탁조를 보지도 않은 채 고개를 숙인 뒤 허정허정 사진관을 나섰다. 탁조는 미래를 차마 잡지 못했다.

　탁조는 다시 한번 묘연에게 연락해보았다. 여전히 휴대폰이 꺼져 있었다.

16

오탁조의 말대로 나는 집합혼이 맞는 것 같다. 오탁조와 대화를 나눈 뒤 나는 여러 개의 기억을 떠올려냈다. 정확히는 여러 사람들의 여러 기억이었다. 나의 정체에 다가가는 만큼 닫혀 있던 기억의 문도 열리는 모양이었다. 문 안쪽에서 얼마나 더 많은 기억들이 재생을 소원하며 기다리고 있는지는 알 수 없지만 문틈으로 새어나온 기억의 양도 그리 적지는 않았다. 일정한 순서 없이 무작위로 샘솟는 장면들이 한편으로는 반가웠고 한편으로는 버거웠다. 기억 속의 나는 모두 어둡고 슬프고 외로웠다. 태어난 이는 언젠가 죽는다는 사실 앞에서 모든 인간은 평등하다고 하지만 어떤 죽음은 그 자신 말고는 누구에게도 의미가 없다는 점에서 모든 죽음이 공평하지만은 않은 것 같다. 나의 죽음들은 모두 그랬다.

나는 이곳에 머물다 죽었거나 죽은 뒤 이곳으로 왔다. 그렇게 죽은 내가 모두 몇 명인지는 알 수 없었다. 나는 거주 불명의 무연고자였고 당연히 사인은 모두 달랐다. 나는 누구에게도 이름이 불리지 않은 채 오랜 시간을 보냈다. 어떤 나는 아예 이름을 기억하지 못했다. 또 어떤 나는 죽은 뒤에도 이름이 불리지 못했다. 동상을 입어 지문이 모두 뭉개져버린 탓이었다. 누구인지 알 수 없었으므로 사망자로 기록되지도 못했다.

죽음은 차라리 해방일 수 있었다. 온갖 질병으로 병든 육신을 어찌할 도리가 없어 통증을 통해서만 살아 있음을 감각하는 삶이란 죽음보다 못한 것이었다. 그러나 육신을 벗었다고 마음까지 후련해지는 건 아니었다. 살아 있는 동안 나는 살아 있다고 말했어야 했다. 살아 있다는 사실만으로 다른 이들과 똑같은 사람이라고. 사람이라는 이유만으로 사람으로서 살아갈 수 있는 삶의 조건이 주어져야 한다고. 하지만 이미 타이밍을 놓쳤다는 걸 알고 있다. 세상은 나를 기억하지 않을 것이고 나의 목소리는 전달되지 않을 것이다. 나는 통계로서만 존재할 것이며 그 숫자는 늘 그랬듯 세상의 한 부분을 차지하기 마련인 상수처럼 자연스럽게 여겨지겠지.

내가 이곳에 머무른다고 해서 뭔가를 할 수 있다고는 믿지 않았다. 뭔가를 하기 위해 버티고 있는 게 아니었다. 떠나지지 않아서 머물고 있는 것뿐이었다. 다시금 생을 얻고 싶은 것도 아니었다.

그럴 생각은 추호도 없었다. 이제 그만 생의 기억을 벗고 두 번 다시 건너지 못할 또다른 차원으로 흩어지고도 싶었다. 하지만 마음은 의외로 질겼다. 기억하는 이가 없어도 듣는 이가 없어도 나는 계속 말하고 싶다. 나는 당신들과 더불어 그곳에 살아 있었다고.

오탁조의 의문처럼 한 가지 말끔하지 않은 것이 있긴 했다. 나는 그 기억들 중 어떤 것이 나 자신의 과거였는지 가늠되지 않았다. 누군가의 기억이 펼쳐지는 순간 그것은 분명 나의 것으로서 회상되었으나 다른 이의 기억이 펼쳐지면 이전의 기억은 남의 기억처럼 여겨졌고, 내가 정말 누구였는지를 알려줄 만큼 시종일관 나의 것으로 여겨지는 기억은 찾지 못했다. 어쩌면 그중 어떤 것은 정말로 나의 기억이었으나 알아채지 못했을 수도 있고 나의 진짜 기억은 여전히 문 안쪽에 감춰져 있을 수도 있었다.

한번 집합혼이 되면 별개의 존재로 떨어져나올 수는 없는 것인가. 그런 일이 가능하다면 내가 누구인지 조금은 더 손쉽게 알아낼 수 있을지도 몰랐다. 아니, 나는 왜 애초에 집합혼이 된 것일까. 죽은 자의 의도는 산 자의 의도와는 전혀 다른 방식으로 일어나고 펼쳐지고 마무리되는 법이라고 오탁조는 말했지만 자기 자신의 진짜 의도를 알아차리기란 쉬운 일이 아니라는 건 산 자에게나 죽은 자에게나 마찬가지인 듯했다.

뒤늦게 의구심이 드는 점이 또 하나 있었다. 그 많은 이들이 왜 이곳에서 죽게 되었을까 하는 것이었다. 어쩌면 이곳이라는 게 단지 우성빌딩만을 가리키는 게 아닐지도 몰랐다. 우성빌딩이 세워지기 전에도 이곳은 이곳이었을 테고 그렇다면 나의 기억들은 삼십 년보다 훨씬 오래된 것들일 수도 있었다. 어쩌면 내가 죽은 시점도.

고수림과 고수림 때문에 죽었다는 자의 기억도 이상하긴 했다. 오탁조가 말한 집합혼의 형성 조건에 비추어 볼 때 그 두 사람은 거주 불명의 무연고자들과 어떤 식으로든 관련성을 가지고 있어야 했다. 고수림 때문에 죽었다는 자는 그들과 같은 처지였을 수 있겠지만 고수림은 거주지가 분명했고 연고자도 있었다. 고수림이 나와 더불어 집합혼이 된 게 아니라면 나는 어떻게 그가 죽는 순간의 기억을 가지고 있는 것일까.

혼란이 극심해지자 어디로도 움직일 마음이 없어졌다. 오탁조의 부름에도 응답하지 않은 채 백은령의 북두칠성 조명등에 걸터앉아 꼼짝도 하지 않았다. 뭔가를 알아간다는 것은 모르는 것이 없어지는 게 아니라 도리어 모르는 것들이 많아지는 과정인지도 몰랐다. 아니, 원래 그런 거라고 단정하고 나자 안심이 되었다. 안심은 되었지만 고단함은 풀리지 않았다. 휴식은 육신을 가진 자에게만 필요한 것이 아니었다.

오탁조는 백은령의 북두칠성 조명등에 늘어져 있는 나를 용케찾아냈다. 여전히 나를 보지는 못했지만 나에 대한 감지력이 좀더 정밀해진 모양이었다. 그의 말에 의하면 볼록렌즈를 갖다댄 듯 내가 차지하고 있는 공간이 묘하게 휘어져 보인다고 했다. 실재하는 물질로서 존재감을 인정받은 것 같아 약간 흥분되었다. 나는 시험 삼아 오탁조의 몸을 통과해보았다. 그는 처음으로 휘청했다. 마치 랩 같은 것이 자신을 감싸며 압박했다가 풀어진 느낌이라고 했다. 내가 되찾는 기억이 늘어날수록 그의 영력도 점차 깨어나는 듯했고 어쩌면 그 반대일 수도 있었다. 그가 나에게 말을 걸고 내가 응답하면서부터 이미 우리는 서로에게 원인이 되고 결과가 되도록 정해졌는지도 몰랐다. 이토록 중대한 인연을 왜 산 자였을 때는 갖지 못했을까. 나는 그제야 오탁조를 한 번도 생의 인연으로 짐작해본 적이 없다는 사실을 알아차렸다. 죽음의 진실을 쫓다보니 다른 인연에는 의식이 미치지 않은 탓이었다. 그중에는 죽음만큼이나 결정적인 의미로 연결된 이들이 있었을 것이고 오탁조도 그들 중 한 명이었을지 몰랐다. 생과는 무관한 인연이라 해도 소중하기는 매한가지이지만 죽음 이전부터 이어져온 관계일 수도 있다고 생각하니 남다른 감격이 스쳤다. 그럴 가능성은 반반이라고 오탁조는 담담하게 말했다. 살아생전 별 인연이 없었음에도 오탁조 앞에 나타난 혼령은 나뿐만이 아니었고 그중에는 직접 천도를 해준 이들도 있다고 했다.

　─당신의 경우는 좀 특이하긴 합니다. 당신 자신의 상태도 그렇고 집합혼일 수 있다는 점도 그렇고요.

나는 내가 기억해낸 거주 불명 무연고자들의 사연을 들려주었다. 오탁조 또한 그 기억들이 이곳과 관련되어 있을 거라고 확신하며 주민센터에 전화를 걸어 우성빌딩이 세워지기 전 이곳은 어떤 곳이었는지 물었다. 답은 금세 나왔다.

　—노숙자 쉼터였다는군요.

　그 순간 이곳의 과거 풍경이 현재의 일처럼 눈앞에 펼쳐졌다. 바짝 붙어 잔다면 최대 삼십 명까지 숙박할 수 있는 방에 샤워가 가능한 욕실 겸 화장실이 딸려 있는 곳이었다. 한 사람당 머무를 수 있는 기간은 삼 개월이었고 음식은 제공되지 않았다. 한 시간 반쯤 걸으면 나오는 지하철역 무료급식소에서 식사를 해결하도록 되어 있었다. 어떤 이는 먼 거리를 이유로 교통비를 요청하기도 했는데 예산 부족으로 받아들여지지 않았다. 꼭 그 때문이 아니라도 우리는 이곳을 별로 좋아하지 않았다. 거리의 생활이 몸에 밴 터라 갑갑하기도 했고 공동생활에 필요한 기본적인 규율들도 마뜩지 않았다. 재활 의지가 있어야 입소가 가능하고 주기적으로 취업 상담을 받거나 일용직 근로를 소개받는 것이 의무인 것도 탐탁지 않았다. 상담자는 자원봉사자들이었고 상담의 목적은 인생의 의미를 일깨우는 데 있었다. 아무렇지도 않게 과거를 캐묻고 연민을 바탕으로 한 조언을 마음껏 던지는 그들에게 이해받고 있다고 여기는 이는 아무도 없었다. 덕분에 대개는 자리가 남았지만 추위가 닥쳐오면 여지없이 발 딛기 힘들 만큼 공간이 빡빡해졌다.

주민들은 끊임없이 구청에 민원을 넣었다. 쉼터를 다른 곳으로 이전하라는 것이었다. 주거환경권 침해라는 것이 그 이유였다. 우리가 버린 담배꽁초와 빈 술병이 언제나 건물 앞에 즐비하다는 것과 그 골목이 아이들의 하굣길이라는 것이 가장 큰 문제가 되었다. 절망에 이른 우리의 모습이 아이들의 눈에 띄는 것도 염려스럽고 무엇보다 세상에 대한 불만을 힘없는 아이들을 향해 표출할까봐 더없이 불안하다고 했다. 주거지와 멀지 않은 곳에 그런 시설을 만든 것 자체가 이해되지 않는다며 주민들은 혀를 찼다. 아무리 나라가 하는 일이라도 주민들의 의사와 상관없이 사유지를 공유지처럼 사용하는 건 반민주적인 행태라고도 했다. 구청에서는 시 관할이라 달리 방법이 없다고 잘라 말했지만 내심 장소 이전을 바랐다. 민원도 민원이고 쉼터 운영에 따른 자질구레한 업무들이 의외로 많은 탓이었다. 여하튼 주민들의 요청은 현실화되지 않았으나 재개발 공사가 계획되면서 자연스레 철거가 결정되었다. 그 건물은 그 골목에서 가장 먼저 사라졌다.

17

    은령의 물건은 그다지 많지 않았다. 원룸에 맞게 세간이 단출했고 옷이나 신발, 화장품도 32인치 캐리어에 구겨 넣으면 충분히 들어가고도 남을 만큼 간소했다. 실제로 은령의 물건 중에는 32인치 캐리어가 있었다. 외국은커녕 국내 여행도 잘 안 갔던 은령에게 그만한 크기의 캐리어가 왜 필요했는지는 알 수 없었다. 설마 이런 상황을 대비하여 미리 준비해놓은 것인가, 묘연은 생각하며 몸을 부르르 떨었다. 덩치가 큰 것들은 주민센터에 수거 신청을 하고 나머지는 모두 제각기 맞는 방법으로 버리려고 했는데 막상 물건들을 보고 있자니 은령이 몸에 걸쳤던 것들은 태워야겠다는 마음이 일었다.

    태우는 건 청계산 근처에 있는 주말농장에서 했다. 태우기로 결심하고 나니 아무데서나 일을 치르고 싶지는 않았다. 적어도 도심의 황폐한 공터보다는 다정하고 한적한 마음들이 깃들어 있는 곳에서 은령을 보내고 싶었다. 은령은 이미 가고도 남은데다 옷가지나 신발 따위가 은령을 대신할 수 있을 리 만무하지만 심정은 그랬다. 어쩌면 보내지는 건 은령이 아니라 묘연의 마음인지도 몰랐다. 주인 잃은 물건들에 실어 보내야 할 만큼 은령에 대해 의미심장한 마음을 품고 있지는 않았으나 그렇다고 생사의 갈림을 그저 지나가는 일들 중 하나로 무심히 넘겨버릴 만큼 아무렇지도 않은 건 아니었다. 떠난 자를 위해 벌이는 모든 일은 실상 남은 자의 쓸쓸함을 달래기 위한 이벤트였고 이때의 쓸쓸함이란 떠난 자보다는 죽음 그 자체를 향한 정서인 경우가 많았다. 그래도 위무는 필요했다. 죽은 자를 위해서든 죽은 자를 보내는 자를 위해서든.

묘연은 이 년째 그곳에서 틈틈이 텃밭을 가꾸어왔다. 딸이 생일선물로 분양받아준 열 평 크기의 땅이었다. 딸은 매년 임대료를 지불하고 종종 함께 와서 일을 했다. 묘연은 동물이든 식물이든 뭔가를 키우는 데는 별 관심이 없었으므로 처음에는 마뜩잖아했는데 딸의 종용에 억지로 몇 번 따라와 손을 대고 나니 은근한 재미가 붙어 언제부턴가는 혼자서라도 찾아와 농작물을 돌보곤 했다. 쨍쨍한 태양에 몸을 덥히며 흙냄새를 맡고 있으면 자신도 자연의 일부라는 사실이 생생하게 체감되면서 항상 누군가의 든든한 보호를 받아온 사람처럼 마음이 느긋해졌다.

사람들이 텃밭 일을 마치고 돌아간 뒤 묘연은 농작물 운반용 손수레에 옷가지와 신발을 하나씩 태우기 시작했다. 불이 잘 옮겨 붙지 않을 때는 휘발유를 조금씩 뿌려주었다. 매캐한 연기가 눈을 찔러 여러 번 고개를 돌렸다. 냄새 때문인지 연기 때문인지 어느새 농장 관리인이 달려와 뭐하느냐고 따져 물었다. 사정을 말하자 관리인은 끝내 언짢은 표정을 거두지 않은 채 뒤처리를 제대로 하라고 못박은 뒤 돌아섰다. 물건들이 모두 재가 될 때까지는 예상보다 시간이 오래 걸렸다. 짐작과는 달리 별다른 감정이 일어나지는 않았다. 재질에 따라 녹거나 바스러지는 속도가 다르다는 생각을 했을 뿐이었다. 재는 쓰레기봉투에 담아 지정된 장소에 버렸다. 그리고 그것을 한참 내려다보았다. 소슬한 바람이 훅 지나갔다. 묘연은 재킷의 지퍼를 잠그며 걸음을 재촉했다.

예약한 숙소에 차를 주차한 뒤 근처 식당에 들러 보리밥 정식과 막걸리를 주문했다. 술기운이 감돌자 허전함이 몰려왔다. 공연히 숙박을 계획했나 잠깐 후회했다. 해가 진 뒤 움직이게 될 것이었기에 장거리 야간운전을 피하고 싶기도 했고 간만에 청계산에 올라 기분을 전환하고 싶기도 하여 마음먹은 일이었는데 혼자 밖에서 자는 건 이십대 이후로 처음이라 영 어색했다.

얼큰하게 달아오른 채 숙소에 돌아와 집에 연락하려고 보니 휴대폰 배터리가 다 되어 꺼져 있었다. 가방을 뒤졌으나 충전기도 집에 두고 왔는지 보이지 않았다. 숙소 주인에게 휴대폰을 빌릴까

하다 남편에게 자신의 동선과 숙소 이름을 말해놓았으니 걱정되면 알아서 연락하겠지 싶어 관두었다.

술기운으로 일찌감치 곯아떨어졌다가 새벽 두시쯤 잠이 깨곤 동이 틀 때까지 다시 잠들지 못했다. 숙소는 쾌적하고 밝은 분위기였지만 어쩐지 음습하고 괴괴한 기분이 들었다. 불도 켜고 텔레비전도 켜놓았으나 썰렁하긴 마찬가지였다. 혼자라는 건 이런 거구나. 묘연은 새삼 식구의 소중함을 되새기다 문득 남편으로부터 끝내 연락이 오지 않았다는 걸 상기하곤 코웃음을 쳤다. 은령은 집에서 혼자 뭘 하면서 시간을 보냈을까. 은령을 떠올리자 더욱 으스스해져 냉큼 다른 생각으로 주의를 돌렸다. 하지만 모든 생각은 어떤 식으로든 은령으로 귀결되었다. 자꾸 달라붙으려는 은령을 밀쳐냈던 차가움으로 은령에 대한 생각을 베고 벴지만 그럴수록 은령은 더욱 또렷하게 묘연의 의식을 장악했다. 한 번도 곱씹어본 적 없었던 은령의 이야기들이 소리가 되어 왕왕거렸고 죽음의 순간이 이미지가 되어 아른거렸다. 특히 은령이 내내 가슴에 얹혀 소화되지 않았다고 했던 삼십 년 전의 그 일은 다른 것들보다 훨씬 집요하게 묘연을 물고 늘어졌다. 그 일 때문에 자신은 평생 행복하면 안 될 것 같다고, 그래서 불운이 끝나지 않는 건지도 모른다고 은령은 말했다. 그래서 인과응보라는 말이 있나보다고. 미신 같은 소리라고 묘연은 일갈했지만 어쨌거나 은령이 줄기차게 불운했다는 데는 이의가 없었다.

어머니가 지인의 꼬드김으로 빚을 내어 투자한 부동산 펀드가 사기였던 바람에 십여 년간 운영해온 미용실과 전셋집이 하루아침에 날아가고 두 모녀가 거리에 나앉은 것이 은령의 나이 스물두 살 때였다. 당시 화물운송회사에서 경리로 일하고 있었던 은령은 빚 때문에 월급을 차압당해야 했고 연인이었던 근태의 도움으로 간신히 쪽방을 얻었으나 이번엔 어머니가 유방암 수술을 받게 되었다. 그즈음 그 일이 일어났다. 누군가를 불행하게 만든 일이었고 그 일로 돈을 얻은 근태는 은령 어머니의 수술비와 치료비를 대주었다. 돈의 출처를 막연히 짐작하고 있었으면서도 은령은 모른 척했다. 그리고 얼마 지나지 않아 근태가 교통사고로 목숨을 잃었다. 우연한 사고일 리 없다고 은령은 확신했지만 아무것도 하지 않았다. 영영 회복될 것 같지 않을 상실감으로 휘청이느라 모든 것에 대한 의욕이 바닥나 있기도 했으나 기운을 차린 뒤에도 그 일에 대해 자신이 할 수 있는 건 없다는 사실을 쉬이 받아들이고 그대로 침묵했다. 무엇보다 어머니를 부양하며 생계를 유지하는 일이 시급했다.

은령은 경리 일보다는 월급이 많은 식품 소분업 공장에 취직했다. 일 년도 채 되기 전에 회사가 부도를 맞았다. 유통기한을 초과한 날짜를 표시한 것이 식품위생감시원에게 적발되어 회사가 이개월의 영업정지 처분을 받았는데 건물 임대료는 그대로 치러야하고 이미 구입해놓은 식자재는 못 쓰게 되어 손해가 막심한데다 은행 대출금도 상환해야 하는 상황이었고 무엇보다 납품 대금으로 그동안 일억원 상당의 어음을 끊어준 거래처가 부도가 난 탓이었다. 직원들은 세 달째 밀린 월급을 고스란히 떼인 채 뿔뿔이 흩어졌다. 그다음은 밍크 모피 전문 세탁소였다. 어느 날 세탁이 끝난 모피코트를 몸에 걸치고 거울을 보고 있다 때마침 옷을 찾으러 온 주인에게 발각되어 쌍욕과 함께 뺨을 얻어맞았다. 옷을 살피다 작은 흠집을 발견한 여자는 은령의 실수로 몰아붙였고 은령은 처음부터 있었던 흠집이라고 반발했지만 여자에게도 사장에게도 받아들여지지 않아 옷값을 치른 뒤 해고당했다. 그다음은 마사지 숍이었다. 모르는 이의 맨살을 만지는 것이 내내 껄끄럽긴 했으나 경력만 잘 쌓으면 좀더 큰 마사지 숍에서 매니저로 일할 수도 있겠다 싶어 난생처음 꿈이라는 걸 갖기도 했다. 그러던 어느 날 손님으로 온 남자가 은령에게 슬금슬금 수작을 걸다 허벅지와 가슴을 더듬었고 은령은 욕을 뱉으며 주변에 있는 것을 손에 잡히는 대로 집어 남자에게 던졌다. 기껏해야 플라스틱 생수병과 아로마 오일 통, 수건 따위였는데 남자는 마치 된통 얻어맞은 사람이 온 힘을 다해 반격이라도 하듯 은령의 멱살을 잡아 냅다 내동댕이치곤 배를 걷어찼다. 은령은 그대로 정신을 잃었고 깨어보니 병원이었다. 어깨뼈가 부러져 깁스를 했으나 무허가 영업장이었던 터라 보상받을 길이 요원한데다 사장의 말에 의하면 남자를 고소한다 해도 어찌 됐건 물리적 공격을 먼저 한 것은 은령이며 목격자가 없는 상황이라 자칫 은령이 궁지에 몰릴 수도 있다고 했다. 그래도 이대로 넘어갈 수는 없다고 말하려는 찰나 사장은 혹시나 남자가 악의를 품고 해코지를 할지도 모르니 액땜했다 치라고 덧붙였다. 은령은 분기가 치솟았으나 덜컥 겁이 난 건 사실이었다. 무엇보다 그간의 좌절이 한꺼번에 밀려와 뭔가를 해보겠다는 의지가 묻히고 말았다. 세상천지에 자신을 보호해줄 이가 한 명도 없다고 생각하자 은령은 자신이 애초에 그럴 자격도 가치도 없는 사람인가 싶어 서러워졌다. 근태가 그리웠다. 그는 언제나 은령의 편을 들어주었고 은령의 인생을 책임져주겠다고 호언했다. 가진 것 하나 없이 큰소리치는 모습이 더없이 사랑스러워 은령도 말했다. 그럼 자기 인생은 내가 책임져줄게.

몸이 회복되면서 은령은 마음을 다잡았다. 더이상 이런 식으로는 살 수 없었다. 다시는 어떤 회사에도 소속되고 싶지 않았고 누군가와 함께 일하고 싶지도 않았다. 은령은 누구와도 의논하지 않은 채 대부업체에서 돈을 빌려 작은 미용실을 냈다. 어릴 때부터 어머니를 도와야 했으므로 미용 일이라면 넌더리가 났지만 은령이 가장 잘할 수 있는 일이 그것이었다. 건강이 많이 호전된 어머니도 일주일에 이삼 일은 미용실에 나왔다. 위치가 애매한 탓인지 손님이 잘 붙지 않았다. 가격을 대폭 낮추고 나서야 단골들이 하나둘 생겼다. 매달 기본적으로 나가는 비용이 간신히 충당될 정도가 되기까지는 시간이 한참 걸렸고 끝내 그 이상은 되지 않았지만

어쨌거나 수입이 얼추 일정해졌으므로 자리를 잡았다는 생각이
들었다.

초년의 액운이 비로소 물러갔다고 점쟁이가 말했을 때 은령은
하마터면 울음을 터뜨릴 뻔했다. 은령은 사흘간 미용실 문을 닫고
경주로 여행을 떠났다. 근태와의 첫 여행지가 될 뻔했던 곳이었
다. 계획했던 대로 다른 곳은 가지 않고 절만 여덟 군데 돌아보았
다. 그중 기림사가 가장 마음에 들었다. 대중교통만으로는 찾아가
기가 쉽지 않은 탓에 방문객이 별로 없어 한적해 보였고 버스 정
류장에서 절에 이르는 길의 풍경도 더없이 아름다웠다. 무엇보다
몇백 년 된 건물들에서 흘러나오는 기품이 은령의 마음을 사로잡
았다. 오래된 것들에는 소중한 뭔가를 지키려는 마음이 깃들어 있
는 법이라고 은령은 믿고 있었다. 그래서 그 옆에 있으면 어딘지
모르게 보호받는 기분이 드는 거라고.

은령은 두 사람의 천도를 문의했다. 때마침 한 달쯤 뒤에 중앙
절 천도재가 있다고 하여 그날로 신청서를 작성했다. 한 명은 근
태였고 또 한 명은 이름을 모른다 하자 사망일이 정확하다면 큰
문제는 되지 않는다고 하여 무명씨로 등록했다. 그다음 서울로 돌
아와 법원에 개명 신청서를 제출했다. 은희의 은은 그대로 두고
바랄 희만 편안할 령으로 바꾸었다. 어떤 것을 바라는 상태란 결
핍이나 미완성 같은 단어를 떠올리게 했고 은령은 더이상 미래를
위한 제물로 현재를 바치고 싶지 않았다. 편안하다는 뜻을 가진

글자로는 안, 강, 정, 담, 여 등도 있었지만 은을 붙여 읽었을 때 가장 듣기 좋은 건 령이었다. 그러고 나자 비로소 한 시절이 마무리된 것 같은 안도감이 들었다.

실제로 별 탈 없이 수년이 흘렀다. 하지만 미용실 근방에 방송국이 들어서면서 새로운 상권이 형성되자 건물주가 세를 올렸고 은령은 좀더 외진 곳으로 자리를 옮겨야 했다. 그리고 수년에 걸쳐 간신히 자리를 잡았다 싶었을 즈음 다시 그곳을 떠나야 했다. 은령과 비슷한 이유로 그 동네에 작업실을 얻은 예술가들이 있었는데 그들의 기획으로 대안예술공간이 하나둘 만들어져 공연과 전시회가 열리면서 여러 매체에 소개되어 서서히 입소문이 났고 그 분위기에 숟가락을 얹는 이들이 늘어나면서 복합예술문화의 거리라는 콘셉트가 부여되었다. 은령에게 세를 준 건물주는 그 거리에 포함될 요량으로 공방과 추억의 잡화점으로 건물을 꾸미고 싶어했다. 그다음 은령이 가게 된 곳이 우성빌딩이었다.

우성빌딩에 들어온 지 얼마 되지 않아 어머니가 치매 증세를 보이기 시작했고 그 무렵 은령도 우울증을 앓기 시작했다. 정신과에서 주기적으로 상담을 받고 약을 먹으면서 순간순간 솟구치던 자해의 충동은 그런대로 잦아졌지만 불안과 무기력은 약을 끊을 수 있을 만큼 호전되지는 않았다. 그렇다는 걸 어느 날 느닷없이 은령이 고백했을 때 묘연은 아무 말도 해주지 못했다. 할말이 없었다. 위로와 조언은 묘연의 몫이 아니었다. 다시 그때로 돌아간다

해도 묘연은 똑같을 것이었다. 그렇게 생각했다. 하지만 이 한마디는 해주어도 괜찮지 않았을까 하는 마음이 처음 들었다. 사느라 고생했다.

18

혼령에게서 우성빌딩 이전의 기억을 전해들으며 탁조는 하마 터면 졸도할 뻔했다. 혼령의 기운이 급격히 맹렬해졌기 때문이었 다. 처음 말을 텄을 때는 약간의 한기가 감지되었을 뿐 지레 긴장 할 만큼 음기의 강도가 세지는 않아 집합혼이든 개별혼이든 어쩌 면 원한의 뿌리가 생각보다 깊지 않을지도 모른다고 여겼다. 하지 만 그것은 혼령이 무엇을 얼마나 기억하고 있느냐의 문제였다는 것이 분명해졌다. 나는 당신들과 더불어 그곳에 살아 있었다고 혼 령이 외치는 순간 탁조는 정신이 아뜩해졌다. 물론 딱히 탁조를 향해 부르짖은 것은 아니었고 그것은 파괴적인 분심이라기보다는 절박한 호소에 가까웠지만 물처럼 흘러오는 기운이 아니라 돌처 럼 때리는 기운이기는 매한가지라 순간적으로 감당의 한계를 넘어선 것이었다. 오랜만에 체감하는 탓에 그 한계선이 한참 낮아져 있었던 건지도 몰랐다. 탁조는 그날 밤 열시쯤 귀가하자마자 씻지도 않고 기절하듯 잠에 빠졌다.

눈을 뜬 건 새벽 네시께였다. 부스스 일어나 냉장고에서 물을 꺼내 마신 뒤 식탁 앞에 앉았다. 머리가 멍멍하고 온몸이 욱신거렸다. 잠을 여섯 시간밖에 못 잔 탓에 피로가 덜 풀린 모양이었다. 하지만 다시 잠에 들 수 있을 것 같지는 않았다. 그렇다고 뭔가를 하기에는 몹시 노곤했으므로 그대로 멍하니 앉아 있었다. 부지중에 동이 트고 날이 완전히 밝은 뒤 문득 풀잎을 깨워야겠다는 생각이 들었다. 풀잎은 방에 없었다. 풀잎은 외박을 하면 반드시 전화를 하거나 문자메시지를 남기는 터라 휴대폰을 확인해보려 했는데 휴대폰이 어디에도 보이지 않았다. 탁조는 곧바로 양치질과 세수를 한 뒤 책방으로 향했다. 휴대폰은 예상했던 대로 책방 테이블에 얌전히 놓여 있었다. 휴대폰을 열어보니 역시 풀잎의 메시지가 들어와 있었다. 야간근무가 이틀 연속 잡혔다고 했다. 묘연과 미래에게서도 연락이 와 있었다. 묘연은 오전 열시 이십삼분에, 미래는 오후 두시 십오분에 연락한 것으로 기록되어 있었다. 열시는커녕 아홉시도 안 된 시간이라 탁조는 의아해하며 휴대폰을 한참 들여다보았다. 아차 싶어 날짜를 확인했다. 그제야 자신이 여섯 시간이 아니라 서른 시간 동안 잤다는 걸 알게 되었다. 어처구니가 없었지만 곧 그럴 만하다고 여겼다. 그나마 길고 깊은 잠만으로 그럭저럭 회복된 것이 다행이라면 다행이었다. 마침 풀잎도 없었고 휴대폰을 책방에 흘리고 온 것도 도움이 되었을 것이었다. 그 덕에 탁조는 약간의 방해도 받지 않은 채 온전한 정적 속에서 휴식을 취할 수 있었다. 오래전 일이지만 혼령의 독기를 뒤집어쓰고 숨이 안 쉬어져 병원에 실려간 적도 있고 혼령의 울기가 전염되어 한동안 극심한 우울증에 시달리기도 했다. 우성빌딩의 지박령은 그 정도는 아니었지만 그것은 어디까지나 현재에 한해서일 뿐 앞으로 또 어떤 목소리가 터져나올지는 짐작할 수 없었다. 그렇다 한들 이제는 별도리가 없으니 속절없는 염려는 내려놓고 체력 관리나 잘해야 할 터였다.

탁조는 묘연과 미래에게 메시지를 보냈다. 내용은 거의 동일했다. 컨디션이 안 좋아 전화를 받지 못했다. 통화가 가능할 때 언제든 연락을 달라. 미래는 곧바로 연락을 해왔고 미래와 통화하는 중에 묘연에게서도 전화가 걸려왔다. 미래는 오전 중에, 묘연은 오후에 책방으로 오기로 했다.

상황을 정리하고 설탕을 듬뿍 넣은 커피를 마시며 숨을 돌리고 나니 미처 정돈되지 않은 생각들이 뒤를 이었다. 집합혼이 지박해 있는 곳이 우성빌딩이 아니라 우성빌딩이 있는 자리 자체일 수도 있다는 건 예상 범위를 완전히 벗어난 전개였다. 물론 탁조는 아직 그 혼령이 집합혼이 확실하다고는 여기지 않았다. 정황상 집합혼이라고 전제해야 여러 가지 의혹이 풀리는 것은 분명했지만 여전히 납득되지 않는 점들이 있는 것 또한 사실이었다.

우선 혼령 스스로도 의심하고 있는 것처럼 집합혼의 형성 조건이 다소 애매모호했다. 지박의 대상이 건물이 아니라 땅이라고 한다면 노숙자 쉼터가 있기 전에 죽은 이들도 집합혼에 포함되어 있어야 했다. 이는 곧 집합혼으로 묶인 영들의 수가 일일이 헤아릴 수 없을 만큼 엄청날 수도 있다는 뜻이었다. 집합혼의 양적 한계가 어디까지인지는 알 길이 없으므로 영 말이 안 된다고는 단정할 수 없으나 형성 조건이 되는 동질성의 내용이 너무 단순하고 그로 인해 포함 대상이 지나치게 광범하다는 점은 끝내 마음에 걸렸다. 혼령으로서 이승을 떠도는 이들에게는 기본적으로 자기 사연이 가장 중요하고 따라서 자신의 응어리를 해소하기 위한 방법의 하나로 집합혼을 이루게 되어 있었다. 시간도 사연도 겹치지 않는 이들이 단지 한 장소와 연을 맺었다는 이유만으로 하나의 집단을 이루기란 거의 불가능했다. 무엇보다 우성빌딩의 지박령은 집합혼 자체이거나 집합혼의 일부라고 하기엔 개별성이 너무 강했다. 집합혼 자체라면 자신이 누구인지 궁금할 리 없고 집합혼의 일부라도 자의식이 그 정도로 또렷할 수는 없었다. 혼령들 전체가 완전하게 결합하여 하나의 인격처럼 존재하는 경우는 말할 것도 없지만 각각의 혼령들이 자기정체감을 어느 정도는 유지한 채 엮여 있는 집합혼이라도 그중 한 존재가 특별히 자기를 좀더 의식할 수는 없었다. 그런 의지가 작동되는 혼령이라면 애초에 집합혼이 될 수 있는 조건에 부합하지 않았다. 모종의 이유로 집합혼이 되어 개별 의식이 옅어진 자가 뒤늦게 자신의 존재감을 되찾고 싶어진 것일 수도 있을까. 그럴 수도 있었다. 실제로 그런 사례를 들어본 적은 없지만 산 자들에게 가능한 마음은 죽은 자들에게도 가능한 법이니까.

*

미래가 탁조에게 연락한 건 은령에 대해 탁조가 알고 있는 것이 더 있는지 알아보기 위해서였다. 은령의 죽음을 전해들었을 때는 자정의 사건에 가닿을 수 있는 길이 끊겼다고 여겼다. 가까이 다가갈수록 만나게 되는 건 그 일을 알고 있는 자들의 죽음뿐이라는 생각이 들자 더는 나아가고 싶지 않은 마음이 든 것도 사실이었다. 짐작보다 더욱 참담한 사건이었을지도 모른다고 상상할수록 이상하게도 무덤에 버려졌던 기억의 무게가 점차 커지는 것도 참기 어려웠다. 그것은 미래가 살아온 시간 중 단 하룻밤에 불과했고 대부분의 날들은 비교적 안전하고 무탈한 편이었다고 할 수 있었다. 그랬기에 현재와의 연결고리가 끊어진 채 과거완료형 기억으로 밀려날 수 있었을 터였다. 하지만 일단 소환되고 나자 그것은 무서운 속도로 미래를 압도하기 시작했다. 마치 그 일이 미래의 생에서 가장 결정적인 사건이기라도 하듯. 자정의 사건이 여러 사람의 삶을 좌지우지할 만큼 무거운 비밀을 품고 있다는 직감이 분명해질수록 더욱 그랬다. 자신의 일을 미래의 일로 만들어버린 수림에 대해서도 뒤늦게 분기가 일었다. 그것을 돌려줄 대상이 사라지고 없으니 더더욱 분했다. 어디로도 흘러가지 못하는 격노를 겪는 건 힘든 일이었다.

한국에 온 뒤 처음으로 길고 깊은 잠을 잤다. 밤 열시쯤 잠이 들어 다음날 낮 한시경에 눈을 떴으니 나흘간 누적된 피로가 풀리기에 충분한 시간이었으나 흉측한 꿈을 꾼 탓에 기분이 영 찝찝했다. 폐허가 된 도시에서 머리를 풀어헤친 귀신들에게 쫓기는 꿈이었다. 문득 이건 꿈이라는 걸 알아차리고 잠에서 깨기 위해 눈을 질끈 감았다 뜨기를 반복했으나 소용없었다. 한 건물 옥상으로 올라가 떨어져내리기로 했다. 지면에 부딪치는 충격으로 정신을 차려볼 요량이었다. 최대한 머리가 아래로 향하도록 자세를 잡아 몸을 날렸다. 바닥에 곤두박질치기 바로 직전 한 귀신과 눈이 마주쳤다. 동공이 지워진 허연 눈이었다. 거의 같은 순간 미래는 꿈에서 벗어났다. 꿈을 잘 꾸지도 않을뿐더러 꾸었다 해도 거의 기억을 못하는 편인데 귀신의 텅 빈 눈동자는 실제인 것처럼 또렷한 장면으로 각인되어 있었다. 밤이었다면 세중에게 연락했을 것이 분명할 만큼 공포감은 쉽게 사그라들지 않았다.

삼십육계는 한 번으로 충분하다.

커피를 마시며 기분을 달래다가 미래는 문득 그렇게 생각했다.

애초에 소환이 안 되었다면 모를까 이미 의식에 잡힌 일을 모른 척하기란 쉽지 않을 것이었다. 차라리 전모를 아는 것이 그 기억으로부터 가장 빨리 벗어날 수 있는 길일지도 몰랐다. 최악의 경우 수림이 살인을 했을 수도 있고 그렇다면 차라리 아무것도 모르는 편이 나을 것도 같았지만 확인되지 않은 온갖 가정들 속에서 헤매는 것 또한 만만치 않을 터였다. 어떻게도 해볼 도리가 없는 운명 같은 것이 있을 거라고는 믿지 않으나 다시는 돌아오고 싶지 않았던 곳으로 돌아와 그 기억과 대면하게 된 건 모종의 필연이 작동한 결과일지도 모른다는 생각이 들었다. 어쩌면 소환의 주체는 자신이 아니라 그 기억일지도. 물론 진상에 이르는 유일한 통로였을지 모르는 백은령이 죽었으므로 더이상은 진전이 불가능할 수도 있었다. 하지만 백은령과 알고 지낸 자가 둘이나 있고 그들과 대화를 나누어볼 수 있다면 아직 포기하기엔 일렀다.

*

탁조가 은령에 대해 아는 것이 거의 없으며 노래방 주인인 묘연 또한 은령에 대해 얼마만큼 알고 있는지 아직 확인하지 못했다고 하자 미래는 낙심했다. 그래도 아직 길은 있다고 탁조는 말해주고 싶었지만 그러자면 혼령의 이야기까지 전해야 했으므로 주춤했다. 탁조는 미래가 혼령의 존재를 믿지 않는다는 걸 이미 알고 있었다. 첫날 수림의 죽음에 대해 말해주었을 때 미래의 무반응을 보고 감지한 사실이었다. 수림을 닮아 예의가 바른 탓에 최대한 겉으로 표현하지 않으려고 애썼을 뿐 미래는 자신의 이야기를 허튼소리로 받아들였을 것이 분명했다. 그럼에도 자정의 사건에 대해 알고 있는 사람이 또 한 명 있을 수도 있다는 이야기를 털어놓지 않을 수 없었다. 미래의 표정에서 그전에는 느끼지 못했던 긴박한 바람을 포착했기 때문이었다. 뭔가를 더 알고 싶다는 절실함이었다. 역시나 미래는 그 사람이 누구인지, 은령이 죽기 전 마지막으로 통화한 그 사람과 나누었다는 대화를 누가 들었는지 궁금해했다.

"자네에게는 거짓말로 들릴 수도 있겠지만 나한테는 참말이니 그걸 감안하고 들어준다면 말해볼 용기를 낼 수도 있을 것 같은데."

미래는 멈칫했다.

"지박령……입니까? 아버지를 밀었다는?"

탁조는 천천히 고개를 끄덕였다.

"그자가 자네 아버지를 민 당사자인지는 아직 확실하지 않아."

탁조는 전후 사정을 자세히 들려주었다. 집합혼과 관련한 자신의 혼란과 노숙자 쉼터에 관한 사연도 전부 이야기했다. 굳이 그것까지 말할 필요가 있나 싶기도 했지만 탁조 안에서는 모든 것이 연결된 이야기였으므로 적당한 수준에서의 편집은 불가능했다.

미래는 여전히 지박령이니 혼령이니 하는 소리에 관심이 일지는 않았다. 그러나 적어도 탁조가 헛된 말을 내키는 대로 뱉는 무실한 사람으로 여겨지지는 않았다. 사람의 됨됨이란 쉽게 파악되는 건 아닐 테지만 어쨌거나 탁조가 수림과의 인연을 귀히 여기고 있다는 것만은 분명해 보였다. 딱히 자신에게 득이 될 것도 없을 텐데 굳이 죽은 이의 사연을 밝히고자 마음 쓰는 걸 보면 그렇다는 걸 느낄 수 있었다. 수림이 누군가를 직접 죽였을 리 없다고 탁조 또한 믿는다는 점 역시 미래의 마음을 움직였다. 사람 일은 모르는 거라 여기면서도 미래는 내심 그것만큼은 끝끝내 사실이 아니길 바랐다. 그렇다고 해서 혼령에 관한 이야기가 믿어지는 건 아니었으나 탁조의 말대로 백은령이 마지막으로 누군가와 통화한 것이 확실하다면, 그것이 진묘연을 통해 사실로 확인된다면 혼령의 존재를 더는 부정할 수 없을지도 몰랐다.

미래는 한참 침묵하고 있다가 물었다.

"우성빌딩 주인은 어떤 사람이에요? 혹시 아세요?"

탁조는 미래의 의도가 파악되지 않아 고개를 갸웃했다.

"글쎄…… 지난번에 말한 그…… 건물 잘린 사연 말고는 아는 게 없는데."

"그 형제가 우성빌딩을 지은 건가요? 아니면 주인이 바뀐 걸까요?"

"나도 잘 모르겠네. 그런데 그건 왜 묻지?"

"그게 그러니까…… 선생님 이야기를 들으니 여러 가지 점에서 우성빌딩이 꽤 중요한 장소처럼 여겨지는데 정작 우성빌딩에 대해서는 아는 게 없는 것 같아서요."

탁조는 미래의 말에 일리가 있다고 느꼈다. 일단 혼령의 정체를 알아야 비밀이 풀릴 거라는 생각에 너무 몰두한 나머지 다른 가능성은 염두에 두지 않았지만 열쇠는 혼령만 쥐고 있는 것이 아닐 터였다. 단서는 산재해 있을 것이고 그것들을 잘 모은다면 혼령이 자신에 관한 모든 기억을 되찾기 전에 진상을 파악할 수 있을지도 몰랐다. 그렇다면 도리어 탁조가 먼저 혼령을 돕게 될 수도 있었다.

탁조는 부동산중개업소를 떠올렸다. 우성빌딩이 잘리게 된 내막을 알려준 이가 그곳 소장이었다. 그는 우성빌딩의 역사에 대해 좀더 많은 걸 알고 있을 가능성이 컸다. 이것저것 가리지 않고 말하기 좋아하는 사람이니 자신이 알고 있는 거라면 거의 모두 털어놓을 것이었다. 최소한 그 형제가 우성빌딩을 지은 장본인들인지는 확인할 수 있을 터였다. 물론 그 자체로 무슨 단서가 되지는 않겠지만 진짜 단서를 찾기 위해 무엇을 해야 할지는 알 수 있을지도 몰랐다.

*

부동산중개업소의 소장은 생각보다 많은 걸 알고 있었다. 우성빌딩의 주인은 바뀐 적이 없었다. 형제가 둘 다 사업 수완이 좋기로 타고난 사람들이라고, 그렇게 들었다고 소장은 말했다.

"형은 아파트 시장이 엄청 폭발할 걸 예감하고 일찌감치 엘리베이터 사업을 시작해서 떼돈을 벌었다고 들었습니다. 동생은 원래 뒷골목에서 주먹질하는 양아치였는데 자기 형이 사람 만든다고 데려다가 빡세게 일 시켜서 정신을 차렸다 싶었을 때쯤 화물운송회사를 차려줬다고 하데요."

"화물운송회사요? 지금, 화물운송회사라고 하셨어요?"

미래가 깜짝 놀라 물었다. 탁조와 소장이 의아해하며 미래를 바라보았다. 미래는 탁조에게 말했다.

"나중에 말씀드릴게요."

탁조는 고개를 끄덕인 뒤 소장에게로 눈길을 돌렸다.

"계속 말해봐요."

"아무튼 그러니까…… 그 동생이 화물운송회사로 밑천을 만들어서 뭘 했다더라…… 아, 운동기구 사업요. 그걸로 대박이 났답니다. 그 왜 전국적으로 동네에 공원 만드는 게 유행하기 시작할 때쯤에요. 형이나 동생이나 참 대단들 하죠. 어쩌면 그렇게 시장의 흐름을 미리 딱딱 잘도 읽어내는지. 맨날 뒷북이나 치는 우리 같은 사람들하고는 종이 달라요."

"모종의 커넥션이 있지 않았겠어요?"

"뭐 그것도 능력이라면 능력이겠죠. 아무나 선을 탈 수 있는 건 아니니까."

화물운송회사 이야기가 나온 뒤로 줄곧 생각에 빠져 있던 미래가 또 불쑥 물었다.

"피차 그렇게 돈이 많았으면서 왜 굳이 우성빌딩 부지를 공동소유로 했을까요?"

"글쎄요, 거기까진 저도 잘…… 그런데 좀 이상하긴 하네요. 거기만 공동소유고 다른 곳들은 모두 형이 소유자거든요."

"다른 곳?"

"아. 그 골목에 형의 소유지가 몇 군데 더 있어요. 우성빌딩 부지를 살 때 같이 사들인 곳들이죠. 물론 지금은 그분 아내분이 소유자이지만요."

"그때가 언제죠? 그 땅들을 사들였을 때가 말예요."

"삼십 년 정도 됐을 겁니다. 당시 이 일대가 한창 재개발중이었는데 공사 결정이 나기도 전에 여러 자리를 매입했다고 들었어요. 시세보다 돈을 더 얹어준다고 하니까 뭣도 모르고 덜컥 팔았던 사람들이 나중에 공사 소식 듣고 땅을 쳤다고 합디다. 십여 년 전에 이 사무실을 저한테 넘기고 이민 간 소장님도 그중 한 사람이었어요. 그나저나 오사장님, 언제 저한테 술 한잔 사셔야겠는데요. 이런 얘기 저만큼 구구절절 해줄 사람은 어디에도 없을 겁니다."

탁조는 굳어 있던 얼굴을 펴고 허허 웃었다.

"그러게요. 술 한잔으로 되겠어요?"

"그럼 두 잔 사시든가요."

소장도 허허 웃었다. 웃음이 잦아들길 기다렸다가 탁조가 물었다.

"혹시 그즈음에 누가 죽었다는 이야기 못 들었어요?"

"죽어요? 누가요?"

"아니 뭐. 얼핏 그렇게 들은 것도 같아서⋯⋯"

소장은 눈알을 굴리며 고개를 갸웃거리다 천천히 끄덕였다.

"어쩌면 그랬을지도 모르겠네요."

"왜요?"

"화재 사고가 있었다고 들었어요. 뭐 꼭 그게 아니라도 분위기가 좀 살벌했다더군요. 세입자들이 안 나가려고 버티다가 싸움이 일어나서 병원에 실려가기도 하고 그랬답니다."

재개발 공사가 시작된 뒤 그 골목에서 일찍이 보상에 동의한 열한 군데의 가게는 하나둘 비워지고 여덟 곳만 남았다. 비워진 건물들은 금세 철거되었고 남은 가게의 주인들은 두 달 이내에 가게를 비우라는 통고장을 줄줄이 받았다. 삼 개월 치 영업 손실금을 보상해준다고 했지만 권리금은 보장되지 않는다고 했다. 세입자들이 가진 돈을 탈탈 털고 대출까지 받아 마련한 권리금이었다. 법의 도움을 받을 수는 없었다. 계약 당시 제소전 화해조서를 작성한 탓이었다. 동의하지 않으면 임대를 해줄 수 없다고 해서였다. 세입자들은 그것이 지금 상황에 대해 아무런 이의도 제기

할 수 없도록 발목을 잡을 줄은 몰랐다. 가게 주인들은 비슷한 조건의 다른 곳에서 장사할 수 있는 금액을 보장해주기 전까지는 나가지 않겠다고 버텼다. 결국 시행사 쪽에서 용역업체에 강제철거를 의뢰했다. 용역업체는 막무가내로 사람들을 끌어냈다. 몸싸움이 벌어졌지만 쌍방의 몸집 차이가 현격하여 정확히는 싸움이라고 할 수도 없었다. 사람들은 차이고 꺾이고 멍들었다. 누군가는 다리가 부러져 병원에 실려갔다. 지나던 행인이 경찰에 신고했다. 처음에는 두 사람이 와서 상황을 살피고 갔고 나중에는 십여 명이 왔으나 몇 발자국 떨어진 곳에서 병풍처럼 진을 치고 바라보고만 있었다. 누군가는 경찰들에게 욕을 퍼부으며 달려들었다가 연행되었다. 골목으로 사람들이 모여들기 시작했다. 사람들은 골목에서 몇 날 며칠을 보내며 재협상을 요구했다. 일이 커지자 몸싸움도 거세졌다. 용역업체의 건장한 근육들은 각목이나 망치를 들었다. 소화기를 뿜어대고 물을 뿌렸다. 경찰들은 계속 그림처럼 서 있었다.

기어이 건물 세 채가 더 철거되었다. 좀더 많은 사람들이 병원에 실려가고 경찰서에 끌려갔다. 소문은 더 멀리 번졌고 사람들도 더 모여들었다. 철거는 일시중단되었다. 용역업체 사람들은 사라졌고 경찰도 철수했다. 하지만 골목 안에 포클레인 두 대가 늘 대기하고 있었기 때문에 사람들은 자리를 뜨지 못했다. 철거가 중단된 지 열흘이 지났다. 포클레인마저 철수하자 사람들이 하나둘 골목을 떠났다. 골목은 부서질 대로 부서지고 파일 대로 파여 참담한 몰골이었지만 정적이 내려앉자 더는 아무 일도 일어나지 않을 듯 평화로운 기미마저 감돌았다. 평화는 금방 깨졌다.

어느 새벽 한 가게에 불이 났다. 오래지 않아 행인에게 발견되어 소방차가 출동했지만 실내가 좁은 탓에 이미 새까맣게 타버린 뒤였다. 망연자실한 건 그 가게의 주인만이 아니었다. 재협상이 이루어지기 전까지는 결코 골목을 떠나지 않겠다던 다른 가게의 주인들도 하룻밤 사이에 잿더미가 된 그곳을 보자 기세가 훅 꺾였다.

경찰은 화재의 원인을 조사한 뒤 선풍기의 낡은 전선에서 발화한 누전사고라고 했다. 가게 주인은 받아들이지 않았다. 가게를 나설 때 늘 마지막으로 하는 일이 선풍기의 플러그를 빼는 것이었기 때문이었다. 경찰은 선풍기가 발화점이라는 말만 못박듯이 반복했다. 철거를 막기 위해 골목으로 찾아든 사람 중 한 명이 민간 화재연구소의 연구원에게 조사를 의뢰했다. 그는 연소의 강도나 불길의 흐름으로 봤을 때 선풍기가 있는 홀이 아니라 조리실 쪽에서 발화하여 홀 쪽으로 옮겨붙은 것으로 분석했다. 문제는 조리실에서 자생적인 발화 요인을 발견하지 못했다는 점이었고 결론적으로 누군가 방화를 했다고밖에 볼 수 없다고 했다. 가게 주인은 연구원이 쓴 소견서를 경찰서에 제출하고 재수사를 요구했으나 인정되지 않았고 결국 수리비를 감당할 수 없어 가게를 비우게 되었다. 곧이어 다른 가게들도 하나둘 골목을 떠났다.

"불이 난 곳은 어디였습니까?"

소장은 말하려다 말고 허허 웃었다.

"한데 우리 오사장님, 오늘따라 좀 이상하시네. 평소엔 제 얘기에 별 관심 없으시더니 갑자기 왜 그러실까. 무슨 일 있어요?"

"무슨 일은. 그냥 좀 궁금해서 그래요."

"그러니까 그런 것들이 왜 갑자기 궁금해지신 건데요?"

탁조는 닦달의 충동을 누르고 몸에서 힘을 빼며 한숨을 푹 내쉬었다.

"나중에 다 말해줄 테니 일단 대답이나 해봐요."

소장은 여전히 의심스러운 표정으로 탁조를 빤히 바라보다가 고개를 갸웃하곤 말했다.

"우성빌딩 맞은편 건물이었어요. 물론 그 건물은 그뒤로 철거되었고요."

"불이 난 게 우성빌딩이 생기기 전입니까 후입니까?"

소장은 또다시 고개를 갸웃했다.

"글쎄요. 그건 저도 잘 모르겠네요. 알아봐드려요?"

"그래요. 알게 되면 연락 줘요."

책방으로 돌아오는 길에 미래는 탁조에게 화물운송회사에 관한 이야기를 들려주었다. 화물운송회사가 한두 곳만 있는 건 아니었으므로 두 곳이 정말 같은 회사인지는 확인해봐야 하겠지만 두 사

212

람은 어쩐지 그럴 것 같다는 예감이 들었다. 하지만.

"이제 뭘 해야 하죠?"

"일단…… 진사장과도 이야기를 나누어보고 생각해보지."

"진사장이라면…… 노래방 주인요?"

"응. 진묘연씨."

19

"그 가게에 불을 지른 사람이 은희의 약혼자였다고 들었어요."

묘연이 말했다. 묘연은 자신이 그 이야기까지 하게 될 줄은 몰랐다. 탁조가 은령의 과거에 대해 물었을 때만 해도 조금은 의아했지만 그럴 수 있다고 생각했다. 어쨌거나 한 건물에서 오랫동안 장사를 같이 하던 사람이 죽었으니까. 묘연은 딱히 자세히 아는 건 없으며 다만 사는 게 고달파서 오랫동안 우울증을 앓았었다는 건 알고 있다고 대답했다. 탁조의 입에서 '삼십 년 전'이라는 말이 나오는 순간 묘연은 조금 놀랐고 화재 사고 이야기가 나오자 머릿속이 복잡해졌다.

"그 일이 은희와 관련이 있다는 건 어떻게 아셨어요?"

탁조와 미래는 아, 하고 나지막한 탄성을 뱉으며 서로를 바라보왔다. 탁조나 미래나 그날의 화재 사고가 자정의 사건과 연관되어 있을지도 모른다는 가정을 해보긴 했으나 막상 분명한 연결점이 확인되자 온몸에 소름이 돋았다.

"몰랐습니다."

"네?"

"그래서, 그 일은 은령씨와 어떤 관련이 있는 건데요?"

"그 가게에 불을 지른 사람이 은희의 약혼자였다고 들었어요."

"모근태씨 말인가요?"

탁조의 말에 묘연이 깜짝 놀랐다.

"어떻게 아세요?"

탁조는 옆에 앉아 있는 미래 쪽으로 손을 펼치며 대답했다.

"이 친구한테 들었습니다. 모근태씨와 고사장은 오래된 친구 사이였어요. 당연히 백사장과 고사장도 아는 관계였고요. 모르셨어요?"

"알고 있었어요."

수림의 사진관 오픈식 날 은령과 재회했을 때 어떻게 왔냐고 묻자 은령은 자신의 연인인 근태와 수림이 고등학교 동창이라고 했었다.

"혹시…… 고사장도 그 일에 관련되어 있습니까?"

"그건 잘 모르겠어요. 제가 알고 있는 건 모근태씨가 방화를 하고 모근태씨의 친구가 망을 봤다는 것뿐이에요. 은희는 그 사람이

고사장님이라고는 하지 않았어요."

한 박자 쉬고 묘연은 말을 이었다.

"그 친구라는 사람이 고사장님이었던 건가요?"

"확실하지는 않지만 거의 그런 것 같습니다."

두 박자 쉬고 탁조가 물었다.

"그 화재로 죽은 사람이 있었나요?"

그 이야기까지 해야 하나, 묘연은 갈등했다. 끝까지 감춰야 한다고 작정할 만큼 그들의 비밀에 책임을 느끼는 건 아니었다. 다만 자신이 직접 겪지 않은 일에 대해 말을 옮기는 것이 영 꺼림칙했다. 더욱이 몇 년도 더 전에 흘려들은 이야기였다. 그사이 자신도 모르게 재해석되고 가공된 부분이 있을지도 몰랐다. 어찌 됐건 누군가의 죽음에 관한 이야기였고 세상에 쉽게 말해도 좋을 죽음이란 없었다.

"그 일로 죽은 사람은 없었다고 들었어요."

"꼭 그 일 때문이 아니라도 그즈음에 은령씨 주변에서 누군가 죽었다든가…… 뭐 반드시 그 일과 직접적인 관계가 없더라도 말입니다."

결국 그 이야기까지 할 수밖에 없는가, 묘연은 생각했다. 그러면서도 입이 쉬이 떨어지지는 않았다.

"화재로 죽은 건 아니고…… 누가 죽긴 했죠."

탁조와 미래의 눈이 동시에 커졌다.

"그게 누굽니까?"

"목격자요. 그들이 방화한 걸 본 사람이 있었다고 했어요."

현장을 눈앞에서 본 건 아니었다. 근태가 가게 문을 따고 안으로 들어간 뒤 가게 앞에서 주위를 둘러보던 수림이 문득 맞은편 건물 안에서 그들을 지켜보고 있는 자를 발견했다. 조금 전 적절한 타이밍을 잡기 위해 골목을 여러 번 오가며 동태를 살필 때만 해도 눈에 들어오지 않았던 자였다. 그 건물은 일찌감치 철거 작업이 끝난 자리에 세워진 상가건물이었는데 완공 전이라 사람이 있을 거라고는 생각하지 못해 눈여겨보지 않은 것이 문제였다. 수림은 가게로 뛰어들어가 근태에게 사실을 알렸지만 근태는 이미 작업을 마친 상태였다. 둘은 서둘러 밖으로 나와 맞은편 건물로 들어갔다. 건물 내부를 샅샅이 돌아보았으나 아무도 없었다. 나흘 뒤 그 건물에서 변사체 한 구가 발견되었다. 그 건물이 우성빌딩이었다.

"누가 죽인 겁니까?"

묘연의 답을 기다리며 미래는 자기도 모르게 손끝을 파르르 떨었다.

"그건 저도 몰라요."

"은령씨도 몰랐다는 뜻이에요?"

묘연은 내심 근태가 일을 저지른 것으로 짐작했지만 사실 은령이 직접적으로 죽인 자를 특정한 적은 없었다. 근태 일행을 본 자가 시체로 발견되었다는 것이 그 이야기의 끝이었고 묘연은 아무것도 묻지 않았다. 죽은 사람은 누구이고 애초에 일을 시킨 사람은 누구이며 근태와 근태의 친구는 왜 그런 일을 하게 되었는지 묘연은 조금도 궁금하지 않았다. 공소시효가 끝나서요. 은령은 말했다. 이제라도 누군가에게는 말해야 한다고 생각했어요. 그것이 왜 하필 나인가. 묘연이 묻고 싶은 건 그것뿐이었다. 하지만 실제로 묻지는 못했다. 은령은 이미 흐느끼고 있었고 사죄의 말을 방언처럼 중얼거리고 있었다. 너도 편히 산 건 아니니 그만하면 됐다는 위로는 못해줄망정 네 건 네가 알아서 해야지 나더러 어쩌란 말이냐고 따질 수는 없었다. 묘연은 은령이 울음을 그칠 때까지 잠자코 기다렸다가 우유를 한 잔 데워 건넸다. 은령은 양손으로 컵을 감싼 채 후후 불며 조금씩 우유를 마셨다. 그 모습이 꼭 어린아이 같았다.

탁조는 의자에서 일어나 책방 출입문 쪽으로 다가가 섰다. 문 너머로 맞은편 건물을 바라보았다. 오층짜리 주상복합 건물로 일층은 카페, 이층은 요가원이었고 삼층부터 오층까지는 주거공간이었다. 우성빌딩과의 거리는 얼추 십 미터쯤 되었다. 그리 먼 거리는 아니었지만 캄캄한 밤에 불빛 하나 없는 건물 내부에 있던 사람의 외양이 자세히 보였을 것 같지는 않았다. 탁조는 수림의 말을 떠올렸다.

그 사람이 죽고 나서 하루도 그 사람을 생각하지 않은 날이 없어요. 정확한 생김새는 가물가물하지만 그 사람의 전체적인 분위기는 지금도 또렷해요. 특히 이 앉아 있는 모습은 제 기억 속의 그 사람과 거의 똑같아요. 구부정한 어깨선도 그렇고 힘없이 늘어져 있는 듯한 팔 모양도 그렇고요.

멀찍이 일별한 분위기나 자세가 어떤 사람을 특징짓는 핵심 요소가 될 수 있나. 탁조는 미심쩍어하며 여러 경우의 수를 따져보다 자리로 돌아왔다. 묘연은 탁조가 내어준 진피차를 마시고 있었고 미래는 시선을 떨군 채 생각에 잠겨 있었다.

탁조는 은령의 휴대폰에 대해 물었다. 묘연이 이유를 되물었고 탁조는 머뭇거렸다. 은령의 마지막 통화 때문임을 말해야 했는데 그러자면 혼령 이야기를 꺼내야 했다. 실제로 있었던 일이었으니 못할 소리는 아니었으나 묘연의 반응에 따라 자칫 대화가 다른 방향으로 가지를 뻗을 수도 있었다. 예컨대 자신의 영안에 관해 한참 떠들어대야 할지도 몰랐다. 그 또한 못할 소리는 아니었으나 그런 상황을 예상하는 것만으로도 피로가 몰려왔다. 영계에 대한 관심이 단순한 호기심이나 의심을 넘어서는 이들은 그리 많지 않았고 때로는 허언증 환자 취급을 받기도 했다. 물질계만을 실재로 확신하는 이들에게 탁조는 굳이 증거를 보여줄 수도 없는 세계에 대해 설명하느라 진심을 허비하고 싶지는 않았다. 어차피 그들도 몸의 시간이 끝나는 순간 자신의 오류를 깨닫게 될 것이었다. 정신이나 마음도 물질만큼이나 인과가 분명한 하나의 세계를 이루고 있다는 사실이 그들 각자에게 어떤 의미가 될지는 알 수 없지만. 다행히 묘연은 황당해하는 표정을 짓긴 했으나 아예 터무니없는 소리로 받아들이지는 않았다.

"영화에서나 나오는 일인 줄 알았는데 그런 일이 실제로 있을 수도 있군요."

묘연이 태운 물건들 중에는 은령의 휴대폰도 있었다. 잿더미 속에서 마지막까지 제 형체를 잃지 않은 것이 휴대폰이었다. 묘연은 그을리고 녹아내리긴 했으나 끝내 재가 되지는 못한 휴대폰의 잔해를 집어 쓰레기봉투에 넣었다. 그랬다고 하자 탁조는 아쉬워했다.

"하지만…… 마지막으로 통화한 사람이 누군지는 알아요."

묘연은 은령의 어머니가 어느 요양원에 있는지를 알아보기 위해 휴대폰 통화 목록을 확인했었다. 원래 그랬던 것인지 뒤늦게 바꾼 것인지는 알 수 없으나 잠금 설정은 안 되어 있었다. 그때 목록에서 그의 이름을 보았다. 소요섭. 처음에는 기억하지 못했다. 은령 어머니의 간병인과 통화를 마친 뒤 다시 통화 목록을 보았다. 병원에서 알려준 사망 추정 시간과 얼마 차이 나지 않은 시간에 통화한 사람이라면 은령과 가까운 사람일 것이었다. 어쩌면 연인이었을지도 모른다는 생각이 스치면서 불쑥 그 이름에 대한 기억이 떠올랐다. 부모님이 독실한 기독교인이라 요셉이라 지으려 했지만 자고로 이름은 한자여야 한다는 조부의 주장으로 요섭이 되었다고 했다. 그는 한때 은령을 쫓아다니던 남자였다. 끈질긴 정성에 결국 은령도 마음이 기울어 얼마간 만나기도 했으나 끝내 정이 붙지는 않아 헤어졌다고 했다. 묘연은 어떻게 할까 고민하다 자신의 휴대폰으로 그에게 문자메시지를 보냈다. 은령의 부고를 알리는 간략한 메시지였다. 최근까지 관계를 지속했다면 사인이나 장례식장 위치를 물어볼 법도 한데 어쩐 일인지 짤막한 답신조차 오지 않았다.

"그 사람도 그 일의 관련자일까요?"

탁조에게 소요섭의 번호를 넘기며 묘연이 물었다.

"모르죠."

묘연은 천장을 시작으로 책방 이곳저곳을 눈으로 더듬었다. 어딘가에서 죽은 자의 영혼이 자신을 지켜보고 있다고 생각하자 온몸에 한기가 돌았다. 근태는 멀쩡하게 걸어가다 느닷없이 인도로 돌진한 차에 받혀 즉사했고 은령은 하는 일마다 좌절되어 우울증을 앓다 목을 맸으며 수림은 가족을 잃은 채 고독하게 살다 엉뚱한 사고로 목숨을 잃었고 우성빌딩은 절단되어 사람들이 머물 수 없는 곳이 되었다. 그 일들이 모두 그자의 원한이 불러온 참사였던 것일까. 그자가 누구인지 확실하지 않다고 들었으면서도 묘연은 자꾸 그렇게 이야기가 꿰어졌다. 어쩌면 자신도 이미 그 영향권 안에 들어가 있는지도 몰랐다. 진실을 외면한 것이 죄라면 죄일 수 있었다. 귀신의 복수 같은 걸 현실의 일로 받아들여본 적은 없지만 적어도 세상은 엄격한 인과의 법칙으로 돌아간다고 믿고 있었다. 하나의 행동, 한마디의 말, 한 점의 생각만으로도 모든 것이 바뀔 수 있었다. 묘연이 웬만하면 남의 일에 간섭하지 않고 말도 잘 안 섞으려는 건 그 때문이었다. 하지만 그런 마음이 도리어 묘연의 발목을 잡을 줄은 몰랐다. 은령의 이야기를 자신의 일처럼 귀기울여 듣고 그에 따른 모종의 태도를 취했다면 이후의 상황이 달라졌을까. 알 수 없었다.

묘연은 허공을 부유하던 시선을 거두어 탁조에게 꽂으며 물었다.

"그 사람이 정말 관련자라면, 그렇다 해도 생면부지인 사람한테 사실을 털어놓으려고 할까요?"

"털어놓게 해야죠."

"어떻게요?"

"덫을 잘 놔야겠죠. 한 방에 끝낼 수 있는 덫을요."

"그게 뭔데요?"

"글쎄요. 이제 생각해봐야죠."

탁조는 미소를 지으며 말을 이었다.

"진사장님도 좋은 아이디어 있으면 말씀해주세요."

묘연은 고개를 끄덕였지만 미소가 지어지진 않았다.

"그런데 오사장님은 이 일에 왜 그렇게 정성을 들이세요?"

"정성을 들여요?"

"그렇게 보여요. 고사장님과 그렇게 정이 두터운 사이셨던 건지…… 어쨌든 남의 일이잖아요. 더구나 삼십 년 전의 일이고요. 사실을 알게 된다고 해서 뭘 어떻게 할 수 있는 것도 아닌데."

말해놓고 나니 미래가 마음에 걸렸다. 은령의 일도 남의 일로 여겼던 판에 수림과 미래까지 남으로 여기지 않을 이유는 없었으나 그렇다고 갑자기 아버지를 잃은 이에게 별일 아니라는 식으로 들려도 상관없지는 않았다.

"그러게 말입니다. 어쩌다보니 그렇게 됐네요. 어쩌다보니 보게 되고 어쩌다보니 듣게 되고 어쩌다보니 남 일이 내 일이 되고 그러다보니 멈춰지지가 않게 됐어요. 팔자인가봅니다."

탁조는 말끝에 허허 웃었다. 묘연은 미래를 흘낏 일별하고는 아무렇지도 않다는 듯 무심한 말투로 탁조에게 물었다.

"가게는 안 빼실 거예요?"

"빼야 될 때가 오면 빼게 되겠죠."

"끝까지 버티겠다는 말씀이세요?"

"그렇다기보다는…… 혼자 두고 가자니 마음에 영 걸려서 말입니다."

"누구요, 그 지박령요?"

"네."

"누군지도 모른다면서요."

"그러니까요."

"네?"

"적어도 자기가 누군지는 알게 해주고 싶어요. 지박령이 된 것도 억울할 텐데, 아니, 억울하니까 지박령이 됐겠지만 왜 그렇게 됐는지도 모른다면 더더욱 억울한 일이지 않겠어요?"

묘연은 탁조가 이해되기도 하고 안 되기도 했다. 남들이 보지 못하는 걸 보는 사람들은 원래 그런 것인가. 어쨌거나 자신과는 다른 종류의 사람이라는 건 분명해 보였다.

"다행이네요."

"뭐가요?"

"그냥요. 그냥 그런 생각이 들어요."

탁조는 의아한 표정을 지었고 묘연은 자리에서 일어섰다. 미래도 서둘러 일어나 양손을 모은 채 머리를 숙이며 인사했다. 그런 미래에게 묘연은 뭔가 한마디 건네주고도 싶었지만 무슨 말을 해야 할지 알 수 없었다.

"도움이 필요하시면 또 언제든 연락 주세요."

"네, 그럴게요. 감사합니다. 진사장님도 오다가다 종종 차 마시러 들르세요."

묘연은 책방을 나와 공원 길로 향했다. 햇빛은 눈이 시릴 만큼 찬란했지만 공기는 차가웠다. 이틀간 내린 비 때문에 기온이 뚝 떨어진 탓이었다. 하루이틀 볕에 데워지면 다시금 늦여름 같은 후덥지근한 날씨를 되찾을 것이었다. 10월은 되어야 온전한 가을 공기가 안착할 테고 그걸 체감할 때쯤 되면 어느새 겨울이 몸을 비집고 들어오겠지. 그렇게 모든 건 흘러가게 되어 있었다. 묘연은 용기가 필요할 때마다 종종 곱씹는 문구를 떠올렸다. 이 또한 지나가리라. 그것은 당연한 이치였고 묘연은 언제나 순리대로 살고 싶었다. 하지만 그것만이 능사는 아닐지도 몰랐다. 시간이 지나도 지나가지지 않는 것이 있다면 그럴 만한 이유가 있기 때문일 테고 그렇다면 그 또한 자연스러운 일일 터였다. 하긴, 순리의 대명사인 자연만큼 순행과 역행을 끊임없이 반복하는 게 세상에 또 어디 있을까. 그렇게 보면 역행도 순행의 일부라고 할 수 있었다.

묘연은 문득 앞으로 어떻게 살아야 할지 막막해졌다. 환갑을 앞둔 나이에 새삼 진정한 순리란 무엇인가에 대해 다시금 물어야 한다고 생각하니 기가 막혔다. 하지만 이 또한 순리일지도 몰랐다. 그렇게 생각하자 안심이 되었다. 안심은 되었으나 온몸의 기운이 빠져나가는 듯한 허탈감을 피하지는 못했다. 묘연은 평소보다 느린 걸음으로 공원 길을 지나 전철역으로 향했다.

*

"백은희씨는 왜 공소시효를 신경썼을까요?"

탁조와 미래는 설렁탕집에서 늦은 점심을 먹고 있었다. 미래는 도통 입맛이 돌지 않아 깨작거리는 중이었다. 말은 하지 않았지만 탁조 역시 같은 생각을 하는 중이었다. 살인을 저지른 이가 근태도 수림도 아닌 제삼자라면 굳이 공소시효를 염두에 둘 필요가 있었을까. 근태는 일찌감치 죽었으니 은령이 배려한 대상은 수림인 것인가. 결국 두 사람은 공범자로서 누군가를 죽인 장본인들인 것인가. 직접 칼을 놀린 이는 근태이고 수림은 그걸 돕거나 방관한 것인가, 어쩌면 그 반대인가. 탁조는 미래가 어디까지 줄거리를 진행시켰는지 궁금했지만 아귀를 맞춰볼 엄두가 나지 않았다. 아무리 가정이라도 미래 앞에서 수림을 살인자 혹은 살인 공모자로 전제할 수는 없었다.

"글쎄."

언뜻 앞뒤가 맞아떨어지는 줄거리 같았으나 맥락을 흩뜨리는 요소가 한 가지 있긴 했다. 혼령은 은령이 죽기 전 통화한 사람에게 이렇게 말했다고 했다.

나는 이 건물에서 일어났던 일을 알고 있어요. 당신이 그 사람한테 한 짓도 알고 있고요.

"소요섭이라는 사람과 연락이 닿게 되면 저에게도 알려주세요."

미래는 마치 탁조의 머릿속을 들여다보기라도 한 듯 묵묵하다가 문득 그렇게 말했다. 탁조는 미래가 자신과 비슷한 흐름으로 생각을 이어가고 있다고 느꼈고 그 짐작은 사실이었다. 소요섭이 누구이며 무엇을 했는가에 따라 그림은 다시 그려질 거라고 미래는 믿고 있었다. 두 사람은 더이상 아무 대화도 나누지 않은 채 조용히 식사를 마쳤다.

식당 앞에서 미래와 헤어진 뒤 탁조는 책방으로 향했다. 책방 앞에는 빔이 와 기다리고 있었다. 빔을 본 순간 탁조는 멈칫했다. 전에는 안 보이던 것이 보인 탓이었다. 금발을 길게 늘어뜨린 여자아이가 빔의 등에 업혀 있었다. 탁조는 자신의 영력이 거의 회복되었다는 걸 알 수 있었다. 여자아이는 뭔가를 말하고 싶은 듯 보였다. 실제로 탁조를 향해 입을 벌려 뭐라고 표현하고 있었는데 소리는 들리지 않았다. 여자아이가 원래 소리를 전달하지 못하는 혼령인 건지 자신이 듣지 못하는 건지는 알 수 없었다. 예전에도 모습은 보이지만 목소리는 들리지 않는 혼령들을 만나곤 했다. 대개는 원한이 그리 깊지 않은 자들이었다. 절박한 호소의 에너지가 약하기 때문에 그들의 마음은 소리가 되지 못하는 것이었다. 영력을 완전히 되찾은 건 아니었으므로 여자아이도 같은 경우인지는 확신할 수 없었다. 하지만 그리 음울한 기운을 가진 영은 아니었다. 대개의 공포영화에서처럼 영이 사람의 몸에 밀착해 있다고 해서 모두 그 사람을 위험에 빠뜨리지는 않으며 그 사람을 보호하기 위해 감싸고 있는 경우도 많았다. 물론 그들의 선한 의도와 달리 산 자에게는 딱히 좋은 기운으로만 작용하는 건 아니었다.

탁조가 인사를 돌려주지 않은 채 자신을 뚫어지게 보고 있자 빔은 그가 영매라는 풀잎의 말을 상기하며 이상한 기분에 휩싸인 채 잠자코 기다렸다. 탁조는 문득 표정을 바꾸어 반가움을 드러내며 책방 문을 열고 빔을 안으로 들였다.

역시나 몇 개의 영어 단어와 보디랭귀지로 소통해야 했으므로 대화가 매끄럽게 진행되지는 않았으나 빔은 결국 탁조가 유령을 볼 수 있다는 사실을 풀잎에게 들었다고 전달하는 데 성공했다. 탁조도 빔에게 여동생이 있는지, 혹시 그 여동생이 일찌감치 죽었는지를 간신히 확인했다. 물론 빔은 아니라고 답했다. 빔은 탁조가 뭔가를 보고 듣고 알고 있다는 직감에 사로잡혀 탁조가 왜 그런 걸 묻는지 물으려다 대화의 속도에 갑갑증을 느끼곤 탁조의 휴대폰을 빌려 휴대폰 번역기 앱 사용법을 알려주었다. 그러기까지 또 한참 많은 시간과 노력이 필요했지만 여하간 그러고 나서는 둘의 대화에 속도가 붙었다.

탁조는 빔에게 업혀 있는 금발의 여자아이가 언젠가 빔이 말했던 빔의 연인 수지라는 걸 알게 되었고 빔은 수지가 유령이 되어 자기 곁에 있다는 걸 알게 되었다. 빔은 슬프기도 하고 기쁘기도 했다. 빔은 수지와 이야기를 나누고 싶어했지만 그건 불가능했다. 탁조 역시 수지의 말을 들을 수 없다고 하자 빔은 낙담했다. 수지는 계속해서 탁조를 향해 뭔가를 말하고 있었다. 입 모양을 자세히 들여다보았으나 탁조는 끝내 수지의 뜻을 읽을 수 없었다. 하긴, 한국어도 아니고 영어로 말하고 있을 테니. 탁조가 포기하려는 순간 지박령의 목소리가 들렸다. 지박령은 수지에게 여러 가지를 물었고 탁조는 여전히 수지의 말을 들을 수 없었지만 그 대화 속에 수지가 하고 싶어하는 말 말고도 다른 이야기가 섞여 있다는 걸 알 수 있었다. 탁조는 일단 지박령을 통해 수지가 탁조에게 하려는 말이 무엇인지를 듣게 되었으므로 그것부터 빔에게 전달하기로 했다. 탁조는 휴대폰 번역기에 그 말을 쓴 뒤 빔에게 보여주었다.

엄마를 찾아다니느라 이제야 네 곁에 왔지만 나는 한순간도 너를 잊은 적이 없어. 내가 네 꿈에 깃들었던 건 그 때문이야. 난 죽었어, 빔. 하지만 내가 죽은 건 네 잘못이 아니야. 네가 시인이나 혁명가가 되지 않았다고 해서 너를 사랑하지 않게 되는 일도 없을 거야. 그러니 너무 걱정하지는 마. 슬퍼하지도 말고.

빔은 금세라도 울음을 터뜨릴 것 같은 얼굴로 고개를 여러 번 끄덕였다. 탁조는 수지가 이승에서 그리 오래 떠돌 것 같지는 않다는 느낌을 받았다. 어쩌면 빔에게 그 말을 전하는 것이 저세상으로 영영 떠나기 전 마지막으로 해야 할 일이었는지도 몰랐다. 그게 사실이라면 아마도 빔은 괜찮을 것이다. 슬픔은 작별 그 자체가 아니라 온전한 작별인사를 하지 못했다는 회한에서 비롯될 때가 많은 법이니까. 온전한 작별인사를 나눈다고 해서 슬픔이 사라지는 건 아니지만 적어도 떠나는 자는 떠남을, 남은 자는 남음을 받아들일 수 있게 된다. 탁조는 입을 앙다문 채 울음을 참고 있는 빔을 가만히 지켜보다 진피차를 끓여 내왔다. 빔은 찻잔을 양손으로 가만히 쥐고 있다가 그대로 내려놓은 뒤 담담한 목소리로 고맙다는 인사를 하곤 수지와 함께 옥상으로 올라갔다.

"나는 그대가 아는 자인가."

혼령은 수지와의 대화 속에서 그렇게 물었다. 수지가 뭐라고 대답한 뒤 혼령은 또 이렇게 말했다.

"나는 내가 누구인지 알게 될 것인가."

탁조는 자신이 들은 그 말들을 언급하며 수지가 혼령에게 어떤 대답을 했는지 물었다.

첫번째 질문에는 이렇게 대답했다고 했다.

"나는 당신을 몰라. 하지만 당신이 왜 기억을 잃게 되었는지는 알고 있지."

두번째 질문에는 이렇게 대답했다고 했다.

"결국엔 그렇게 될 거야. 하지만 그러면 당신의 시간은 영원히 끝나게 돼. 그것이 당신의 운명이야."

혼령은 연신 그게 무슨 뜻이냐고 물었고 돌아온 대답은 이랬다.

"내가 말해줄 수 있는 건 그게 전부야."

영들의 대화가 산 자들과는 다른 방식으로 이루어진다는 걸 탁조는 익히 알고 있었으나 역시 이해하기가 쉽지 않았다. 그렇다고 하자 혼령은 속뜻을 알아듣지 못한 건 자신도 마찬가지이며 은령의 혼과 나눈 대화도 비슷했다고 했다.

"알고는 있지만 말하지 않는다라…… 표현은 달라도 둘 다 그렇게 말한 거네요."

혼령은 고개를 끄덕였지만 탁조의 눈에는 보이지 않았다. 탁조는 혼령의 돌연한 묵언에 의아심이 일었으나 이유를 묻지는 않았다. 혼령의 기운이 급격히 둔중해진 것으로 보아 여러 상념으로 심경이 복잡해진 것이 분명했다. 마음이 어수선하기는 탁조도 마찬가지였다. 탁조는 향을 하나 꺼내 피웠다. 침향나무의 은은한 향취가 금세 공간을 메웠다. 탁조는 척추를 곧게 펴고 앉아 눈을 감고 명상에 잠겼다.

혼령은 수지의 말을 돌이켜보고 있었다. 특히 당신의 시간은 영원히 끝나게 될 거라는 말이 의식에서 떠나지 않았다. 방점은 '끝'이 아니라 '영원'에 찍혔다. 왜 그런 마음이 드는 건지는 알 수 없지만 어쩐지 자신이 짐작보다 훨씬 오래된 존재일지도 모른다는 생각이 들었다. 영원에 가까울 만큼 까마득한 옛날부터 이곳에 있었던 것일까. 그렇게 생각하자 혼령은 자기도 모르게 진저리를 쳤다.

20

"뭘 그렇게 한참 들여다보고 계세요?"

탁조는 휴대폰 문자메시지를 쓰다 말고 풀잎에게 소요섭에 대한 이야기를 들려주었다.

"모르는 번호라 그런지 전화를 도통 안 받네. 뭔가 결정적인 메시지를 남겨야 연락이 올 것 같은데 생각보다 어렵구나."

"어디 한번 줘보세요."

탁조는 상관하지 말라는 듯 손을 휘휘 내젓고는 휴대폰에 시선을 박고 있다 혀를 쯧 차며 휴대폰을 넘겼다.

　　나는 이 건물에서 일어났던 일을 알고 있습니다. 당신이 그 사람한테 한 짓도 알고 있습니다.

은령의 말을 그대로 옮긴 것이었고 그편이 가장 효과적일 거라고 탁조는 판단했다.

"너무 협박처럼 보여요."

"협박 맞다."

"별로 좋은 방법이 아닌 것 같아요."

"왜, 그놈이 나를 어떻게 할 것 같으냐?"

"그렇다기보다는 어쨌든 목적은 그 사람이 비밀을 털어놓게 하는 거잖아요."

"그렇지."

"그렇다면 경계심을 최대한 안 갖도록 하는 게 낫죠."

"웬만해선 안 움직일 것 같다는 게 내 판단이다. 백사장이 그런 말을 했는데도 결국 안 왔고 부고에도 반응이 없었다고 하지 않았냐."

"그러니까요. 그런 걸로는 자극이 안 될 수도 있어요. 어차피 공소시효도 끝난 일이고…… 그 사람이 목격자를 죽인 장본인이 맞다면 말예요. 이제 와서 새삼 그 일로 자기가 잡혀갈 리 없다는 걸 아는데 반응을 왜 하겠어요. 누군가 그 일을 안다는 사실이 신경은 좀 쓰일지 몰라도 충분히 생깔 수 있는 일이라고요."

"그럼 어쩌라는 거냐."

"적당한 수준에서 뭔가 궁금하게 만들면 될 것 같아요."

"그러니까 어떻게."

풀잎은 미간에 힘을 준 채 입술을 잘근잘근 씹었다.

"소요섭씨, 백은희씨가 당신에게 꼭 전해달라고 한 물건이 있습니다. 제가 임의로 처분하면 안 될 것 같아 연락드립니다."

탁조는 긴가민가하면서도 영 일리가 없는 말은 아닌 듯하여 풀잎이 말한 대로 메시지를 보냈다.

"무슨 물건이냐고 묻거나 택배로 보내달라고 하면 직접 와서 확인하고 찾아가라고 하세요. 그 이상의 설명은 일절 하지 마시고요."

풀잎의 첨언에 탁조는 고개를 갸웃했다.

"우성빌딩에 오고 싶어하지 않을 수도 있잖아. 나 같으면 그럴 것 같은데. 그럼 가져다준다고 하는 편이 낫지 않겠냐?"

"안 돼요. 꼭 책방으로 오라고 하세요. 그리고 낮에 오라고 하시고요."

"왜?"

풀잎은 한숨을 푹 내쉰 뒤 버럭 소리쳤다.

"뭐가 왜예요. 무슨 짓을 할지 어떻게 알아요."

"깜짝이야. 이놈아, 네 말대로라면 그 무슨 짓을 책방에서는 안 저지른다는 법이라도 있냐?"

풀잎은 멈칫했다.

"그러네요. 그냥 같이 만나요."

"그건 아니지."

"뭐가 아니에요."

"네가 어쩐 일로 똑똑한 말을 하나 했다. 녀석아, 한 사람한테도 털어놓을까 말까 한 일을 두 사람한테 말하고 싶겠냐?"

"아. 그럼 제가 만날게요."

"됐다. 내용도 잘 모르면서."

"뭘 몰라요. 아버지가 다 말해줬잖아요."

"그건 요약본이고."

"그럼 원본을 얘기해주시면 되잖아요."

"내가 아는 것도 사본인데 어떻게 원본을 얘기하냐."

풀잎이 얼빠진 표정을 짓자 탁조가 웃음을 터뜨렸다.

"지금 농담이 나오세요?"

"걱정 마라. 별일 없을 거다."

"그걸 어떻게 알아요."

"별일 없도록 잘하마. 그리고 만에 하나 별일이 생기면 혼령이 도와줄 거다."

"도와주긴 뭘 도와줘요. 물건 하나 못 움직인다면서."

탁조는 멈칫했다.

"뭐냐, 그 말은."

"뭐가요."

"믿는다는 거야?"

"뭘 믿어요."

"혼령이 있다는 거."

"저는 안 믿는다고 말한 적 한 번도 없어요."

"믿는다고 말한 적도 없지."

"제가 믿고 안 믿고가 뭐가 그렇게 중요해요. 아버지한테 사실이면 남들이 뭐라건 사실인 거죠."

"그래, 네 말이 맞다. 그건 중요하지 않지. 그리고 어쩌면⋯⋯ 혼령의 존재가 사실인지 아닌지도 중요하지 않을지 모르겠다."

"그건 또 무슨 말이에요."

"죽은 자들이 산 자들의 세계를 떠나지 못하는 건 결국 이 세상에서 비롯된 어떤 마음 때문이니까. 아무도 알아주지 않은 마음, 한 번도 제대로 해소된 적 없는 마음, 그래서 끝내 버려지지 않는 마음 같은 거 말이다. 그런 마음들이 곳곳에 있다는 걸 아는 사람이라면 굳이 혼령이 실제로 있는지 없는지 따져보지 않아도 되겠지. 설령 혼령 같은 건 허구에 불과하다고 여기더라도 그 사람은 이미 혼령의 마음을 가장 잘 아는 사람일 테니까."

풀잎은 탁조의 말을 곰곰이 곱씹다 자리에서 일어나 식탁 위의 그릇들을 치우며 짐짓 무심한 말투로 물었다.

"여기는요? 우리집엔 없어요?"

"뭐가."

"혼령요."

"있다."

"있다고요?"

"혼령이 없는 곳은 없다. 아마 북극에도 있을걸."

"북극? 북극엔 왜요?"

"사람이 있는 곳이라면 반드시 혼령도 있다."

"사람은 어딜 가나 원한을 만드는 존재라서요?"

"모든 혼령이 반드시 원한 때문에 떠도는 건 아니야."

"그럼요?"

"여러 가지 이유가 있지. 예를 들어 안타까움 때문에 못 떠나기도 한다. 이 험한 세상에 남겨두고 먼저 가는 게 안타까워서. 또 미안함 때문에 못 떠나기도 하지. 사는 동안 힘들게 한 게 미안해서."

풀잎은 잠자코 서 있다 다시금 그릇들을 하나둘 집어 개수대에 넣었다.

"우리집에 있는 혼령은 누군데요?"

"지금은 이모할머니."

"이모할머니? 저한테 이모할머니면…… 엄마의, 아니 할머니의……"

"네 이모할머니 아니고 내 이모할머니. 나의 할머니의 여동생."

"아."

풀잎은 고무장갑을 끼다 말고 또 잠자코 있다 물었다.

"할머니도 아니고 이모도 아니고 이모할머니가 왜 아버지가 안타까우신 건데요? 아니, 미안하신 건가?"

"나 때문은 아니고 그냥 세상일에 걱정이 많으셔서 못 떠나고 계시지. 나한테는 가끔 오시고. 안부 확인차 방문이라고나 할까."

"그분이랑 친하셨어요?"

"몇 년간 나를 맡아 키워주셨는데 나를 참 예뻐하셨다. 자식이 없어서 그러셨던 것 같아."

"그러니까…… 대화도 나누시는 거예요?"

"최근에는. 한동안 내가 귀가 닫혀 이야기를 못 나누었는데 며칠 전부터 다시 대화가 가능해졌어."

"어떤 대화를 나누시는데요?"

탁조는 대답하려다 말고 시선을 거두어들인 채 묵묵하다 말했다.

"아들 잘 키웠다고 하시는구나. 그리고……"

불현듯 웃음을 터뜨리곤 말을 이었다.

"아버지 말을 다 믿지는 말라고 전해달라신다."

"뭐예요, 지금 말씀하신 거예요?"

"그래."

풀잎은 사위를 쓱 둘러본 뒤 설거지를 시작했다. 문득 등뒤로 야릇한 기척이 느껴져 자기도 모르게 휙 돌아보곤 스스로 무안해하며 설거지를 계속했다. 그 모습을 보고 탁조는 피식 웃었다.

"저 아이에게도 재능이 있어."

이모할머니가 속삭였다. 풀잎이 들을 수 있을 리 없을 텐데도
그랬다.

"알아요."

탁조도 풀잎이 듣지 못하도록 소곤거렸다.

"하지만 끝까지 제대로 발현되지는 않았으면 좋겠어요."

"그래, 너를 볼 때 내 마음도 그랬지. 그래도 나는 네가 자랑스
럽다."

"뭐가요."

"네가 없었다면 영영 묻히고 말았을 이야기들이 들려지고 있잖
니."

탁조는 천천히 고개를 끄덕였다.

"그렇긴 하지만 그렇다고 문제가 해결되는 것 같지는 않아요."

"그렇긴 하지만 그렇다고 의미가 없는 건 아니란다. 너 자신에게
너무 야박하게 굴지 마라. 그럼 남한테도 야박해지는 법이니까."

탁조는 또 천천히 고개를 끄덕이곤 불현듯 뭔가가 떠오른 듯 불
쑥 물었다.

"할머니는 그자가 누구인지 아시죠?"

이제야 그 생각을 하다니, 탁조는 어처구니가 없었다. 갑자기 커
진 목소리에 풀잎이 돌아보았다. 탁조는 풀잎을 의식하지 못했다.

"누구 말이냐."

"제 서점 건물에 묶여 있는 지박령요."

"그래, 알고 있다."

"누구죠? 이름이 뭔가요?"

"그 이름을 말하는 건 내 몫이 아니다."

자신의 이름을 부르라고 지박령이 말했을 때 은령도 같은 대답을 했다고 했다. 그것은 나의 몫이 아닙니다.

그렇다면 그것은 누구의 몫이냐고 물으려다 말았다. 그렇게 물으려는 순간 탁조는 스스로 답을 떠올려냈다. 그것은 산 자들의 몫이었다.

21

우성빌딩 맞은편 건물에서 화재가 일어난 그날 밤 나는 갈 곳이 없었다. 거리를 헤매다 문득 누군가 이 동네에 노숙자 쉼터가 있다는 말을 했던 것이 떠올랐다. 막상 와보니 쉼터는 보이지 않았다. 골목 이곳저곳을 둘러보다 빈 건물을 찾아 들어갔다. 우성빌딩은 아직 출입문과 창문이 설치되기 전이라 들어가는 것이 어렵지 않았다. 바닥에 침낭을 깔고 앉아 땅콩을 안주 삼아 소주를 마셨다. 그대로 곯아떨어지면 좋으련만 소주를 두 병이나 해치웠는데도 머릿속이 말짱했다. 불면증이 갈수록 심해졌고 편두통도 극심해지고 있었다. 얼마 동안 이렇게 살았는지 기억나지 않았다. 노숙을 시작하기 전의 시간이 전생의 일처럼 까마득했다. 다른 방식으로 산다는 건 짐작조차 되지 않았다.

밤이 깊어지면서 추위가 몰려왔다. 실내라고는 해도 뻥 뚫린 문으로 닥쳐오는 바람을 피할 수는 없었다. 웬만한 곳은 모두 노숙 금지구역이 된 터라 겨울이 고비였다. 동사를 막기 위해 쉼터로 유인하려는 처사라고 했지만 우리는 그것을 청소라고 불렀다. 우리는 세상은 살 만하다는 믿음을 위협하는 장애물이었고 사람들의 안전하고 쾌적한 삶을 위해 한쪽으로 치워져야 하는 쓰레기였다. 신은 자신을 닮은 형상으로 인간을 만든 뒤 보기에 좋다고 했다던가. 한때 머물렀던 쉼터에서는 일주일에 한 번씩 목사가 와서 인문학 강의를 했는데 강의를 들으면 떡과 우유를 준다고 하여 두어 번 참석했다가 들은 이야기였다. 인간으로서의 존엄을 회복하라는 뜻에서 하는 말이라고 했다. 보기에 불편한 우리를 만든 건 누구인지 알 수 없어도 존엄은 떡과 우유에서 비롯된다는 것만은 분명했다.

세상에 나 말고는 아무도 없는 듯 적막한 밤이었다. 또다시 태양이 뜨리라고는 믿어지지 않을 만큼 길고 견고한 밤이 한가운데에 이르렀을 즈음 한 남자와 눈이 마주쳤다. 눈동자가 보일 리 없는 거리였지만 어쨌든 그와 나는 서로를 보았다. 내가 이곳에 있다는 사실만으로 그는 다급하고 불안해진 것 같았다. 그는 곧 건물 안으로 사라졌고 조금 뒤 다른 남자와 함께 내가 있는 곳으로 다가왔다. 나는 서둘러 건물 뒤편으로 빠져나갔다. 무슨 일인지 알 수 없었지만 그래야 할 것 같았다. 그들 중 한 명이 맞은편 건물에 들어가기 전 두 사람은 몇 번에 걸쳐 시야에 나타났다 사라졌는데 필요 이상으로 사방을 둘러보는 모습에서 묘한 긴장감이 느껴졌다. 누군가를 찾는 것이리라 짐작했지만 이후 정황으로 보아 누군가가 보면 안 되는 일을 꾸미고 있는 것이라는 직감이 스쳤다. 기억은 거기에서 끝났다.

—그가 당신입니까?

오탁조가 물었다.

—잘 모르겠어요. 내 기억처럼 떠오른 게 이것만은 아니라서. 어쩌면 그것들 중 하나는 정말로 내 것인지도 모르죠. 이 기억이 그럴 수도 있고요. 하지만 현재로서는 확신이 없어요. 뭔가 더 결정적인 단서가 필요한 것 같습니다. 이를테면……

—이름 같은 거요?

—맞아요.

—맞아요?

—네. 이름이 불리면 내가 정확히 누구인지 알 수 있을 것 같아요. 기억도 모두 되찾을 것 같고요. 정확한 이유는 모르겠지만 어쩐지 그럴 것 같아요. 그 이름이 내 이름이 맞는지는 불리는 순간 그냥 알 것 같은 예감이 듭니다. 아니, 거의 확신에 가까워요.

—원혼의 마음을 풀어줄 때 호명이 중요한 역할을 하기 때문에 한 말이었는데 역시 그렇군요.

—그런가요?

─이름이란 처음에는 우연히 찾아들지만 사람들에게 불리고 그것을 자기라고 받아들이면서 그 사람의 모든 것이 깃들게 되는 법이죠. 그러니까 글자가 똑같다 해도 같은 이름이 아닙니다. 어떤 사람이 세상에 단 한 명밖에 없는 것처럼 이름도 마찬가지예요. 영들은 육신이 없기 때문에 더더욱 이름과의 관계가 끈끈합니다. 그 사람이 그 사람이라는 걸 말해주는 가장 확실한 근거로서 말이죠. 영들에게 호명은 누군가 당신이 그곳에 있다는 걸 알고 있다고 말해주는 셈이 되는 겁니다. 그러니까 당신의 예감이, 아니 확신이 말이 안 되는 건 아닐 거예요. 이름이 불리는 순간 이름에 깃들어 있는 시간이 당신에게 당신 자신을 되돌려줄 거라고 저도 확신합니다.

　이름을 알아내기까지 또 얼마나 기다려야 하는지 아득했지만 일단 삼십 년 전 그 일의 또 한 명의 관련자일지도 모른다는 소요섭에게 기대를 걸어보기로 했다.

　─그날 밤 보았다는 그 남자의 얼굴은 기억납니까?

　오탁조가 물었다.

　─고수림이었다면서요.

　─내가 궁금한 건 다시 상대를 봤을 때 그 사람이라는 걸 알아볼 수 있을 만큼 그 사람의 인상이 명확히 들어왔느냐는 겁니다.

　─글쎄요, 거리도 있었고 밤이었으니까요.

　오탁조는 사진 한 장을 보여주었다. 고수림의 딸인 고미래에게서 얻은 것이라고 했다. 사진관에서 찍은 듯한 가족사진이었고 사진 아래쪽에는 '1988. 4. 27. 고미래 돌 기념'이라는 흰색 글자가 인쇄되어 있었다. 나는 고수림을 신중하게 들여다보았다. 낯이 익었다.

　—기억이 나는 겁니까?

　그렇기도 하고 아니기도 했다. 그날 밤 본 남자의 얼굴은 여전히 흐릿했음에도 나는 사진 속 고수림을 잘 알고 있는 것 같은 기분이 들었다. 스스로 의식을 못하고 있을 뿐 그 남자의 인상이 머릿속 어딘가에 각인되어 있다가 사진을 보는 순간 의식의 표면으로 떠오른 것인지도 몰랐다. 하지만 단지 한순간의 마주침에서 비롯된 것이라고 하기엔 익숙함의 깊이가 달랐다. 최소한 몇 번은 만난 적 있는 듯한 느낌이었고 어쩌면 그 이상의 관계였다고 해도 과하지 않을 친숙함이었다. 신기한 건 고수림의 아내라는 여자에 대해서도 그렇다는 점이었다. 고수림이나 고수림의 아내나 명확히 떠오르는 기억이 한 장면도 없었지만 그랬다. 그날 밤 고수림을 본 자와 고수림 부부를 잘 알고 있는 자의 혼이 섞여 있는 것일 수도 있다고 오탁조는 말했다. 그게 사실이라면 그 혼은 또 어떤 기억을 가지고 있는 것일까.

　궁금증은 곧 싫증으로 변했다. 내가 누구인지 알 수 없다면 기억의 양이 많아진다고 마냥 달가워할 일이 아니었다. 새로이 열리는 기억들이라고 해봐야 여지없이 억울하고 참담한 것들일 테고 그것을 나의 기억으로서 떠올리는 일은 매번 괴로운 게 사실이었다. 나와 남의 것을 구별할 수 있었다면 그나마 나았을 것이다. 나의 것이 아니라면 적어도 정서적 거리는 확보할 수 있을 것이고 나는 나의 것만 감당하면 될 테니까. 꼭 그런 문제가 아니라도 내가 누구인지 모른다는 사실은 그 어떤 사연보다 깊은 비통함을 안겨주었다. 어쩌면 나의 원한은 이름이 불리는 것만으로 소멸될지도 몰랐다. 그 순간 터져나올 환희의 기운에 압도되어 나를 지박령으로 만든 사정은 아무런 힘도 발휘하지 못하게 될 수도. 그래서 수지라는 아이가 그렇게 말했던 것일까. 내가 나에 대해 알고 나면 나의 시간이 영원히 끝날 거라고. 그게 나의 운명이라고. 완전한 종결은 여전히 얼핏 떠올리는 것만으로도 아뜩하지만 내가 누구인지 모르는 시간이 계속되는 것보다는 나을지도 몰랐다. 어차피 끝이라는 건 누구도 피할 수 없는 세상 모든 것들의 운명이니까.

22

소요섭에게서 연락이 온 건 탁조가 메시지를 보낸 다음날이었다.

"그 물건이 뭡니까?"

몸집 좋은 베이스 가수처럼 굵고 낮은 음색에 감기라도 걸린 듯 물기가 흥건한 목소리였고 여유가 한껏 밴 느릿느릿한 말투였다. 탁조 부자의 염려와는 달리 요섭은 그 외에 아무것도 묻거나 요구하지 않았다. 와서 직접 확인하라는 말에도 별다른 반응이 없었다.

"언제 어디로 가면 됩니까?"

요섭은 다섯 시간 뒤인 오후 세시에 책방에 왔다. 그는 실제로 덩치가 컸다. 운동으로 다져진 것 같기도 했고 그저 풍성한 살집인 것 같기도 했다. 어쨌거나 마음만 먹으면 탁조를 단숨에 때려눕히고도 남을 만했다. 움직임이 말의 속도만큼이나 느슨해서 탁조는 그가 재빠른 공격 태세로 돌변한 모습이 잘 상상되지는 않았다.

요섭은 탁조를 따라 서가 사이의 좁은 통로를 지나다 바닥에 쌓아올린 책 무더기를 건드렸다. 위쪽의 책 대여섯 권이 와르르 쏟아지자 요섭은 당황하며 책을 집으려는 듯 상체를 조금 구부렸는데, 그러느라 다른 쪽 바닥에 쌓아올린 책 무더기마저 건드려 같은 일이 일어났다.

"그대로 두세요. 제가 나중에 정리하겠습니다."

"죄송합니다."

서가 안쪽의 탁자에 이르렀을 때 요섭은 간신히 정상에 도달한 등산객처럼 안도의 한숨을 길게 내쉬었다. 탁조는 여러 종류의 차를 열거하며 무엇을 마시겠냐고 물었다.

"그냥 냉수 한 잔 주십시오."

사람의 본모습이란 겉으로 봐서는 알 수 없는 법이라고 생각하면서도 탁조는 어쩐지 그가 누군가를 해칠 만한 사람으로 여겨지지는 않았다. 그러기엔 빈구석이 많아 보였고 경계심도 별로 없는 것 같았다. 하긴 살인을 업으로 삼아 살아온 게 아니라면 삼십 년은 살기의 흔적이 휘발되기에 충분한 시간일 수 있었다.

"삼십 년 전 일에 대해 묻고 싶은 게 있습니다."

탁조의 말에 요섭은 냉수를 마시다 아주 잠깐 멈칫하곤 이내 아무렇지도 않게 물컵을 천천히 내려놓았다.

"저한테요? 어떤 일 말입니까?"

"삼십 년 전 이 건물에서 사람이 한 명 죽었습니다. 정확히는 칼에 찔려 살해당했죠. 그 사람은 이 맞은편에 있던 가게에 불을 지른 자들을 목격한 사람이었고요."

요섭은 무표정으로 일관하며 말을 받았다.

"그런데요?"

"저는 그때 죽은 사람이 누구였는지 알고 싶습니다."

"그걸 왜 제가 안다고 생각하시죠?"

탁조는 커피에 각설탕 두 개를 넣은 뒤 티스푼으로 천천히 저으며 혼령의 말을 기다렸다. 혼령은 요섭이 서점에 들어선 순간부터 그를 자세히 뜯어본 참이었다. 하지만 그가 자신의 기억 속 그자인지는 확신이 들지 않았다. 혼령이 기억하는 건 눈뿐이었고 눈빛이란 세월 따라 얼마든지 변할 수 있는 것이었다. 그렇다고 하자 탁조는 고개를 두어 번 끄덕였다. 낚시질을 본격적으로 시작해야 할 시점이었다.

"당신은 그 사람의 몸을 타고 앉아 과도로 왼쪽 턱 바로 밑의 목을 찔렀습니다. 그 사람은 당신의 멱살을 잡으려고 버둥거렸고 당신은 곧바로 그 사람의 심장에 칼을 박아넣었죠. 왼팔로는 그 사람의 입을 막은 채 상체를 누르고 있었고 그 두 번의 칼질은 모두 오른손으로 한 것이고요. 그 사람의 목에서 솟구친 피는 당신의 얼굴에 튀었습니다. 아니, 검은 복면에 튀었다고 해야겠지요."

요섭의 동공이 조금 커졌다. 탁조는 계속 말했다.

"제가 어떻게 그때 일을 이렇게 자세히 알고 있는지 놀라셨습니까? 그러실 겁니다. 당신 말고는 아는 이가 없다고 생각했을 테니까요. 실제로 목격자는 나오지 않았죠. 증거도 발견되지 않았고, 그래서 용의자로 특정할 만한 사람도 찾지 못했습니다. 결국 그 일은 미제사건이 되었고요. 신문에 기사 한 줄 안 난 그 일을, 더구나 누구도 모를 구체적인 살해 방법까지 제가 어떻게 알고 있냐고요? 그건 말이죠, 그 순간을 기억하고 있는 자가 있기 때문입니다."

물컵을 집는 요섭의 손끝이 미세하게 떨렸다. 그 모습을 잽싸게 포착한 탁조는 그가 그 장면 속 장본인이 맞을 거라고 거의 확신했다.

"이미 잘 알고 계시겠지만 진실을 털어놓는다고 해서 당신이 어떻게 되지는 않습니다. 저는 다만 당신이 죽인 그 사람이 누구였는지를 알고 싶을 뿐이에요."

요섭은 시선을 떨어뜨린 채 잠자코 있다가 불현듯 물컵을 꽉 쥐고는 남아 있는 물을 단번에 들이켰다.

목격자가 있었을 거라고는 단 한 번도 생각해본 적이 없었다. 은령이었을까. 당신이 그 사람한테 한 짓을 알고 있어요. 마지막 통화에서 은령은 그렇게 말했다. 예전에도 비슷한 말을 한 적이 있었다. 은령은 요섭이 근태를 죽인 것으로 알고 있었다. 요섭은 부인했지만 은령은 끝까지 그렇게 믿었다. 은령이 마지막 통화에서 말한 그 사람이 근태가 아니라 이 건물에서 죽은 자였을 수도 있는가. 그럴 리 없었다. 은령은 근태가 그자를 죽인 것으로 알고 있었다. 화재 사고에 관한 모든 이야기를 근태에게서 전해들었으면서 어째서 그 부분만큼은 잘못 알고 있었는지 알 수 없었다. 어쩌면 근태는 죽은 자를 향한 죄책감 때문에 차마 자신이 직접 죽인 건 아니라는 말로 책임을 면피할 마음은 먹지 못했을지도 몰랐다. 근태라면 충분히 그럴 법했다. 그자를 죽인 건 결국 자신이라고 말했을 것이고 은령은 그 말을 곧이곧대로 듣고 더는 아무것도 묻지 않았을 것이다. 어쩌면 어쩔 수 없지 않았냐며 위로를 해주었을지도 몰랐다. 은령이라면 충분히 그럴 법했다. 하지만 근태의 죄를 알면서도 함구했다는 사실은 은령을 내내 괴롭혔다. 근태가 죽은 뒤 은령은 요섭을 찾아와 너는 왜 근태를 죽였느냐고 악다구니를 써대다 자신의 죄책감을 털어놓았다. 거의 이성을 잃은 상태로 원망과 자책 사이를 왔다갔다했다. 요섭은 은령이 차라리 자신을 원망하는 게 낫다고 여겼다. 사람을 바닥까지 무너뜨리는 건 의외로 분노가 아니라 죄의식이니까. 하지만 요섭은 은령에게 그자를 죽인 건 근태가 아니라고 말해주지 못했다. 근태를 사랑했으니까 그랬겠지. 나라도 그랬을 거야. 요섭이 해줄 수 있는 말은 그게 다였다. 은령은 잘 모르겠다고 했다. 사랑 때문에 그런 건지 돈 때문에 그런 건지. 결국엔 근태를 위해서가 아니라 자신을 위해서 모른 척한 것 같기도 하다고. 그게 무슨 사랑이냐고. 은령은 그런 사람이었고 요섭은 그런 은령을 사랑했다.

"당신이 죽인 그 사람은 누구였죠? 이름이 뭐였습니까."

탁조가 채근하자 요섭은 천천히 시선을 들었다. 얼굴에는 체념이 빛이 어려 있었다.

"저도 모릅니다."

"모른다고요?"

"네."

"어떻게 모를 수가 있어요. 본인이 죽인 사람을."

"제가 한 일이 아닙니다."

쉽게 인정하지 않으리라는 걸 예상하고 있었으므로 탁조는 별로 동요하지 않았다. 어쨌거나 그 일에 대해 무지하다는 태도는 포기한 듯 보였고 그렇다면 대화를 좀더 해볼 만했다.

"그럼 누가 했는데요."

"저도 모릅니다."

"그게 말이 돼요? 죽인 사람도 모르고 죽은 사람도 모르면서 당신은 그 일을 대체 어떻게 알고 있습니까? 내가 그 일을 자세히 설명했을 때 당신은 왜 그렇게 놀랐는데요?"

"목격자가 있었다는 사실에 놀랐을 뿐입니다. 선생님께서 마치 그 장면을 직접 보시기라도 한 듯 확신에 차서 설명하시길래 저도 모르게 놀랐을 뿐이에요. 살인이 어떤 방식으로 행해졌는지는 저도 몰랐습니다. 다만 그 일을 저지른 자가 검은 복면을 썼다는 건 알고 있었습니다. 그자에 대해 제가 아는 건 그게 다예요."

요섭은 불현듯 탁조를 향해 상체를 내밀며 말을 이었다. 말의 속도가 급격히 빨라지고 있었다.

"그 목격자가 누굽니까? 왜 지금껏 조용히 있다가 이제야 선생님께 털어놓은 거죠? 선생님은 누굽니까?"

탁조는 그가 연기를 하고 있는 것 같지는 않다고 느꼈다.

"내가 묻고 싶은 것이 그것입니다. 당신은 누굽니까? 그 일에 어디서부터 어디까지 관련되어 있는 거냐고요. 당신이 알고 있는 건 뭡니까?"

요섭은 수림과 근태와 은령이 다녔던 화물운송회사 사장의 운전기사였다. 사장과 요섭은 한때 같은 폭력조직에 몸담고 있었다. 일찌감치 엘리베이터 사업으로 성공한 사장의 형은 동생을 잘 건사하라는 어머니의 유언을 받들어 사고를 치고 교도소에 들어간 동생이 출소하자마자 자신의 회사에 취직을 시켰다. 교도소에서 어머니의 부고를 전해들은 사장은 장례식장에도 못 가는 자신의 처지를 한탄하며 대성통곡한 뒤 새로운 인생을 살기로 결심한 터라 형의 명령을 그대로 따랐다. 삼 년 뒤 형은 동생의 개과천선이 기특하여 화물운송회사를 차려주었다.

애초에 우성빌딩 맞은편 가게에 불을 지르게 한 건 사장의 형이었다. 동생에게 대놓고 지시한 건 아니었다. 엘리베이터 사업으로 벌어들인 돈으로 건설회사를 차린 형은 재개발 사업을 맡게 되었는데 세입자들의 반발로 일이 지연되자 골치를 앓던 중 동생과의 술자리에서 불평을 늘어놓게 되었다. 제가 해결해드릴까요. 동생은 물었고 형은 허허 웃었다. 네까짓 게 뭘 어떻게 해결하겠다는 건지는 모르겠지만 할 수 있으면 한번 해보든가. 느닷없는 화재 사고로 일이 해결되자 형은 자신의 소유지 중 하나인 우성빌딩 부지를 동생에게 선물로 주기로 했다. 형의 아내가 반대했다. 형의 아내는 평소 동생을 좋아하지 않았다. 사는 꼴도 마음에 들지 않았고 무엇보다 형이 자꾸 동생에게 재산을 떼어주는 것이 영 못마땅했다. 부부는 평행선을 달리다 피차 조금씩 양보하여 공동소유로 하기로 했다. 사정을 알게 된 동생은 애초에 형의 것이 탐나서 한 일이 아니라며 형의 호의를 마다했지만 형은 그럴 수 없다고 딱 잘라 말했다. 나중에라도 반드시 소유권을 전부 넘겨줄 거라고, 자신의 성공 비결은 바로 약속을 철칙처럼 지키는 것이라고 했다. 형제는 우애가 좋았다.

화재 사고를 기획한 건 요섭이었다. 사장은 요섭에게 그 일을 의논했고 요섭이 그 골목의 상황을 자세히 파악한 뒤 아이디어를 낸 것이었다. 요섭은 사장의 지시대로 그 일을 수행할 자를 물색했다. 그러다 우연히 은령에게 근태가 전기 분야의 전문가였다는 걸 들었다.

처음에는 요섭의 제안을 일언지하에 거절한 근태는 며칠 뒤 요섭에게 연락을 해왔다. 사람이 다치거나 죽는 일은 아니겠죠? 근태는 여러 번 반복해서 물었다. 당연하지. 그냥 불이 나도록 하기만 하면 돼. 근태는 곰곰 생각하다 말했다. 한 사람이 더 필요합니다. 제가 안에서 작업할 때 밖에서 망을 봐줄 사람 말입니다. 요섭이 알아보겠다고 하자 근태는 모르는 사람과는 일하고 싶지 않다면서 자신이 알아볼 테니 그 사람에게도 자신과 같은 액수의 돈을 줄 것을 요구했다. 요섭은 알겠다고 했다. 그 사람이 수림이었다는 건 화재가 일어난 다음날에야 알았다. 그날 근태는 요섭을 찾아와 망을 본 자가 목격자가 있는 것을 보았다고 말했다. 요섭은 망을 본 자에 대해 꼬치꼬치 캐물었고 근태는 결국 그가 수림이었다고 털어놓았다. 요섭은 수림을 만나 다시금 꼬치꼬치 캐물었지만 수림은 목격자에 대해 자세히 설명하지 못했다. 그자를 기억해내지 못한다면 너는 감옥에 갈 수도 있어. 그러니까 어떻게든 기억해내도록 해. 수림은 곰곰이 생각에 잠긴 뒤 말했다. 그자를 다시 보면 알 수 있을 것도 같습니다. 어디에서 어떻게 다시 본단 말이냐. 요섭이 따지자 수림이 대답했다. 그자는 노숙자였을 겁니다. 그 시간에 빈 건물에 들어가 있을 사람은 노숙자밖에 없을 테니까요. 이 새끼야, 이 나라에 노숙자가 한둘이야? 그자는 반드시 며칠 내에 이곳에 다시 올 겁니다. 무슨 근거로? 범인은 반드시 현장에 다시 찾아오듯이 목격자도 반드시 현장에 다시 찾아오게 되어 있습니다. 수림의 말대로 그는 사흘 후 밤 그 골목에 다시 나타났다. 수림은 그를 지목했고 다음날 그는 시신으로 발견되었다.

"당신도 그 사람을 보긴 본 거군요. 어떻게 생겼는지는 기억납니까?"

요섭은 고개를 저었다.

"저는 그곳에 없었습니다. 잠복을 한 건 근태와 수림, 그리고 그 사람을 죽인 자였어요."

목격자를 놓쳤다는 보고를 받은 사장은 요섭을 책망하며 일에서 제외시켰다. 사장이 새로이 끌어들인 이가 누구였는지는 요섭도 알지 못했다. 사장은 어느 밤 평소에는 한 번도 가지 않았던 동네로 차를 몰라고 지시했고, 목적지에 도착했을 때 사장은 차에서 내려 누군가를 만나 아주 잠깐 대화를 나누었다. 그 사람은 겨울 산행용 검은 복면을 쓰고 있었다. 검은 복면을 제외하면 특별히 기억에 남을 만한 외양적 특징은 없었다. 다음날 우성빌딩에서 시신이 발견되었고, 요섭은 전날 밤 사장이 만난 그 사람이 그 일을 저지른 장본인임을 직감했다.

수림과 근태는 충격을 받았다. 그들이 예상한 최대치는 회유나 협박이었다. 자신들이 한 일의 결과가 누군가의 죽음으로 이어질 줄 알았다면 애초에 제안을 수락하지도 않았을 거라고 둘은 울부짖었다. 요섭이 아무리 달래고 달래도 그들은 진정하지 않았다. 근태는 결국 요섭의 멱살을 잡기까지 했다. 요섭도 화가 났지만 주먹이 쥐어지는 대신 코웃음이 나왔다. 그렇게 마음에 걸리면 자수들 하시든가. 근태는 부르르 떨다 멱살을 놓았고 수림은 털썩 주저앉았다. 그나마 노숙자여서 다행이라고 생각해라. 수사는 금방 끝날 거다. 험하게 산 새끼가 험하게 죽었다고 이상하게 여길 사람은 없으니까. 지들끼리 싸우다 죽었겠거니 하고 말 일이라고. 그 순간 수림은 바닥에서 벌떡 일어나 요섭의 턱을 갈겼다. 요섭이 넘어지자 수림은 아예 요섭의 몸을 타고 앉아 미친듯이 주먹을 휘둘러댔다. 근태가 수림을 요섭에게서 떼어냈다.

"그때 죽은 사람이 누구였는지는 경찰도 알아내지 못했습니다. 그 사람은 주민등록이 말소된 상태였어요. 지문도 뭉개져 있었고요. 그렇다는 건 나중에 사장님에게 들었습니다. 아마도 인맥을 통해 수사 과정을 전해들었을 겁니다."

수림과 달리 근태는 계속 요섭을 찾아왔다. 돈을 더 주지 않으면 자수하겠다고 했다. 요섭이 아랑곳하지 않자 근태는 사장을 찾아갔다. 사장은 순순히 근태에게 돈을 더 쥐여주었고 근태가 가고 난 뒤 요섭을 불러 알아서 잘 처리하라고 했다. 이번에도 실수를 한다면 나는 두 번 다시 너를 용서하지 않을 거다. 요섭은 자신이 무엇을 해야 하는지 잘 알고 있었다. 며칠간 근태를 미행했다. 여러 번의 타이밍이 있었으나 요섭은 끝내 자신의 책무를 수행하지 못했다. 원하는 걸 얻었으니 근태는 더이상 협박을 하지 않을 것이었다. 무엇보다 근태는 자신의 타협을 부끄러워했다. 근태는 그런 사람이라는 걸 요섭은 알고 있었다. 요섭은 사장에게 그렇게 말했지만 사장은 믿지 않았다. 언젠간 반드시 문제가 될 거다. 나는 그런 놈들의 습성을 잘 알아. 자신이 쥐고 있는 건 끝까지 놓지 않을 놈들. 그것밖엔 가진 게 없으니까. 그래서 난 그런 놈들이 싫다. 가진 게 아무것도 없는 놈들 말이다. 그런 놈들은 끝까지 들러붙게 돼 있어. 줘도 줘도 만족을 못하지. 결국엔 내가 가진 것 전부를 내놓으라고 할 놈들이라고. 진짜 파렴치한은 그런 놈들이야. 자기가 못 갖는 걸 가진 자들을 혐오하면서 언제나 남의 것만 탐내는 버러지 같은 것들. 마치 본래 자기 것이었던 걸 뺏기라도 한 것처럼 당당하게 억울해하는 개자식들. 누가 지놈들 먹고살게 해줬는데. 일자리 주고 월급 주고, 그거 다 내가 했다고. 지들이 나만큼 열심히 살았어? 열심히 살았는데도 그 모양 그 꼴로 살고 있다고? 그게 내 탓이야? 씨발, 나는 아직도 네 시간 이상은 안자. 그런데 배신은 언제나 그놈들이 먼저 한다. 그러니까 요섭아, 주인을 배신한 개는 어떻게 해야겠냐.

"그러니까…… 모근태씨는 당신이 죽인 거군요."

요섭은 고개를 세차게 내저었다.

"아닙니다. 아니에요. 그건 순전히 사고였어요. 멀쩡하던 차가 갑자기 급발진을 하는 바람에…… 브레이크도 밟았고 방향도 틀었지만 도무지…… 경찰조사에서도 그렇게 밝혀졌습니다."

그 말을 믿어야 할지 말아야 할지 탁조는 판단이 서지 않았다. 목격자를 죽인 건 자신이 아니며 그자가 누구인지 모른다는 말도 마찬가지였다. 앞뒤가 맞아떨어진다고 해서 모든 이야기가 사실이 되는 건 아니었다. 물론 요섭의 이야기 전체가 거짓이라고는 생각하지 않았다. 요섭이 그럴 사람은 아니라고 여겨져서는 아니었다. 거짓으로 일관된 이야기를 굳이 잘 모르는 사람에게 미주알고주알 늘어놓을 이유가 있을 것 같지 않았다. 탁조를 속속들이 속여야 할 동기가 있었다면 요섭은 탁조가 어떤 사람인지 좀더 탐색해야 했고 탁조가 어디까지 알고 있는지 좀더 캐물어야 했다. 하지만 같은 이유로 탁조에게 굳이 당시의 일을 낱낱이 털어놓을 필요도 없어 보였다. 결론적으로 요섭에게는 숨기지 않아도 되는 이야기와 숨겨야 하는 이야기가 구분되어 있을 터였고 그 기준은 요섭만이 알 테지만 뭔가를 감춰야 한다면 무엇보다 자신이 누군가를 죽였다는 사실일 가능성이 컸다. 아무리 법적인 단죄로부터 자유로워졌다 할지라도 굳이 자신의 악행을 남에게 전시할 이유는 없을 테니까.

탁조는 온몸에서 힘이 쑤욱 빠져나가는 걸 느꼈다. 손가락 하나 움찔할 수 없을 만큼 극심한 무력감이 일었다. 끝내 죽은 자와 죽인 자의 정체는 알아내지 못했고 어쩌면 그것은 영영 알 수 없을지도 몰랐다. 하지만 탁조가 맥이 풀린 건 꼭 그 때문만은 아니었다. 죽은 자와 죽인 자를 밝혀낸다 해도 바뀌는 건 아무것도 없을지 몰랐다. 죄를 지은 자들이 죗값을 받을 길은 없었고 죗값을 받는다 해도 또 어딘가에서 그런 일이 일어나지 않으리라는 보장도 없었다. 애초에 뭔가를 바꾸려고 시작한 일은 아니었으나 아무것도 변하지 않는다면 진실을 아는 것이 어떤 의미가 있는지 탁조는

알 수 없었다. 탁조는 결국 우성빌딩을 떠날 것이고 우성빌딩은
재건축이나 리모델링으로 새로이 태어날 것이었다. 그곳은 아무
일도 없었던 것처럼 말끔하게 초기화될 것이고 그곳에 머물렀던
이들의 시간은 과거도 되지 못한 채 허공으로 흩어질 것이었다.
그런 일은 도처에서 일어나길 멈추지 않을 것이고 반복되는 것들
은 자연스러운 일이 될 터였다. 수용은 미덕이 되고 체념은 최선
이 되고 망각은 습관이 되겠지. 그렇게 생각하자 손끝이 부르르
떨렸다.

"제가 아는 건 모두 말했습니다. 이제 선생님도 말씀해주시죠."

"뭘 말이오."

"목격자가 누구인지 말입니다."

"세상 누구도 모르는 목격자를 내가 어떻게 압니까."

"아…… 아뇨, 그 목격자 말고요. 그 목격자가 죽는 장면을 목
격한 자 말입니다."

"아."

탁조는 시선을 떨군 채 잠깐 묵묵하다 혼잣말처럼 중얼거렸다.

"나야말로 그자가 누구인지 궁금하군요."

"네?"

탁조는 이내 고개를 가로저은 뒤 요섭을 바라보았다.

"그냥 던져본 겁니다. 범죄자가 가장 두려워하는 게 목격자니까
요. 그렇게 겁을 줘야 당신이 모든 사실을 털어놓을 거라 생각했

습니다."

요섭도 잠깐 침묵하다 말했다.

"하지만…… 그냥 아무것도 모른 채로 던지신 거라고 하기엔……"

"영화 안 봐요? 그저 일반적인 이야기를 한 것뿐입니다. 검은 복면은 너무나 흔한 클리셰 아닙니까?"

"아……"

요섭은 반신반의하는 표정으로 천천히 고개를 끄덕였다.

"은희가 저에게 남겼다는 물건은…… 혹시 그것도 그냥 던지신 건가요?"

"네, 그래요."

요섭은 여전히 같은 얼굴로 잠자코 있다가 문득 고개를 떨어뜨리며 픽 웃었다. 그것이 체념의 웃음인지 안도의 웃음인지 탁조는 알 수 없었다.

*

그날 은령을 만나러 갔더라면, 그자를 죽인 게 근태가 아니었다고 말해주었다면, 아니, 십이 년 전 은령을 우성빌딩에 불러들이지 않았더라면 은령은 죽지 않았을까. 그랬을지도 모른다고 요섭은 생각했다. 근태가 죽은 뒤 요섭은 우성빌딩 이층의 가게 자리를 선물로 받았다. 사장은 우연한 사고로 보이도록 완벽하게 조작한 요섭의 치밀함을 높이 평가했다. 요섭은 자신은 아무것도 하지 않았으므로 선물 받을 자격이 없다고 했다. 사장은 뿌듯해하며 요섭을 더욱 추켜세우고는 겸손도 지나치면 교만이 되는 법이니 줄 때 감사히 받으라고 했다. 그렇게 그곳은 요섭의 것이 되었다. 요섭은 나중에 그곳을 은령에게 무상으로 빌려주었다. 간신히 자리를 잡은 곳에서 밀려난 뒤 어디로 가야 할지 막막해하는 은령을 그대로 내버려둘 수 없었다. 은령은 몇 번의 거절 끝에 결국 제안을 받아들였다. 은령에게는 대안이 없었다. 나한테 왜 이렇게 잘해줘요? 몰라서 물어? 한 번 자주면 돼요? 요섭은 그날 은령에게 처음으로 화를 냈다.

우성빌딩에 들어온 뒤 은령은 한동안 잘 사는 듯 보였다. 더는 근태의 이야기를 꺼내지도 않았고 아주 가끔씩 요섭을 집에 초대해 식사를 대접하기도 했다. 은령이 만들어준 음식은 언제나 맛있었다. 요섭은 행복했다. 하지만 행복은 오래가지 않았다. 은령은 다시금 우울해졌다. 근태의 죄를 묵과했다는 죄책감에 근태를 죽인 요섭의 도움으로 먹고살고 있다는 자괴감이 더해진 탓이었다. 은령의 자기혐오는 고스란히 요섭에게 투사되었다. 요섭은 자신이 은령 곁에 있는 한 은령은 결코 행복해질 수 없다는 걸 깨달았다. 물론 자신도 마찬가지였다. 둘은 그렇게 헤어졌고 그후로는 피차 한 번도 연락하지 않았다.

다음이라는 건 없어요. 네, 떠날 거예요. 다시는 돌아오지 않는다고요.

요섭은 은령이 우성빌딩을 떠난다는 말로 들었다. 충분히 그럴 수 있다고 생각했다. 그래서 마지막으로 보러 가고도 싶었지만 참았다. 따뜻한 작별을 나누지도 못할 바엔 차라리 안 보는 편이 낫다고 여겼다. 요섭은 우성빌딩 앞까지 왔다가 그대로 발길을 돌렸다. 은령이 떠난다는 곳이 우성빌딩이 아니라 이 세상이었다는 걸 알았다면 그러지 않았을 것이었다.

나는 이 건물에서 일어났던 일을 알고 있어요. 당신이 그 사람한테 한 짓도 알고 있고요. 그렇다는 걸 당신도 알고 있잖아요.

너는 아무것도 모른다고 말해주었더라면 은령은 죽지 않았을까. 그랬을지도 모른다고 요섭은 생각했다. 하지만 이미 모든 순간은 지나갔고 신이라 해도 지나간 시간을 돌이킬 수는 없었다. 그러나 더 나은 선택을 했으면 좋았을 거라는 후회를 하지 않을 자신은 없었다. 돌이킬 수도 없고 후회하지 않을 수도 없는 시간을 보내게 될 것을 생각하자 숨이 막혔다. 숨이 막힌 채로 남은 생을 살아야 한다고 생각하니 억장이 무너졌다. 그래도 죽어야겠다는 생각이 들지는 않았다. 그런 마음은 한 번도 가져본 적이 없었다. 요섭은 그런 자신이 못내 역겨워 전철역을 향해 걷다가 문득 걸음을 멈추고 헛구역질을 했다. 헛구역질은 곧 멈추었고 요섭은 이내 아무 일도 없다는 듯 담담한 얼굴로 다시금 걸음을 내디뎠다.

23

고수림과 눈이 마주친 나는 이미 죽은 자였다. 하지만 나는 내가 죽었다는 걸 자각하지 못하고 있었다. 산 자로 착각하는 죽은 자로서 어제와 똑같은 오늘을 계속해서 살았다. 모든 것이 그대로였으므로 무엇이 달라졌는지 알아차리지 못했다. 알아차리지 못한 채로 계속해서 거리를 떠돌았다. 그랬다는 걸 기억해냈다.

고수림도 몰랐을 것이다. 그러니 산 자를 지목했겠지. 고수림이 어떻게 죽은 자인 나를 볼 수 있었는지는 모르겠다. 애초에 남들이 보지 못하는 걸 보는 눈을 가지고 있었던 것일까. 알 수 없었다. 어쩌면 산 자가 죽은 자를 보는 데는 특별한 능력이 필요한 건 아닐지도 몰랐다. 산 자나 죽은 자의 의지와는 상관없이 그저 어떤 순간에 우연히 서로를 보게 되는 건지도. 마주침이란 본래 그런 것일 테니. 그걸 필연이라 부른다 해도 틀린 말은 아닐 것이다. 어떤 일이 일어난다면 그것은 일어났다는 이유만으로 필연이 될 수 있다. 원인이 없는 결과가 있을 리 없으니까. 단지 그 원인을 모를 뿐. 어쨌거나 나는 고수림을 보았고 고수림도 나를 보았다. 나는 고수림이 누구인지 몰랐고 고수림도 내가 누구인지 몰랐다. 모르면서도 우리는 눈이 마주쳤다. 눈이 마주치고도 우리는 서로를 몰랐다.

고수림이 지목하여 죽임을 당한 나는 고수림과 눈도 마주친 적이 없었다. 내가 마주친 눈은 나를 죽인 자의 눈이었다. 나는 내가 왜 죽어야 하는지 모른 채로 죽었다. 죽고 나서도 이유를 듣지 못했다. 그걸 소리 내어 말하는 이는 아무도 없었다. 내가 누구인지 아는 이 또한 아무도 없었다. 누구도 몰랐으므로 나 역시 알 수 없었다. 죽기 전에도 사정은 비슷했다. 누군가 내 이름을 불렀던 시절은 기억도 안 날 만큼 까마득한 옛날이었고 언제부턴가 나도 내 이름을 잊게 되었다. 누구에게도 불리지 않는 이름은 필요가 없었으므로 별로 아쉽지 않았다. 이름을 기억해낸다고 달라지는 건 아무것도 없을 터였다. 죽고 나니 이름이 궁금해졌다. 내가 죽은 이유를 생각하다보니 이름도 알고 싶어졌다. 알 수 있는 방법이 없었다. 나는 살아 있을 때도 이미 존재하지 않는 자였다. 하지만 나는 분명히 그곳에 있었다. 무엇으로도 증명할 길은 없지만 나는 내가 그곳에 있었다는 걸 분명히 알고 있었다. 내가 기억하는 한

나 자신이 분명히 존재했던 곳들을 떠돌아다녔다. 걷고 걷고 또 걸었다. 얼마 동안 그랬는지는 알 수 없었다. 죽은 자들의 시간은 산 자들의 시간과는 다르게 흐른다. 산 자들에게는 공통의 계산법이 있지만 죽은 자들은 제각기 자신만의 시간을 산다. 누군가에게는 하루가 지나는 동안 다른 누군가에게는 백 년이 지난다. 나의 시간은 흐르지 않았다. 나는 시간을 잊었다. 죽음도 잊는가 싶다가 문득 그곳에 닿았다. 내가 죽은 자리였다.

고수림의 사진에 우연히 담기면서 나는 살아생전 고수림과 모종의 연이 있었을 거라고 짐작했다. 그래서 그의 곁에 머물기로 했다. 나의 시간은 고수림의 시간과 함께 흘러갔다. 고수림은 매일 저녁 향을 피워 누군가를 향해 사죄했다. 그가 하는 말을 들으며 나는 그 누군가가 나라는 걸 알 수 있었다. 하지만 그는 내가 왜 죽어야 했는지는 말하지 않았다. 화가 나지는 않았다. 나에게는 어떤 감정도 남아 있지 않았다. 나는 다만 나의 이름과 내가 죽은 이유를 알고 싶었을 뿐이었다.

고수림이 자신이 손수 만든 벽 앞에 서 있을 때 나는 그의 등뒤에 있었다. 그는 흐느끼고 있었고 나는 그런 그를 바라보았다. 언젠가 비슷한 순간이 있었던 것 같았다. 나는 흐느끼고 있었고 누군가가 나의 등뒤에서 그런 나를 바라보고 있었다. 그때 그 사람은 내 등에 자신의 손을 가만히 얹었다. 그렇게 한참을 있었던 듯했다. 그 사람이 누구였는지는 기억나지 않았다. 등으로 전해져

오는 온기만 어렴풋이 떠오를 뿐이었다. 나는 고수림의 등에 손을 가져다댔다. 물론 그의 등은 만져지지 않았다. 고수림에게 닿을 길이 없다는 걸 알면서도 혹시나 싶어 손을 휘저었다. 내 손은 그의 몸을 연기처럼 가뿐하게 투과했다. 순간 벽이 무너지고 그가 벽 너머로 떨어졌다. 예기치 못한 전개에 당황하여 나는 뒤로 훅 물러났다가 그가 떨어진 곳으로 가보았다. 아주 짧은 순간이었으나 그의 혼은 어느새 몸에서 빠져나와 어디론가 사라지고 없었다. 나도 곧 그곳을 떠났다.

그리고.

나는 비로소 깨달았다. 고수림이 본 자는 내가 아니었다. 고수림이 지목하여 죽임을 당한 자도 내가 아니었다. 그동안 나에게 떠오른 모든 이들의 기억은 나의 것이 아니었다. 나는 여전히 그들의 기억을 나의 기억처럼 떠올릴 수 있지만 그들 중 누구도 나는 아니었다. 당연히 집합혼도 아니었다. 그렇다는 걸 분명히 알게 되었다.

자각은 한순간에 일어났다. 과정이 없지는 않았다.

오탁조는 소요섭과 나눈 대화를 고미래에게 들려주었고 고미래는 별다른 반응 없이 무심하고 차분하게 이야기를 들었다. 이야기가 끝나자 오탁조가 그랬던 것처럼 고미래도 급격히 가라앉았다. 둔중한 뭔가가 위에서 짓누르기라도 하는 듯 몸이 점차 움츠러들었고 시선은 끝을 가늠할 수 없는 곳으로 멀어져갔다. 오탁조는 차를 내줄 요량으로 탕비실로 들어갔고 고미래는 어느 순간 표정이 바뀌었다. 차갑게 굳는 것도 같았고 뜨겁게 일렁이는 것도 같았다. 손끝과 입술이 부르르 떨리고 숨이 가빠졌다. 떨림은 온몸으로 번졌고 심장의 열기가 머리끝까지 차올랐다. 신기하게도 나는 마치 육신을 가진 자처럼 고미래의 체감을 고스란히 전달받았다. 떨림과 열기가 몸을 압도하는 감각은 기묘한 희열을 안겨주었다. 내가 존재하고 있다는 사실이 생생하게 확인되는 기분이었다. 나는 나도 모르게 고미래에게 다가갔고 그럴수록 떨림과 열기는 점차 강렬해졌다. 반 뼘쯤 되는 거리를 두고 고미래의 눈동자를 들여다보았다. 거리는 점차 좁혀졌고 불현듯 훅 빨려들어가는가 싶더니 한순간 고미래의 모든 것이 나에게 전이되었다. 고미래의 시간들, 생각들, 감정들은 모두 나의 것이 되었다. 그 순간 나는 고미래였다.

고미래인 나는 분노하고 있었다. 이 모든 일이 일어난 원인들에 대해 격분했고 어째서 이런 시간은 끝나지 않는 거냐고 부르짖었다. 미안하다는 말은 왜 항상 우리만 해야 하냐고.

소리로 터져나온 건 아니었다. 고미래인 나는 아랫입술을 깨문 채 그 마음을 오른손 주먹에 담아 테이블을 내리쳤다. 칼에 잘린 종이처럼 테이블은 가뿐하게 두 동강 났다. 거의 동시에 나는 고미래로부터 떨어져나왔다. 정확히는 튕겨져나온 것이었다. 고미래의 분기는 삽시간에 건물 전체로 퍼져나갈 만큼 고강도의 에너

지었고 그것은 난폭한 해일처럼 나를 덮쳐 내동댕이쳤다. 오탁조가 화들짝 놀라 탕비실에서 뛰쳐나왔다. 고미래의 숨은 더더욱 가빠졌고 오탁조는 그런 고미래를 멍하니 바라보았다. 고미래는 숨을 고르다 그대로 정신을 잃었다.

나 역시 의식 속의 모든 것이 쓸려나간 듯 한동안 얼떨떨한 채로 침체되어 있었다. 시간이 멈춘 것 같았고 그 상태는 영원만큼이나 오랫동안 지속되어왔던 것 같은 느낌이 들었다. 그러다 언제인지도 모르게 퍼뜩 정신이 돌아왔다. 나는 마치 한바탕 대청소를 하고 난 뒤처럼 흐릿하고 막연했던 의식이 놀랍도록 명징해져 있음을 알 수 있었다. 나의 기억이 모두 깨어나기 위해 필요했던 건 다름 아닌 분노였다는 것도.

나는 나에 대해 모든 걸 알게 되었다. 내가 누구이고 왜 이곳을 떠나지 못하고 있었으며 이제 무엇을 해야 하는지를.

24

나는 언제나 이곳에 있었다. 한 번도 이곳에 없었던 적이 없었다. 나는 이곳에 머물렀던 이들 모두를 아는 자이며 그들이 이곳에서 보낸 모든 시간을 함께한 자였다. 침묵 속에 잠들어 있던 빈 땅에 처음으로 건물이 세워졌을 때 나는 어떤 이의 부름을 받고 이곳에 왔다. 부름을 받기 전 나의 시간은 존재하지 않았다. 나는 무엇으로도 경계 지을 수 없는 영원의 영역에 속해 있었다. 그때 나는 누구도 아니었다. 모든 것과 구별된 자로 존재하지 않았다. 나는 다만 전체로서 흘러가고 있었다. 부름에 응답하는 순간 나의 시간이 시작되었다. 그렇게 나는 다른 누구도 아닌 내가 되었다.

사람들은 자신이 이곳의 주인이 아님을 알고 있었다. 아주 오래전엔 그랬다. 그들은 잠시 이곳에 머물다 가는 손님이었고 그 사실을 모르는 이는 아무도 없었다. 찰나에 불과한 생을 살다 가는 이가 영원에 속하는 것을 가진다는 건 감히 상상도 할 수 없는 일임을 모두가 알고 있었다. 그들은 다만 이곳을 빌릴 수 있을 뿐이었고 그러는 동안 이곳을 잘 보살펴야 한다는 데 한 치의 의심도 없었다. 그들이 나에게 서슴없이 주인의 자리를 내어준 건 그 때문이었다.

사람들은 나를 터주라 불렀다. 나를 부를 때마다 그들은 자신이 결코 이곳의 주인이 될 수 없음을 각인했다. 사실 나 역시 이곳의 주인은 아니었다. 이곳의 주인은 이곳 자신이었고 나는 나를 부른 이들의 안위를 지키고 불운한 기운을 막는 책무를 수행하기 위해 이곳에 깃들어 있었을 뿐이었다. 그것은 부름을 받은 자의 운명이었다.

하지만 나는 점차 잊혀갔다. 나를 부르는 이도 기억하는 이도 없어지자 나는 할일이 없어졌다. 나는 아무것도 아닌 것이 되어 침묵 속으로 침잠했다. 호명되지 않는 자는 존재할 수 없는 것이 세상의 이치이자 우주의 섭리였다. 경계를 벗고 다시금 영원으로 돌아간 것은 아니었다. 나는 나의 생을 다 살아낸 자가 아니라 다만 잊힌 자였기 때문이었다. 나의 시간은 끝난 것이 아니라 멈춘 것이었다. 이제 사람들은 스스로를 이곳의 주인이라 여겼다. 그들은 자신이 누구인지 잊은 것이었고 나 역시 마찬가지였다.

나는 나를 잊었지만 이곳과 완전히 무관해지지는 못했다. 이곳이 완전히 사라지기 전까지 그런 일은 불가능했다. 자각하지 못했을 뿐 이곳에 머무르는 자들의 시간은 계속해서 나에게 촘촘히 배어들었고 그것은 무의식의 영역에 차곡차곡 쌓였다. 내가 누구인지를 깨달은 순간 내 안에 잠겨 있던 그 모든 기억들이 의식의 표면으로 떠올랐다. 수억의 장면들이 무한을 담은 빛으로 폭발했고 나는 환희로운 경이감에 사로잡혔다. 그렇게 나는 이곳을 떠난 적이 없음에도 이곳으로 돌아왔다. 그렇게 나는 이곳과 다시 하나가 되었다.

이곳은 노여워하고 있었다. 그렇다는 걸 알았다. 손님 된 자들의 오만한 주인 행세에 노여워했고 머무르는 자들의 절망과 슬픔이 반복되는 것에 노여워했다. 이곳의 마음은 곧 나의 마음이었다.

모든 걸 되돌려놓을 수는 없다. 오래전 그때로 돌아가는 건 불가능하다. 이곳을 가졌다고 믿는 자들이 이곳은 애초에 누구의 것도 될 수 없음을 깨닫기까지는 영겁의 세월이 필요할지도 모른다. 하지만 노여움을 표현할 수는 있을 것이다. 이곳은 자신의 것이니 자신의 의지대로 좌지우지할 수 있다는 교만에 대해, 사람이 머무는 곳을 함부로 부수고 함부로 짓는 무례함에 대해, 영원에 속하는 것을 사고파는 물건으로 취급하는 천박함에 대해, 이곳에 깃들어 있는 시간을 살펴보지 않는 무지함에 대해. 그렇게 그들이 이곳과 그들 자신에 대해 아무것도 모른다는 사실을 알려주어야 한다.

하지만 어떻게.

부름을 받지 않는다면 나는 할 수 있는 것이 아무것도 없다.

아주 오래전 나를 주인이라 부르고 나에게 자신의 시간을 의탁한 자들에게 나는 이렇게 약속한 바 있다.

누군가 만약 그대들이 머물고 있는 곳을 함부로 부순다면 내 이름을 부르라. 그들이 부순 자리에 지은 모든 것을 박살내주리라.

나의 약속은 언제까지나 유효할 것이다. 하지만 이제 그것은 더이상 나의 몫이 아닐지도 모른다. 아마도 그게 맞을 것이다. 그러니 이제 나는 나의 시간을 끝내기로 한다. 나의 책무를 마쳐서도 아니고 이곳이 지겨워서도 아니다. 그들이 이제는 더이상 나를 필요로 하지 않기 때문이다. 나를 필요로 하지 않을 만큼 그들은 성장한 건지도. 그렇다면 내가 끝까지 보호하고자 했던 그들은 이제 스스로 자신을 지킬 것이다. 그렇게 나는 주인의 자리를 돌려주어야 하고 어쩌면 그것이 부름을 받은 자가 수행해야 할 마지막 책무인지도 모르겠다. 그렇다면 나는 기꺼이 영원 속으로 사라질 것이다.

25

실제의 풍경은 미래의 기억과 사뭇 달랐다. 머릿속 잔상은 마냥 음산하고 적막할 뿐이었는데 막상 와보니 잎이 풍성한 나무들도 제법 많았고 첩첩 쌓인 먼 산들의 등성이는 담박한 수묵화의 정취로 시선을 잡아끌었다. 하늘이 희뿌연 구름으로 덮여 있어 밝은 날씨는 아니었으나 새파란 하늘보다는 안정감이 들었다. 무덤의 생김새도 전혀 달랐다. 반구형의 우뚝한 형태로 기억하고 있었는데 생각보다 작고 낮고 길었다. 그 무덤의 자리가 언덕 위쪽이었다는 건 틀리지 않았다. 미래는 그날처럼 가쁜 숨을 몰아쉬며 그곳에 도착했다.

1990년 11월 18일 영면에 드시다.

그날은 보지 못했던 묘비에는 그렇게 쓰여 있었다. 당연히 생년과 이름은 적혀 있지 않았다. 미래는 준비해온 국화를 무덤 앞에 놓은 뒤 절을 올렸다. 그러고는 잠깐 망설이다가 바닥에 가방을 깔고 앉았다. 온몸에 힘이 잔뜩 들어갈 만큼 긴장이 차올랐지만 그런대로 앉아 있을 만했다. 그랬다고 하면 세중은 깜짝 놀랄 것이었다.

세중과 연애를 시작한 지 얼마 안 돼서 함께 스웨덴에 간 적이 있었다. 세중의 고종사촌이 살고 있어 세중은 매년 한 번씩 스톡홀름에서 휴가를 보냈다. 오로라를 볼 수 있다는 기대로 따라간 미래는 세중이 불현듯 공동묘지에 가자고 해서 뜨악해했다. 유네스코 세계문화유산으로 지정될 만큼 꽤나 유명한 곳이라며 스웨덴에 와서 그곳에 들르지 않는다는 건 말도 안 되는 일이라고 세중은 단언했다. 미래는 끝까지 안 가고 싶어했으나 세중의 끈질긴 설득에 고집을 꺾었다. 공동묘지에 대한 미래의 거부감이 필요 이상으로 과하다고 느낀 세중은 그 연유를 집요하게 물어댔고 그저 가기 싫다는 말 외엔 아무 설명도 할 수 없었던 미래는 대화를 멈추기 위해 별수없이 따라나섰다.

'숲속 묘지'라는 뜻의 '스코그쉬르코고르덴Skogskyrkogården'은 '우드랜드Woodland'라는 별칭을 가지고 있었고 이름 그대로 울창한 소나무숲과 더불어 조성된 묘역이었다. 공모전에서 뽑힌 두 명의 건축가가 설계하고 디자인한 만큼 장례를 치르는 부속 건물이나 화장시설이 한 시대의 건축양식을 보여주기에 부족함이 없었다.

무엇보다 입구에 들어서면 시선을 압도하는 거대한 화강암 십자가와 그지없이 펼쳐진 광활한 들판, 그리고 완만한 언덕 위에 만들어진 '명상의 숲'은 방문자들이 꼽는 우드랜드의 트레이드마크였다. 세중은 말했다. 묘지라는 죽음의 공간이 인간의 음울한 종결지가 아니라 이승의 고통을 잊고 자신을 영원의 일부로 느끼는 휴식처가 될 수도 있다는 상징성을 거의 처음으로 구현해낸 곳이야. 실제로 그후에 다른 유럽 국가들이 공동묘지의 모델로 삼기도 했어. 미래는 세중의 말이 들리지 않았다.

사방이 눈 천지인 겨울 오후였다. 일찌감치 빛을 잃은 하늘은 땅이라도 밝혀보려는 듯 끊임없이 눈을 뿌려대고 있었다. 세중의 안내로 두 사람은 묘역을 한 번은 시계방향으로 또 한 번은 반시계방향으로 돌아본 뒤 명상의 숲 의자에 앉았다. 관리인 말고는 누구 하나 나타나지 않았고 야음이 내리자 어디선가 부엉이가 나지막이 울기 시작했다. 미래는 극심한 불안감으로 식은땀을 흘리다 더는 참지 못하고 벌떡 일어나 빠른 걸음으로 그곳에서 멀어져갔다. 세중은 좀더 있고 싶었지만 이번엔 자신이 고집을 꺾어야 한다는 걸 눈치채고는 재빨리 미래를 따라붙었다. 미래는 세중을 아랑곳하지 않은 채 버스 정류장까지 거의 달리듯 걸어가서는 돌연한 현기증으로 털썩 주저앉았다. 세중이 부축하여 일으켜주려 했지만 미래는 기력을 탕진한 사람처럼 부들부들 떨며 몸을 가누지 못했다. 간신히 숙소에 돌아와 미래는 기절하듯 잠에 빠졌고 스무 시간을 꼬박 자고 나서야 컨디션을 회복했다. 세중은 심상치 않은 낌새를 느꼈으나 아무것도 묻지 않았다. 미래의 표정을 보고 그래야 한다는 걸 알았다. 시간이 한참 지나 세중이 그날 이야기를 꺼냈을 때 미래는 소리를 빽 질렀다. 공동묘지가 싫어. 그냥 그곳이 싫다고. 싫은 데 무슨 이유가 필요하고 그게 왜 나의 한계가 되는 건데. 아니, 한계는 왜 그렇게 꼭 극복해야 하는 건데. 너나 많이 극복해서 인간승리 하시든가.

그날처럼 버스를 타고 택시를 타고 다시 버스를 타고 공동묘지에 가까워지면서 미래는 자신도 모르게 주먹을 꼭 쥐었다. 나중에 펼쳐보니 흠뻑 젖은 손바닥에 짙은 손톱자국이 새겨져 있었다.

탁조의 말에 의하면 수림은 죽기 직전 미래를 떠올렸다고 했다. 미래가 돌아올 때까지 살아 있어야 한다고 했다던가. 자신은 사과를 해야 하고 미래는 그 사과를 들어야 한다고. 우성빌딩에 살고 있는 귀신이 말해주었다고 했다. 아니, 그냥 귀신은 아니라고 했었나. 여하간 수림이 자신의 죽음을 편안히 받아들이고 이승을 완전히 떠났는지는 알 수 없으나 적어도 지박령이 되지는 않았다고 했다. 미래는 대체 지금 어디에서 뭘 하고 있을까. 수림이 마지막으로 한 생각은 그것이었다고 했다. 뭘 하고 있긴. 잘 먹고 잘 살고 있었지. 그렇다는 걸 수림이 알았더라면 좋았을 거라고 미래는 생각했다.

휴대폰 메신저에 메시지가 들어왔다는 알람 소리에 퍼뜩 시간을 확인해보니 한 시간이 지나 있었다. 세중이었다. 싼값에 집을 살 수 있게 되었다는 소식이었다. 돌아오면 의논할까 했지만 그사이 기회를 놓칠까봐 그럴 정신이 아니라는 걸 알면서도 소식을 전할 수밖에 없다고 했다. 뷔위카다에 있는 이층집이었다. 뷔위카다는 이스탄불에서 한 시간쯤 배를 타고 가면 나오는 섬이었고 언젠가 미래가 이곳에서 살면 좋겠다고 말한 적 있을 만큼 아름다운 곳이었다. 현지인들에게 휴양지로도 유명한 곳이라 집값이 만만치는 않아 먼 훗날의 꿈으로 간직하고 있었는데 몇 년 사이 리라의 가치가 폭락하면서 부동산 가격도 대폭 떨어진 것이었다. 한국 관광객들이 반드시 들르는 곳은 아니었으므로 그곳에서 한인 민박집을 하는 건 무리이지 않겠냐고 답신을 쓰는 중에 세중이 또다시 메시지를 보냈다. 일단 사놓고 세를 주면 어떨까 해. 관리가 부담되면 그때 가서 되팔아도 되고. 경제위기가 진정되면 부동산 가격도 제자리로 돌아올 거고 그럼 우리는 그 차액으로 이득을 보면 돼. 미래는 세중의 메시지를 가만히 들여다보았다. 미래가 메시지를 읽었음에도 아무 대답이 없자 세중은 조바심 어린 메시지를 연이어 보냈다. 그러지 말자. 미래의 답신에 세중이 잠시 멈추고는 이유를 물었다. 그냥. 안 그러는 게 좋겠어. 세중은 집값을 알려주었다. 확실히 눈이 번쩍 뜨일 만큼 유례없이 낮은 가격이었다. 물론 그 가격을 지불할 만한 여윳돈이 있는 건 아니었으므로 은행에서 대출을 받아야 할 터였다. 우리가 당장 들어가서 살 게 아니면

관두자. 다른 이유로 집을 사고 싶지는 않아. 세중은 미래의 말이 잘 이해되지 않았지만 느닷없이 아버지를 잃은 사람과 이런 문제로 논쟁을 벌이고 싶지는 않았다.

원의 안부를 확인하는 것으로 대화를 마친 뒤 미래는 좀더 그곳에 앉아 있었다. 해가 기울고 공기가 쌀랑해지면서 불쑥 몸에 한기가 느껴져 자리에서 일어섰다. 무덤을 향해 허리를 굽혀 인사한 뒤 무덤을 한 바퀴 돌 요량으로 걸음을 옮기다 묘비의 뒷면을 보게 되었다.

죄송합니다. 평생 품고 살겠습니다. 죽어서도 잊지 않겠습니다.

뜨거운 덩어리 같은 것이 명치에서부터 밀고 올라와 목에 탁 걸렸다. 누군가 목을 조이기라도 하는 듯 식도에서 날카로운 통증이 느껴졌다. 미래는 한 손으로 목을 감싸쥐었다. 눈에서 눈물이 주르륵 흘러내렸다.

26

시사잡지인 『월간 오늘』의 기자인 K는 인터넷에서 우성빌딩에
관한 기사를 모두 찾아 읽었다. 기사의 내용은 하나같이 우성빌딩
을 집어삼킨 싱크홀에 집중되어 있었다. 최근 몇 년간 서울에서
발생한 싱크홀에 대한 분석과 전문가들의 의견, 주민들의 반응이
내용의 주를 이루었다.

K는 한 달 전 우연히 지인으로부터 절반만 철거된 건물이 있다
는 이야기를 전해듣고 기삿거리가 되겠다 싶어 관련 내용을 조사
한 뒤 기사를 쓰던 중이었다. 부지 소유주들의 분쟁으로 건물이
반으로 잘렸다는 사실은 싱크홀과 직접적으로 관련된 사항은 아
니었으므로 모든 기사들에서 그 점은 간단히 언급되고 지나갔으
며 그래서 다행이라고 K는 생각했다. 어쩌면 싱크홀 때문에 우성

빌딩에 쏟아진 관심으로 인해 자신의 기사가 좀더 빛을 발할 수도 있겠다는 생각도 들었다. 사실 우성빌딩의 사연은 그 자체로 대단히 눈에 띄는 사례는 아니었다. 건물이 절반만 철거된 것은 확실히 특이한 경우였으나 모든 특이한 사건이 사람들에게 특별한 의미가 되는 건 아니었다. 세상엔 희한하고 급박한 일들이 차고 넘쳤고 결단코 일어나서는 안 되었던 일이라 불리던 사건들도 시간이 지나면 사람들의 현재와 무관해지는 것이 일상다반사였다. 그것은 비난할 일도 자괴할 일도 아니라고 K는 생각했다. 망각을 윤리의 관점에서 볼 것인가 자연의 관점에서 볼 것인가 하는 건 매번 헷갈리는 문제이긴 했으나 적어도 비난과 자괴로 풀어갈 일은 아니라고 느꼈다. 어쨌거나 느닷없는 싱크홀 사고로 마감을 하루 앞두고 우성빌딩에 관한 기사 초고를 대폭 수정해야 하는 곤란에 처했지만 잘만 하면 이전보다 입체적인 기사가 될지도 몰랐다. 인과가 불확실한 우연의 요소들 속에서 숨은 관련성을 추적하는 것만큼 흥미진진한 일은 없었고 추적의 결과가 여전히 물음뿐이라 해도 그 물음이 얼마나 결정적이냐에 따라 기사의 완성도는 달라질 것이었다. 물론 제대로 묻는 것에도 실패하여 이도 저도 아닌 망작이 될 가능성은 언제나 존재하지만 미리 겁먹을 필요는 없었다. 일단 우성빌딩의 외양 묘사로 시작한 도입부를 싱크홀 이야기로 교체하기로 했다.

지질학적으로 싱크홀은 한국에서 쉽게 일어날 수 있는 현상이 아니었다. 한반도는 대부분 지질 변화가 거의 없는 화강편마암 계통의 지반으로 이루어져 있기 때문이었다. 사실 싱크홀로 알려진 한국의 사고들은 대개가 포트홀이었다. 싱크홀은 석회암 지대에서 생기는 현상으로 오랜 시간 동안 지하수에 암반이 용해되어 동굴이 생겼다가 그 동굴을 채우고 있던 지하수가 빠져나가면서 발생하는 것이고, 포트홀은 지반 내에 빈 공간이 생겨 일어나는 현상으로 주로 인위적인 영향으로 발생하는 것이었다. 한마디로 싱크홀은 자연의 영역에 속하는 사고였고 포트홀은 인간의 영역에 속하는 사고였다. 하지만 자연은 언제나 예상을 벗어나는 법이므로 한국에서 싱크홀이 결코 발생하지 않으리라는 보장은 없었다. 따져보면 인간도 자연이니 인간과 자연의 일을 구분하는 건 무의미할지도 몰랐다. 여하튼 그것이 싱크홀인지 포트홀인지는 전문가들이 알아낼 문제였고 K는 사람들의 무지와 불안에 대한 이야기로 땅의 붕괴를 풀어나갈 계획이었다. 우리가 살고 있는 곳에 대해 우리가 알고 있는 건 극히 일부분일지도 모르며 남의 일로만 여기던 재난이 언제고 자신의 일이 될지도 모른다는 사실은 실제로 그 일에 대해 사람들이 가장 많이 지적하고 반응한 지점이었다. 그것은 우성빌딩의 절단 사건에도 적용할 수 있는 문제의식이었고 그렇게 두 사건은 연결될 것이었다.

하지만 기사의 핵심은 빔 피셔가 될 터였다. 부지의 소유주들을 비롯해 책방 주인과 노래방 주인에게 인터뷰를 거절당한 뒤

K는 옥상에 올랐다가 우연히 빔 피셔를 만났다. 기꺼이 인터뷰에 응해준데다 세계여행중인 외국인 청년이라는 점도 흥미로워 기사에 넣긴 했지만 우성빌딩의 절반의 철거와는 무관한 이라 곁가지 사연 이상은 될 수 없었는데 땅이 무너지면서 주요 인물로 다루지 않을 수 없게 되었다. 우성빌딩이 땅속으로 사라지던 순간을 유일하게 목도한 이가 빔 피셔이기 때문이었다. 물론 그 사실은 아직 어떤 매체에서도 거론되지 않았다. 빔 피셔가 그곳에 머무르고 있었다는 것조차 몰랐을 테니 그럴 만했다.

뉴스에서 소식을 접하자마자 K는 빔 피셔에게 이메일을 보냈다. 추가 질문이 생길 것을 대비해 연락처를 물었는데 휴대폰이 없다고 하여 이메일 주소를 받아놓은 터였다. 기사를 보강하기 위해 연락한 것은 아니었다. 뉴스에서는 한밤중에 일어난 일이라 다행히 건물엔 아무도 없었고 따라서 사상자가 없다고 보도되었지만 정말 아무도 없었는지는 장담할 수 없었다. 구멍은 한국에서 발견된 것 중 역대 최대 크기에 최고 깊이라고 할 만큼 바닥이 까마득했고 그곳으로 추락한 시신이 한 구도 없다는 걸 확인하기까지는 시간이 한참 걸릴 것이었다. 메일 내용은 짧았다. 너 살아 있어? 답신이 온 건 반나절 뒤였다. 응, 살아 있어. 비행기표를 예약하려고 PC방에 들른 참이었다는 건 나중에 들었다. K는 곧바로 만나자는 메일을 보냈다.

일이 일어난 건 새벽 두시경이었다. 사실 전날 저녁 빔 피셔는 짐을 챙겨 우성빌딩을 떠났었다. 책방 주인인 오탁조가 그러라고 했다. 책방의 책들을 모두 어딘가로 옮긴 뒤였다. 이유를 묻자 오탁조는 그저 그럴 때가 되었다고 했다. 어디로 가야 할지 막연하여 미루었을 뿐 이제 정말 가야겠다는 생각을 줄곧 하고 있었던 터라 빔 피셔는 곧바로 가방을 쌌다. 오탁조와 저녁을 먹은 뒤 헤어졌고 빔 피셔는 근처 공원에서 시간을 보냈다. 우성빌딩으로 돌아온 건 자정 무렵이었다. 밤을 보내기 적당한 곳을 찾다 한적한 주택가 놀이터의 평상에 침낭을 펼쳤는데 자율방범대의 눈에 띄어 자리를 떠야 했고 비슷한 일이 몇 번 반복된 뒤였다. 오탁조의 당부를 어기는 것 같아 께름칙했지만 허락을 청할 길이 없었기에 애써 송구한 마음을 누르고 옥상에 올랐다.

빔 피셔는 모종의 진동을 느끼며 퍼뜩 잠에서 깼다. 지진이라고 여겼다. 진동이 급속도로 증폭되자 빔 피셔는 텐트에서 나왔다. 몸이 휘청할 만큼 건물이 흔들렸다. 순간 누군가 외쳤다.

"지금 당장 이곳에서 나가라."

빔 피셔가 밖으로 나오자마자 우성빌딩은 기다렸다는 듯 땅속으로 푹석 꺼졌다.

"그게 누구야?"

K가 물었다.

"나도 몰라. 남자 목소리 같기도 하고 여자 목소리 같기도 했어."

"밖에서 못 만났어?"

"건물 근처에는 나 말고 아무도 없었어."

어쩌면 깊이를 알 수 없는 어둠 속으로 추락했을지 모른다고 K는 생각했다.

"한국어였을 텐데 어떻게 알아들었어?"

빔 피셔는 멈칫하곤 잠깐 생각에 잠겼다가 대답했다.

"그러게. 그 생각은 못했어. 그런데……"

빔 피셔는 고개를 갸웃한 뒤 말을 이었다.

"영어였던 것 같기도 해."

"같기도 하다니."

"나도 좀 이상한데 기억이 정확하지 않아. 그 말을 들었다는 것만 또렷하고 그게 영어였는지 한국어였는지는 잘 모르겠어."

"그럴 수도 있나?"

"그러게."

빔 피셔는 다시 생각에 잠겼다가 말했다.

"어쨌든 그 목소리가 나를 살린 건 분명해. 그래서 고맙다고 말하고 싶었어. 내 이야기를 기사에 쓸 거라면 그 말을 꼭 써줬으면 좋겠어."

"그 사람이 그걸 읽을 거라는 보장은 없어."

그 사람은 이미 죽었을지도 모른다는 말 대신 K는 이렇게 덧붙였다.

"우리 잡지는 구독자가 그리 많지 않아."

"괜찮아. 전달될 자격이 있는 마음은 어떻게든 전달될 거야."

K가 빔 피셔를 수정 기사의 주인공으로 삼아야겠다고 마음먹은 건 그 순간이었다.

그 목소리의 주인공이 누구인지를 추적하는 스토리로 글을 쓰고 싶다는 충동이 솟구치기도 했지만 그것은 기사가 아니라 소설에나 어울리는 구성이 될 것이었기에 접었다. K는 소설을 별로 좋아하지 않았다. 허구에도 나름의 존재이유가 있겠지만 허구는 어디까지나 허구일 뿐이었다. 허구가 때로는 실제보다 더욱 많은 진실을 보여준다는 사실을 부인하는 건 아니었으나 어쨌거나 K는 기자였고 그렇다면 허구와 실제를 엄밀하게 가려내야 했다. 그러자니 결국 빔 피셔를 살렸다는 목소리에 대해서는 쓸 수 없었다. 빔 피셔가 스스로 강도 높은 지진을 예감하고 건물 밖으로 뛰쳐나왔다는 것으로 도입부를 마무리했다. 이후 내용은 초고에 썼던 우성빌딩의 사연을 그대로 가지고 왔다.

마침내 수정을 마친 뒤 K는 담배를 물었다. 우성빌딩이 잘린 뒤 건물 안에서 죽었다는 두 사람의 이야기가 마음에 걸렸다. 한 명은 추락사했고 한 명은 목을 매달았다고 들었다. 얼핏 우성빌딩의 절반의 철거와 관련이 있는 듯 보였으나 사연을 자세히 알아볼 시간이 없었던 탓에 기사에는 쓰지 못했다. 시간이 있었더라도 쓰지 못했을 것이었다. 소유주들의 분쟁으로 건물이 잘렸다는 사실과 그로 인해 피해를 본 건 그곳에서 영업을 하던 임차인들이라는 내용만으로도 정해진 분량을 거의 채운 터였고 거기에 싱크홀과 빔의 이야기까지 첨가하느라 이미 쓴 내용도 부분부분 삭제해야 했던 탓이었다.

간신히 찝찝한 마음을 접고 침대에 누웠다가 다시금 벌떡 일어나 컴퓨터를 켰다. 어쨌거나 약속은 지켜야 했기 때문이었다. K는 본문에서 몇 줄을 삭제한 뒤 기사 끝에 이렇게 덧붙였다.

p. s. 유일하게 인터뷰에 응해준 빔 피셔에게 감사 인사를 전한다. 그리고 빔 피셔를 구한 이름 모를 그분에게 빔 피셔의 감사 인사를 전한다. 그분이 지금 어디에서 무엇을 하고 있는지는 알 수 없으나 부디 빔 피셔의 마음이 그분에게 전해지기를.

작가의 말

사람이 머무는 곳이란 어떤 의미를 가지고 있을까. 그곳은 어떤 장소여야 할까.

이 소설은 그러한 물음에서 시작되었다. 물음이 곧바로 소설로 이어진 건 아니었다. 물음이 물음이기만 한 채로 오랜 시간이 지난 뒤 어느 날 '소유주들의 분쟁으로 건물 절반이 철거된 사연'을 신문기사로 읽게 되었다. 이런 일이 어떻게 가능할까 싶은 동시에 이런 일은 얼마든지 가능하다는 생각이 들었다. 그 순간 이 이야기로 소설을 써야겠다고 마음먹었다.

이후 그 모티프로 여러 편의 단편소설과 장편소설을 썼다. 매번 형식과 내용을 달리했다. 당연히 등장인물도 모두 달랐다. 마음에

드는 작품은 한 편도 없었다. 그리고 한동안 그 이야기를 잊고 있었다. 어쩌면 물음도.

그 이야기가 또 한번 다시 쓰이리라고는 생각지 못했다. 더구나 혼령이 화자로 등장할 줄은. 원래도 꿈을 잘 꾸지만 이 소설을 쓰면서는 유독 귀신 꿈을 자주 꾸었다. 죽은 이의 넋이 주변을 맴도는 상상에 줄곧 사로잡혀 있었던 탓인지 한밤중에 글을 쓰다 불현듯 한기를 느끼며 퍼뜩 뒤를 돌아보는 일도 잦았다. 무섭지는 않았다. 그들의 이야기를 들어주는 자가 있다면 그들은 누구도 해치지 않으리라는 걸 나는 알고 있었다.

그래서, 물음은 결국 답을 만났을까? 모르겠다. 답을 내자고 시작한 소설은 아니지만, 여전히 물음이 물음이기만 한 채로 이야기가 끝난 건 아닌가 싶어 마음이 무겁다.

소설은 왜 쓰고 왜 읽는 것일까.

열두 살 때를 시작으로 거의 평생에 걸쳐 소설을 써왔는데, 이 소설을 쓰면서 처음으로 그런 질문을 스스로에게 던졌다. 대체 소설의 역할은 무엇일까. 좀더 나은 세상을 위해 소설은 무엇을 할 수 있을까. 뭔가를 할 수 있다는 기대 자체가 어림 반푼어치도 없는 꿈인 건 아닐까. 내내 그런 생각을 하면서 이 소설을 썼다. 그러느라 그 어느 때보다 소설쓰기가 쉽지 않았다. 그래도 어쨌거나 끝까지 썼다. 다 쓰고 나니, 어쩌면 핵심은 그것일지도 모른다는 생각이 들었다. 어쨌거나 끝까지 쓴다는 것.

회의와 좌절은 사라지지 않을 것이다. 소설에 대해서든, 사람에 대해서든, 세상에 대해서든. 그럼에도 뭔가를 계속한다는 건 중요하다는 생각이 든다. 그것만으로 문제가 해결되지는 않겠지만, 그렇다고 의미가 없는 건 아니라는 말을 해주고 싶다. 나에게도, 당신에게도. 그것만으로도 우리는 언제나 이전보다는 조금씩 나아질 것이다. 그러니 너무 슬퍼하지는 말자. 걱정하지도 말고.

끝까지 매의 눈을 견지하며 저자인 나보다 더 끈질기게 수정의 끈을 놓지 않아주신 정은진 편집자님과 이상술 편집장님께 진심을 다해 감사 인사를 전한다. 오랫동안 편집자로 살았지만 편집자가 작가에게 얼마나 중요한 사람인지 이제 와 새삼 깨달았다.

2020년 8월
황여정

문학동네 장편소설
내 이름을 불러줘
ⓒ 황여정 2020

초판 인쇄 2020년 8월 14일
초판 발행 2020년 8월 27일

지은이 황여정
펴낸이 염현숙
책임편집 정은진 | 편집 이상술
디자인 강혜림 최미영 | 마케팅 정민호 박보람 우상욱 안남영
홍보 김희숙 김상만 지문희 우상희 김현지
제작 강신은 김동욱 임현식 | 제작처 영신사

펴낸곳 (주)문학동네
출판등록 1993년 10월 22일 제406-2003-000045호
주소 10881 경기도 파주시 회동길 210
전자우편 editor@munhak.com | 대표전화 031) 955-8888 | 팩스 031) 955-8855
문의전화 031) 955-3576(마케팅) 031) 955-8864(편집)
문학동네카페 http://cafe.naver.com/mhdn | 트위터 @munhakdongne
북클럽문학동네 http://bookclubmunhak.com

ISBN 978-89-546-7417-1 03810

www.munhak.com